Rosemary Sutcliff
Der silberne Zweig

Rosemary Sutcliff wurde 1920 in Surrey (England) geboren. Als kleines Mädchen erkrankte sie schwer und mußte viele Jahre auf dem Rücken liegend verbringen. So konnte sie lange Zeit keine Schule besuchen. Später befaßte sie sich intensiv mit historischen Studien, die sie in ihren Romanen verarbeitete. Ihre Geschichten zeugen von gründlicher Sachkenntnis und sind außerdem spannend zu lesen.
Hier einige ihrer Werke: ›Der Adler der Neunten Legion‹, dtv junior 7012; ›Drachenschiffe drohen am Horizont‹, dtv junior 7260; ›Das Stirnmal des Königs‹ (Auswahlliste zum Deutschen Jugendbuchpreis); ›Robin Hood‹, dtv junior 70108; ›Randal, der Ritter‹, dtv junior 70122, u. a. m.

Weitere Titel von Rosemary Sutcliff bei dtv junior: siehe Seite 4

Rosemary Sutcliff

Der silberne Zweig

Eine Erzählung aus der Endzeit der römischen Besetzung Britanniens

Deutscher
Taschenbuch
Verlag

dtv

Titel der Originalausgabe: The Silver Branch
Aus dem Englischen von Ilse Wodtke
Mit einer Karte

Von Rosemary Sutcliff sind außerdem bei dtv junior
lieferbar:
Der Adler der Neunten Legion, Band 7012
Drachenschiffe drohen am Horizont, Band 7260
Das Hexenkind, Band 7494
Robin Hood, Band 70108
Randal, der Ritter, Band 70122
Scharlachrot, Band 70213

Ungekürzte Ausgabe
Oktober 1972
12. Auflage Januar 1991
Deutscher Taschenbuch Verlag GmbH & Co. KG, München
Lizenzausgabe des Union Verlags, Stuttgart
ISBN 3-8002-5020-9
Umschlaggestaltung: Celestino Piatti
Umschlagbild: Anja Verbeek
Gesetzt aus der Aldus 9/10·
Gesamtherstellung: Ebner Ulm
Printed in Germany · ISBN 3-423-07069-2

Inhalt

Geschichtliche Anmerkung

Mehr als hundert Jahre sollten nach der Zeit, in der dieses Buch spielt, noch vergehen, bevor das Römische Reich untergehen, die letzten Legionen aus Britannien abziehen, das Leuchtfeuer von Rutupiae erlöschen und das dunkle Zeitalter beginnen würde. Aber die Glanzzeit des Römischen Reiches war zur Zeit unserer Geschichte schon vorüber. Rom wurde an allen seinen Grenzen von Barbaren bedroht, während zu Hause Generale nach der Kaiserwürde strebten und Nebenkaiser miteinander um die Vormacht stritten.

Marcus Aurelius Carausius hat wirklich gelebt, ebenso Allectus, der Verräter, und der Legat Asclepiodotus, und natürlich auch der Caesar* Constantius, dessen Sohn Konstantin der erste christliche Kaiser in Rom war. Die weiteren historischen Anknüpfungspunkte sind folgende:

Die Leiche eines mit seinen Waffen begrabenen sächsischen Kriegers wurde in einem der Burggräben von Richborough gefunden, wo zur Römerzeit Rutupiae lag. Die Basilika von Calleva wurde gegen Ende der römischen Herrschaft in Britannien niedergebrannt und später wieder ungefähr so aufgebaut, wie sie vorher gewesen war, und der Adler, von dem ich schon in dem Buch ›Der Adler der Neunten Legion‹ berichtet habe, wurde bei Ausgrabungen in den Trümmern eines Ratssaales hinter der Haupthalle entdeckt. In Calleva, dem heutigen Silchester, fand man auch einen Stein, auf dem in der Schrift der alten Iren der Name eines Mannes eingeritzt ist. Der Name lautete Evicatos oder Ebicatos, was soviel heißt wie »Speermann«.

* Zur Zeit der Handlung soviel wie Unterkaiser, auch in der Anrede des Kaisers gebraucht

Die Küste der Sachsen

An einem stürmischen Herbsttag fuhr eine Galeere langsam den weiten Bogen eines britischen Flusses hinauf, der weiter stromaufwärts breiter wurde und den Hafen von Rutupiae bildete.

Es war beinah Ebbe, und auf den lehmigen Uferbänken, die bei Flut unter Wasser standen, wimmelte es von Brachvögeln und Strandläufern. Aus der Öde von Wattenmeer und Schwemmland wuchs immer deutlicher Rutupiae: der walfischförmige Inselbuckel und die grauen Wälle der Festung, unter der sich die Schuppen der Bootswerft drängten.

Der junge Mann, der am Bug der Galeere stand, sah die Festung mit einem Gefühl der Erwartung näherrücken. Seine Gedanken richteten sich abwechselnd in die Zukunft, die dort auf ihn wartete, und in die Vergangenheit: auf jenes Gespräch, das er vor drei Monaten mit Licinnius, seinem Kohortenführer, am anderen Ende des Römischen Reiches geführt hatte. Das war an dem Abend, als er erfuhr, wo er stationiert werden sollte.

»Du kennst Britannien wohl nicht?« hatte Licinius gefragt.

Justin, dessen voller Name auf den Namenstafeln des ärztlichen Korps der Armee in Rom Tiberius Lucius Iustinianus lautete, hatte den Kopf geschüttelt und mit dem leichten Stottern, das er nie ganz unterdrücken konnte, geantwortet: »N-nein, Herr. Mein Großvater ist dort geboren und aufgewachsen, aber als er ausgedient hatte, ließ er sich in Nicaea nieder.«

»Dann willst du die Provinz sicher gern kennenlernen.«

»Ja, Herr, nur – ich dachte nie, daß ich mit den Legionen dorthin geschickt würde.«

Er erinnerte sich sehr deutlich an die Szene. Er sah Licinius vor sich, der ihn über die safrangelbe Flamme der Lampe auf seinem Tisch hinweg anblickte, er sah das Muster, das die hölzernen Enden der Pergamentrollen auf den Borden bildeten, und die feinen Kringel aus Sand, die der Wind in den Ecken der Schreibstube mit den Lehmwänden geblasen hatte. Er hörte fernes Gelächter im Lager und weit hinten die Schreie von Schakalen – und Licinius' feste Stimme:

»Nur wußtest du wohl nicht, daß wir so gut Freund mit Britannien oder besser mit dem Mann sind, der sich zum Herrscher über Britannien gemacht hat?«

»Es kommt mir seltsam vor, Herr. Erst letzten Frühling schickte doch Maximian den Caesar C-constantius aus, um ihn aus seinem gallischen Territorium zu vertreiben.«

»Stimmt. Aber es gibt gute Gründe dafür, daß man Soldaten aus anderen Teilen des Reiches zu den britannischen Legionen versetzt. Vielleicht will Rom sich sozusagen die Verbindungswege offenhalten. Vielleicht will es auch nicht einem Marcus Aurelius Carausius die Macht über Legionen überlassen, die gänzlich vom übrigen Reich abgeschnitten sind. Sonst könnte er unter Umständen über eine Streitmacht verfügen, die nur auf ihren eigenen Anführer eingeschworen ist und sich nicht an das übrige Reich gebunden fühlt.« Licinius hatte sich vorgebeugt und den Deckel des bronzenen Tintenfasses mit einem bedächtigen Klick geschlossen. »Ehrlich gestanden, wäre es mir lieber gewesen, wenn man dich in irgendeine andere Provinz des Reiches geschickt hätte.«

Justin hatte ihn verwirrt angestarrt. »Warum denn, Herr?«

»Weil ich deinen Vater gekannt habe und mich darum in gewisser Weise für dich verantwortlich fühle. – Was weißt du eigentlich über die Lage in Britannien? Oder über Kaiser Carausius, was so gut wie dasselbe ist?«

»Ich muß gestehen, daß ich kaum etwas weiß, Herr.«

»Dann hör gut zu, und vielleicht wird dir nun manches klarer. Du darfst vor allen Dingen nicht glauben, daß Carausius aus dem gleichen Stoff geschaffen sei wie die meisten dieser emporgekommenen Soldatenkaiser, die wir in den Jahren hatten, bevor Diokletian Maximian zum Mitregenten machte. Carausius ist der Sohn eines germanischen Vaters und einer irischen Mutter, und das ist eine Blutmischung, aus der Mächtiges wachsen kann. Er wurde in einem der Handelsplätze geboren und aufgezogen, die die Menapier von der Nordseeküste vor langer Zeit in Irland gegründet haben, und kam erst zum Volk seines Vaters zurück, als er mannbar wurde. Er war Flußlotse auf der Schelde, als ich ihn kennenlernte. Später geriet er – die Götter wissen, wie – in die römischen Legionen. Er diente in Gallien und Illyrien, zog mit Kaiser Carus in den persischen Krieg und stieg immer höher im Rang. Als Maximian die Aufstände im östlichen Gallien niederschlug, gehörte er zu seinen wichtigsten Männern und errang so viel Ruhm, daß Maximian, der von seiner seemännischen Ausbildung wußte, ihm das Kommando über die Flotte anvertraute, die in Gesoriacum lag, und ihn damit beauftragte, die nördlichen Meere von den Sachsen zu befreien, die die See unsicher machten.«

Hier hatte Licinius gedankenverloren abgebrochen, und nach einer Weile hatte Justin vorsichtig eingeworfen: »Ging nicht ein Ge-gerücht um, daß er die Seewölfe auf ihren Raubzügen durchließ und sie dann auf dem Rückweg überfiel, als sie mit Beute beladen waren?«

»Ja – und daß er nichts von der Beute nach Rom schickte. Das war es, glaube ich, was Maximians Zorn erregte. Wir werden nie erfahren, ob etwas Wahres an der Geschichte war; jedenfalls verurteilte Maximian ihn zum Tode. Carausius bekam rechtzeitig Wind davon und verschwand mit der ganzen Flotte nach Britannien. Schon immer sind die Männer ihm mit Freuden gefolgt. Als schließlich das offizielle Todesurteil in Gesoriacum ankam, war Carausius bereits mit dem Statthalter von Britannien fertig und hatte sich dort zum Kaiser ausrufen lassen. Drei britannische Legionen und eine große Streitmacht aus Galliern und Franken stärkten ihm den Rücken, und die See lag zwischen seinen Galeeren und seinem Richter. Dabei waren seine Galeeren und Seeleute besser als die Maximians. Und schließlich blieb Maximian nichts weiter übrig, als Frieden mit ihm zu schließen und ihn als Mitherrscher anzuerkennen.«

»Aber wir haben den F-frieden nicht gehalten«, hatte Justin nach einer Weile nachdenklich gesagt.

»Nein. Und meiner Meinung nach waren die Siege des Constantius in Nordgallien dieses Frühjahr für uns eine größere Schande, als es eine Niederlage hätte sein können. Den jungen Caesar trifft keine Schuld, denn er hat zu gehorchen wie wir alle, wenn er auch eines Tages Maximians Platz einnehmen wird. – Ja, der Friede hält noch an – jedenfalls ein vorläufiger Friede. Aber jeden Augenblick kann der zündende Funken aufspringen, und wenn das geschieht, dann, Götter, steht denen bei, die von den Flammen erfaßt werden!« Der Kommandeur hatte seinen Stuhl zurückgeschoben und war aufgestanden und ans Fenster getreten. »Und trotzdem, Justin, beneide ich dich irgendwie.«

Justin hatte gefragt: »Du mochtest ihn also, Herr?«

Und nun dachte er daran zurück, wie Licinius damals in die mondhelle Nacht hinausgesehen hatte: »Ich – wußte es niemals recht, aber ich wäre ihm selbst durch das Tor zur Unterwelt gefolgt«, und er hatte sich wieder der Lampe zugewandt.

Mehr war kaum zwischen ihnen gesprochen worden. Nur am

Eingang hatte Licinius ihn noch zurückgehalten und gesagt: »Wenn du jemals mit dem großen Mann selber sprechen solltest, dann grüß ihn von mir und frag ihn, ob er sich noch an das Wildschwein erinnert, das wir in den Tannenwäldern bei der Scheldeschleife zusammen erlegt haben.«

Aber es kam Justin ziemlich unwahrscheinlich vor, daß er als junger Arzt je Gelegenheit haben würde, Kaiser Carausius persönlich einen Gruß zu bestellen.

Er zuckte plötzlich zusammen und merkte, daß sie inzwischen in eine Welt aus Molen und Dämmen eingelaufen waren. Ringsherum lagen Segelmacherwerkstätten, Waffenläden und Bootsschuppen, und sie mußten sich ihren Weg durch die Galeeren bahnen, die in dem geschützten Hafen vor Anker lagen. Ein Geruch nach Pech, salzgetränktem Holz und heißem Metall stieg Justin in die Nase; und über dem Lärm der ins Wasser eintauchenden Ruder und der am Bootskörper hochschlagenden Wellen vernahm er die unzähligen Geräusche, die überall in der Welt in einer Schiffswerft die gleichen sind: das Gesumm von Hobeln und Sägen und die Schläge von Hämmern auf Ambossen. Und über ihm türmten sich die Wälle von Rutupiae, graue, vorspringende Wälle, die noch roh und neu wirkten und aus deren Mitte der Signalturm mit dem Leuchtfeuer aufstieg.

Eine Weile später stand Justin unmittelbar vor diesem Turm. Sie waren inzwischen an Land gegangen, er hatte sich bei dem ihm vorgesetzten Truppenarzt gemeldet, dann sein Gepäck in die weißgetünchte Kammer im Offiziersquartier gebracht, die ihm zugewiesen worden war, und hatte sich auf die Suche nach dem Badehaus gemacht, wobei er sich in dem Menschengedränge der befremdend großen und weitläufigen Festung verirrt hatte.

Der Turm war zwar nicht mit dem Leuchtturm von Alexandria zu vergleichen, aber wenn man dicht davor stand, verschlug seine Größe einem doch den Atem. In der Mitte des freien Platzes erhob sich vier oder fünf Manneslängen hoch ein fest gemauerter Sockel, der so lang war wie eine Galeere mit achtzig Rudern. Aus der Mitte des Sockels strebte ein Turm aus dem gleichen grauen Mauerwerk himmelwärts, und als Justin etwas benommen nach oben schaute, schien es ihm fast, als reiche die eiserne Feuerschale an der Spitze bis an die jagenden Novemberwolken. Möwen umkreisten ihn auf weißen Schwingen, und Justin hörte ihre dünnen, fernen Schreie durch den geschäftigen Lärm der Festung. Als ihm dann schwindlig im Kopf wurde, lenkte er seinen Blick auf den obersten Absatz des Sockels. Schräge Auffahrten für die Wagen mit dem Lampenöl führten auf beiden Seiten hinauf und gingen dann durch einen überdachten Säulengang ins Innere des eigentlichen Turmes. Und nachdem Justin nun der enormen Größe des Turmes nicht mehr ganz so fassungslos gegenüberstand, nahm er Einzelheiten wahr. Er sah, daß die Säulen und Gesimse aus Marmor waren und daß Statuen und wunderbar gemeißelte Bilder sie schmückten, aber er sah auch, daß sie zersprungen und verfallen waren, was ihn verwunderte, hier inmitten einer Festung, die noch so neu war, daß an manchen Stellen die Wälle erst gebaut wurden. Überall aber sah er zerbrochenen Marmor, der teils eilig zusammengetragen war, als sollte er noch einmal gebraucht werden, teils noch an den festen grauen Mauern hing, die einst ganz mit Marmor bedeckt gewesen waren. Ein kleines Stück, das wohl abgefallen sein mochte, lag zu Justins Füßen, und als er sich bückte, um es aufzuheben, sah er, daß es ein Teil eines gemeißelten Lorbeerkranzes war.

Er hielt das Marmorstück noch immer in der Hand und blickte den hohen Turm hinauf, von dem es heruntergefallen war, als eine Stimme hinter ihm fragte: »Schön, was?« Justin fuhr zusammen und sah neben sich einen jungen Mann in der mit Staub bedeckten Uniform eines Centurio, der den Helm unter einen Arm geklemmt hatte. Er war untersetzt, hatte rote Haare und ein schmales, fröhliches Gesicht mit weit auseinanderstrebenden Augenbrauen, die ihm ein freundliches Aussehen verliehen.

»Er ist halb verfallen«, sagte Justin verlegen. »Wie kommt das? Ich meine, ich kann wohl erkennen, daß es ein Leuchtturm ist, aber er sieht so aus, als ob er gleichzeitig noch was anderes sein sollte.«

Etwas wie Bitterkeit klang in der Stimme des jungen Centurio. »Es war Leuchtturm und Siegesdenkmal zu gleicher Zeit – eine Erinnerung an die Macht des Römischen Reiches und an die Eroberung Britanniens. Nun ist er nur noch Leuchtturm, und wir zerklopfen den abgefallenen Marmor zu Schutt, um damit die Wälle gegen die Sachsen zu bauen. – Da steckt ein tiefer Sinn drin, falls du dafür etwas übrig hast.«

Justin blickte auf das marmorne Stück aus dem Lorbeerkranz in seiner Hand nieder und schleuderte es dann weg. Es fiel mit dumpfem Ton auf den Boden und wirbelte eine Staubwolke hoch.

»Hast du irgendwas oder irgendwen gesucht?« fragte sein neuer Bekannter.

»Ja, das Badehaus«, sagte Justin, und dann fiel ihm ein, daß der andere nicht wußte, wer er war. »Ich bin der neue Unterarzt.«

»Tatsächlich? Das habe ich mir schon halbwegs gedacht.« Der andere musterte die waffenlose Uniform, die Justin trug. »Hast du dich schon beim Kommandeur gemeldet?«

»Ja, und auch schon beim Oberarzt«, antwortete Justin mit seinem etwas zögernden Lächeln. »Er nannte mich einen eben ausgelernten Metzgergesellen und gab mir Urlaub bis eine Stunde vor der Krankenvisite morgen.«

Die Augen des jungen Centurio zwinkerten vergnügt. »Vinicius muß ziemlich gute Laune haben; deinen Vorgänger nannte er einen grobfäustigen Mörder und warf ihm einen Pechtopf an den Kopf, soviel ich gehört habe. Ich war damals nicht hier. – Wenn du jetzt gern baden willst, kommst du am besten mit mir. Ich will nur eben diese Rüstung ablegen und gehe dann auch ins Badehaus. Wenn wir uns beeilen, haben wir vorm Essen gerade noch Zeit, ein bißchen ins Wasser zu springen.«

Als sie zusammen durch die Werkstätten, in denen emsig gearbeitet wurde, und durch das Menschengedränge in den Soldatenquartieren zurückgingen, kam die große Festung Justin mit einemmal viel freundlicher vor, und er schaute sich überall mit regem Interesse um. »Dieser Ort kommt mir sehr groß und geschäftig vor«, sagte er. »Ich habe mein Ausbildungsjahr in Beersheba zugebracht, und das ist eine Festung, in der nur eine einzige Kohorte liegt. Hier f-fühle ich mich ganz verloren.«

»Es sind alles Ungetüme, diese neuen Festungen an der Sachsenküste«, erklärte sein Gefährte. »Sie müssen es sein, denn sie sind zugleich Festung und Werft und Stützpunkt für die Schiffe. Du wirst dich schon daran gewöhnen.«

»Gibt es denn viele große neue Festungen wie diese?«

»Eine ganze Menge, von Metaris bis zum Großen Hafen herum. Manche sind ganz neu und manche, wie Rutupiae, sind auf alten aufgebaut. Sie gehören alle zu Carausius' Verteidigung gegen die Seewölfe.«

»Carausius«, sagte Justin, und seine Stimme klang fast ehrfürchtig. »Hast du Carausius schon oft gesehen?«

»Beim Jupiter! Ja! Hier ist sein Hauptquartier, wenn er auch natürlich immer mal wieder in den anderen Teilen der Provinz ist. Den hält es an keinem Platz lange, unsern kleinen Kaiser. Du siehst ihn höchstwahrscheinlich heute abend selber, denn meistens ißt er mit uns zusammen in der Messe.«

»Du meinst – er ist jetzt da?«

»Klar. Und wir auch. – Komm mit rauf und setz dich solange aufs Bett. Ich bin sofort fertig.«

So saß Justin wenig später auf der Kante des Feldbettes in einer weißgetünchten Kammer, die genau wie seine aussah. Sein neuer Bekannter legte Schwert und Helm ab und löste eben die Riemen des Brustpanzers, wobei er leise und sehr vergnügt durch die Zähne pfiff. Justin saß da und beobachtete ihn. Er selbst war eine freundliche Seele, aber wenn andere Menschen ihm eine Freundlichkeit erwiesen, war er immer dankbar und überrascht, und so begann er auch jetzt gegenüber dem rothaarigen Centurio eine wachsende Zuneigung zu spüren.

Der andere löste die letzte Schnalle und hörte auf zu pfeifen. »Du kommst also von Beersheba? Dann hast du einen weiten Weg hinter dir. – Ah, danke«, sagte er, als Justin ihm den schweren Brustpanzer abnahm. Und die nächsten Worte wurden halb von dem Lederwams verschluckt, das er sich gerade über den Kopf zog. »Und wo warst du vorher? Aus welchem Teil des Reiches kommst du?«

»Aus Nicaea in Südgallien.«

»Bist du zum erstenmal in Britannien?«

»Ja.« Justin legte den Panzer neben sich auf das Bett. »Aber meine Familie stammt aus Britannien, und ich wollte schon immer gern herkommen und es kennenlernen.«

Der junge Centurio tauchte aus seinem Wams auf und stand nun in seiner Tunika aus feiner roter Wolle da. Mit seinem roten, hochstehenden Haar sah er plötzlich gar nicht mehr so erwachsen aus, sondern viel eher wie ein großer Junge. »Wo saß die denn in Britannien?«

»Im Süden. Irgendwo in den Downs* bei C-calleva, glaube ich.«

»Glänzend! Die besten Leute kommen aus den Downs, die besten Leute und die besten Schafe. Ich auch.« Er musterte Justin mit unverhohlenem Interesse. »Wie heißt du?«

»Justin. – Tiberius Lucius Iustinianus.«

Der andere antwortete nicht gleich. Dann sagte er ganz leise: »Iustinianus. – Tatsächlich?« Und mit einem raschen Griff zog er etwas von seiner linken Hand und hielt es Justin entgegen. »Hast du schon mal so was wie dies hier gesehen?«

* Kreidekalkhügel im südlichen England

Justin nahm das Ding und beugte den Kopf vor. Es war ein schwerer und sehr abgenutzter Siegelring. Der gesprungene Smaragd, der auf dem Ring saß, war tiefdunkel und spiegelte, als er ihn dem Licht zuwandte, das helle Fenster wider, ehe er das eingravierte Muster erkannte. »Diesen Delphin?« fragte er und begriff langsam, worum es ging. »Ja, den habe ich schon mal gesehen – auf dem elfenbeinernen Deckel einer alten Schminkdose, die meiner Großmutter gehörte. Er war das Zeichen ihrer Familie.«

»Das ist der Beweis!« sagte der junge Centurio, als er seinen Ring wieder an sich nahm. »Bei allen ...« Er fing an, mit den Fingern seltsame Berechnungen anzustellen, gab den Versuch aber dann auf. »Nein, das kriege ich doch nicht hin. Es hat mehr als eine Hochzeit zwischen deiner Familie und meiner gegeben, da brauchten wir schon meine Großtante Honoria, um ein solches Knäuel zu entwirren – aber wir sind bestimmt um irgendwelche Ecken herum Vettern!«

Justin sagte gar nichts. Er war von dem Feldbett aufgestanden und forschte in dem Gesicht des anderen, ob der ihn immer noch gern bei sich hatte. Es war ja nicht dasselbe, ob man sich über einen Fremden erbarmte und ihn auf dem Weg ins Badehaus mit in sein Zimmer nahm oder ob man ihn plötzlich als Verwandten am Halse hatte.

Diese innere Unsicherheit war, obwohl er es nicht wußte, in den Jahren in ihm entstanden, in denen sein Vater so von ihm enttäuscht war. Er hatte immer darunter gelitten, daß er für seinen Vater eine Enttäuschung war. Seine Mutter, an die er sich kaum noch erinnern konnte, war schön gewesen; aber Justin, der Pechvogel, war ihr sehr ähnlich und doch sehr häßlich. Sein Kopf war für seine schmalen Schultern zu groß, und seine Ohren standen schrecklich weit ab. Er war während seiner Kindheit häufig krank gewesen und war folglich, als er alt genug war, um in die Legionen einzutreten, wie es die Männer aus seiner Familie von jeher getan hatten, körperlich nicht imstande, Centurio zu werden. Ihm selbst hatte das nichts ausgemacht, denn er wollte schon immer Arzt werden; aber es war ihm sehr leid gewesen, daß er seinen Vater so tief enttäuschen mußte; und von da an wurde seine innere Unsicherheit nur noch größer.

Und dann bemerkte er mit freudigem Staunen, daß der rothaarige junge Mann ganz genauso froh war über die überraschende Entdeckung wie er selbst.

»Dann sind wir also verwandt«, sagte Justin. »Das ist schön. Ich bin Tiberius Lucius Iustinianus – aber ich weiß immer noch nicht, wer du eigentlich bist.«

»Ich heiße Flavius«, erwiderte der rothaarige Centurio. »Marcellus Flavius Aquila.« Er streckte die Arme aus und packte Justin bei den Schultern, halb lachend, halb ungläubig. »Ach, das ist doch ganz wunderbar, daß wir beiden uns an deinem ersten Tag auf britannischem Boden treffen mußten! Die Parzen haben beschlossen, daß wir Freunde werden. Sollen wir uns gegen die Parzen auflehnen?«

Und plötzlich sprudelten sie beide hastige, fröhliche Satzfetzen hervor, hielten sich in Armeslänge fest, damit sie sich besser sehen konnten, und waren von ihrer Begegnung ganz hingerissen, bis Flavius sich endlich losmachte und nach der frischen Tunika griff, die sein Bursche für ihn am Fußende des Bettes bereitgelegt hatte. »Das müssen wir bald mal königlich feiern; aber wenn wir uns jetzt nicht beeilen, kommen wir beide nicht mehr vorm Essen zu unserm Bad – ich weiß nicht, ob du es nötig hast, aber ich bin den ganzen Tag beim Wallbau gewesen und bin von Kopf bis Fuß staubig.«

Die Messe war schon ziemlich voll, als Justin und Flavius ankamen, und Männer standen im Gespräch beisammen, aber noch niemand hatte an einem der langen Tische Platz genommen. Justin hatte etwas Angst vor dem Augenblick gehabt, da er allein in die Offiziersmesse gehen müßte, in der ihm alle Menschen fremd waren. Aber Flavius hatte ihm den Arm auf die Schulter gelegt und führte ihn gleich mitten in einen Kreis junger Offiziere. »Hier ist unser neuer Unterarzt – jedenfalls das, was Vinicius von ihm übriggelassen hat, und er ist mit mir verwandt!« Und da Justin sofort in ein Gespräch über Austern verwickelt wurde, war der gefürchtete Augenblick vorbei, ehe er zur Besinnung kam.

Aber bald darauf verstummte das allgemeine Gesprächsgesumm in der weiten Messe ganz plötzlich, als draußen in der Säulenhalle Schritte und eine kräftige Stimme ertönten. Alle Männer nahmen Haltung an, und Justin blickte gespannt auf die Tür.

Auf den ersten Blick war er von dem Mann, der mit den Offizieren seines Stabes hereinkam, enttäuscht. Er war klein, gedrungen, sehr kräftig gebaut, hatte einen runden Kopf auf einem außergewöhnlich dicken Hals, krauses braunes Haar und einen

Bart wie ein Widderfell. Ein Mann, der sich offenbar im ledernen Rock und mit Seemannsmütze wohler fühlte als in dem feinen Leinen, das er trug, und der mit dem unverkennbaren, wiegenden Gang derer in die Messe kam, die an schwankende Bootsplanken gewöhnt sind.

Männer dieser Art habe ich schon haufenweise gesehen – schon hundertmal, dachte Justin. Man sieht sie auf den Decks aller Galeeren im Römischen Reich.

Der Kaiser stand nun am oberen Ende der Halle und ließ seinen Blick über die Gesichter der Männer schweifen, die dort versammelt waren, und seine Augen, die unter dicken Brauen lagen, fielen auf Justin. »Ah, ein neues Gesicht«, sagte der Kaiser und krümmte einen Finger. »Komm mal her, mein Junge.«

Justin hörte, daß der Kommandeur dem Kaiser rasch seinen Namen und Dienstgrad nannte. Dann nahm er Haltung an vor dem Mann, der es vom Lotsen auf der Schelde bis zum Kaiser über Britannien gebracht hatte; und im gleichen Augenblick wurde ihm klar, daß er sich geirrt hatte. Er hatte noch nie einen Mann wie diesen gesehen.

Carausius legte ihm eine Hand auf die Schulter und drehte sein Gesicht dem Lampenlicht zu, denn es war inzwischen dämmerig geworden. Nachdem er ihn lange und gründlich gemustert hatte, sagte er: »Du bist also der neue Unterarzt.«

»Ja, Caesar.«

»Wo bist du ausgebildet worden?«

»Bei der dritten Kohorte der Fretenser in Beersheba in Judäa«, antwortete Justin. »Fulvius Licinius, der dort Kommandeur ist, bat mich, dich von ihm zu grüßen und dich zu fragen, ob du dich noch an das Wildschwein erinnerst, das du mit ihm zusammen in den Tannenwäldern bei der Scheldeschleife erlegt hast.«

Carausius schwieg einen Augenblick. Dann sagte er: »Ich erinnere mich an das Wildschwein, ja, und auch an Licinius. Dann ist er jetzt also in Judäa? Damals war er noch mein Vorgesetzter, und jetzt ist er Kommandeur in der Garnison von Beersheba, und ich trage dieses.« Er wies auf den kaiserlichen Purpurmantel, der auf seiner Schulter von einem mächtigen Rubin zusammengehalten wurde. »Wie merkwürdig es zugeht im Leben. Vielleicht weißt du das noch nicht, aber das kommt noch, das kommt noch, wenn du lange genug lebst . . . und meine Mitkaiser schicken mir also einen Unterarzt von den Fretensern. In letzter Zeit häufen sich die Versetzungen vom Festland in die

Legionen hier in Britannien. Beinah wie in alten Zeiten. – Trotzdem habe ich nicht vergessen, daß sie letztes Frühjahr nicht gerade übermäßig freundlich waren.« Stimme und Haltung waren nachdenklich. Sonst war ihm nichts anzumerken, nicht einmal der Griff um Justins Schulter wurde merklich fester, und Justin bemerkte in dem scharfgeschnittenen Gesicht vor sich kaum einen Wandel. Er sah nur, daß die Augen einen Moment etwas blasser wurden, so wie die See vor einer Regenbö bleich wird, und es überrieselte ihn kalt. »Ich möchte wissen, ob du mir ein Rätsel lösen kannst.«

Irgendwie hielt er dem leichten, doch lastenden Druck auf seiner Schulter stand und wich dem Blick des Kaisers nicht aus.

Eine angenehm ruhige Stimme, in der ein Lachen mitklang, warf gelassen ein: »Caesar, du gehst zu hart mit dem Jungen um. Es ist sein erster Abend bei uns, und du bringst ihn um sein Essen.«

Carausius ließ sich keineswegs stören. Eine kleine Weile starrte er den anderen weiter durchdringend an, dann zog ein langsames, dünnes Lächeln über sein Gesicht. »Du hast vollkommen recht, mein lieber Allectus«, sagte er und wandte sich dann zu Justin: »Nein, du bist nicht hergeschickt, um den Spion zu spielen, oder wenn du das sollst, weißt du nichts davon.« Seine Hand glitt von der Schulter des jungen Arztes, und er schaute sich um. »Wollen wir nun essen, meine Freunde?«

Der Mann, den der Kaiser Allectus genannt hatte, fing Justins Blick auf, als er sich umwandte, und lächelte ihm zu. Justin, der für Freundlichkeit immer dankbar war, erwiderte das Lächeln und schlängelte sich durch die Menge zu Flavius, der ihm schnell zuraunte: »Das hast du gut gemacht!«, was ihm sehr wohltat.

Etwas später saß er zwischen Flavius und einem anderen Centurio am unteren Ende des Tisches. Sein Nachbar zur Rechten war so ins Essen vertieft, daß er sich nicht unterhalten konnte, und so konnte Justin seine ganze Aufmerksamkeit auf den höchst respektlosen Bericht über die Großen am oberen Ende des Tisches lenken, den Flavius ihm nun geben konnte, weil die allgemeine Unterhaltung seine Worte übertönte.

»Siehst du den da mit der Schwertnarbe auf der Backe?« fragte Flavius, während er mit einem Pökelhering beschäftigt war. »Das ist Arcadius, der Kapitän von der ›Caleope‹, unserer größten Dreideck-Galeere. Diese Narbe hat er sich in der Arena geholt. Er war berühmt, der Arcadius, als er noch jung war. Oh, und der melancholische Bursche neben ihm ist Dexion, ein Centurio von der Flotte. Du darfst nie«, sagte Flavius kopfschüttelnd, »nie mit ihm Würfel spielen, wenn du nicht Lust hast, dir das Fell über die Ohren ziehen zu lassen. Ich will nicht behaupten, daß er falsch spielt, aber er wirft die Venus* öfter, als es einem Sterblichen zusteht.«

»Danke für die Warnung«, sagte Justin. »Ich werde sie beherzigen.«

Aber wie unter einem seltsamen Zwang wanderte sein Blick immer wieder zu dem Mann, den der Kaiser Allectus genannt hatte und der nun zwischen den Offizieren aus Carausius' Stab ziemlich weit oben am Tisch saß. Er war groß und hatte dichtes, glänzendes helles Haar, das an den Schläfen grau wurde; ein Mann mit einem eindrucksvollen Gesicht, in das man gern geschaut hätte, wenn es nicht so bleich gewesen wäre. Alles an ihm war ein bißchen zu bleich – das Haar, die Haut und die Augen. Aber während Justin ihn ansah, lächelte Allectus über etwas, das sein Nachbar gesagt hatte, und das rasche, hinreißende Lächeln verzauberte sein Gesicht.

»Wer ist der große blonde Mann?« fragte er Flavius leise. »Der Kaiser sagte, glaube ich, Allectus zu ihm.«

»Carausius' Finanzminister und überhaupt seine rechte Hand. Er hat viele Anhänger unter den Soldaten, auch unter den Kaufleuten und den Geldmenschen, so daß er wohl nach Carausius der mächtigste Mann in Britannien ist. Er ist ein guter Kerl, wenn er auch so aussieht, als ob er in einer lichtlosen Kammer großgezogen worden sei.«

Und dann geschah gleich darauf etwas, etwas ganz Unbedeutendes und so Gewöhnliches, daß Justin sich hinterher fragte, ob nicht einfach seine Phantasie mit ihm durchgegangen sei – und dennoch konnte er niemals ganz vergessen, was geschehen war, noch konnte er ein böses Gefühl loswerden. Ein großer, zartgeflügelter Nachtfalter, den das warme Lampenlicht wohl aufgeweckt hatte, kam von den Dachbalken herabgeflattert und schwirrte und schwebte über dem Tisch. Alle blickten gespannt auf den Kaiser, der eben den Göttern das zweite Trankopfer darbringen wollte. Alle – außer Justin und Allectus. Aus irgendeinem unerklärlichen Grunde schaute Justin zu Allectus hinüber, und Allectus beobachtete den Falter.

* Der höchste Wurf beim Würfeln

Der Falter umflog eine der Lampen, die unmittelbar vor dem Finanzminister stand, in immer engeren Kreisen. Sein verschwommener Schatten huschte über den Tisch, als er taumelnd um die helle und lockende Flamme kreiste, enger und enger, bis der wilde, ekstatische Tanz in einem großen, aufzuckenden Schatten endete und der Falter mit versengten Flügeln jämmerlich flatternd neben Allectus' Weinglas fiel. Allectus lächelte leise und zerdrückte ihn bedächtig mit einem Finger.

Das war alles. Jeder würde einen versengten Falter zerdrücken – was war denn schon Besonderes dabei? Aber Justin hatte das Gesicht des bleichen Mannes gesehen, während er den kreisenden Falter beobachtete und darauf wartete, daß er zu nah ans Licht geriet, er hatte sein Gesicht in einem Augenblick gesehen, als der andere sich unbeobachtet fühlte und seinen Zeigefinger mit Bedacht ausstreckte, um zu töten.

Ein Gerücht geht um

Mit der Zeit gewöhnte sich Justin an die große Festung, die den Schlüsselpunkt und das Hauptquartier von Carausius' Verteidigungssystem gegen die Seewölfe bildete. Unter dem hohen grauen Leuchtturm, der einst in Bronze und schimmerndem Marmor geglänzt hatte, gab es ein ständiges Kommen und Gehen von Galeeren und Kaufleuten. Den ganzen Tag erklang durch die Geräusche der Festung, durch die Stimmen vom Paradeplatz, durch Trompetensignale und das Tramp-tramp marschierender Füße hindurch das Klopfen und Klirren von Hämmern und Krummäxten von der Bootswerft unterhalb der Wälle. Und über dem geschäftigen Lärm der Bootswerft tönte immer das Brausen der See.

Dreimal kam es in diesem Herbst zu Gefechten zwischen britannischen Schiffen und den schwarz-besegelten Schiffen der Sachsen, ehe der Winter die Schiffahrt lahmlegte. Justin hatte reichlich Gelegenheit, sein Können an den Verwundeten zu beweisen, und der leicht aufbrausende Oberarzt mußte ihn, wenn auch widerstrebend, loben, worüber Justin sehr glücklich war.

Auch sonst war es für ihn und für Flavius ein guter Herbst.

Mit Flavius verbrachte er den größten Teil seiner dienstfreien Zeit. Ihre erste spontane Zuneigung hatte sich in eine tiefe und feste Freundschaft verwandelt. Sie kamen sich so nahe, weil sie beide einsam waren. Flavius war, nachdem seine Eltern an der Pest gestorben waren, von einer verwitweten Großtante erzogen worden, und er wußte, was es heißt, einsam zu sein. Diesen Herbst und den ganzen Winter jagten sie zusammen Wildschweine im Großen Wald, schossen mit Pfeil und Bogen in den Sümpfen auf wilde Vögel und trieben sich in dem Fischerdorf herum, das mit seinen enggedrängten Läden und Tempeln und Bierbuden unter den Festungswällen entstanden war und von seinen Bewohnern für eine Stadt gehalten wurde.

Ein Platz, den sie ziemlich häufig aufsuchten, war ein Laden, der unmittelbar unter der Nordbastion lag und einem gewissen Serapion gehörte, einem kleinen, vertrockneten Mann mit blitzblanken Augen und spitzen, eidechsenhaften Fingern. Er war halb Brite, halb Ägypter. Von außen sah der Laden aus wie eine alte Hundehütte, aber innen war er eine wahre Fundgrube, denn er war vollgestopft mit Bündeln von getrockneten Kräutern, mit Töpfen und Krügen voll geheimnisvoller Sachen, durchsichtigem Öl in kleinen Kristallflaschen und getrockneten und verschrumpelten Dingen, nach denen man besser nicht zu genau fragte. Die Soldaten kamen sehr häufig in diesen Laden, um duftendes Öl oder Salben für sich selbst oder einen Parfümstab für ein Mädchen zu kaufen.

Flavius holte sich dort immer Serapions Öl zum Einreiben, das gut tat, wenn man müde und steif von der Jagd war, und außerdem eine Salbe, von der er vergebens hoffte, daß sie sein widerspenstiges Haar bändigen würde. Justin interessierte sich für Serapions verschiedene Gebräue und hörte ihm gern zu, wenn er über die heilenden und schädlichen Wirkungen von Kräutern und vor allem über den Einfluß der Gestirne sprach.

Als Justin und Flavius an einem Abend gleich nach den Saturnalien* durch die niedrige Tür in Serapions Laden eintraten, bediente der kleine Ägypter gerade einen anderen Kunden, und beim Licht der kleinen Hängelampe sahen sie, daß es Allectus war. Justin hatte ihn inzwischen schon oft im Gefolge des Kaisers gesehen, diesen großen Mann mit dem aschfahlen Gesicht und den strengen Zügen, die sich durch ein rasches Lächeln so schnell

* Römisches Fest zu Ehren des Saturn

aufhellen konnten, den Mann, der nach Carausius der Mächtigste in Britannien war. Er hatte Flavius nie von dem Nachtfalter erzählt – was war denn schließlich an dem Ganzen, wenn man es in Worte faßte? »Ich sah, wie er einen Nachtfalter tötete und wie ihm das Freude machte.«

Das war alles. Und mit der Zeit dachte er immer seltener daran, wenn er es auch nie ganz vergaß.

Als sie eintraten, blickte Allectus sich um, und ein rasches liebenswürdiges Lächeln huschte über sein Gesicht. »Ah, ihr habt es hoffentlich nicht eilig. Ich fürchte, ich brauche heute schrecklich lange zum Aussuchen.« Dann blickte er wieder auf das Fläschchen mit Parfüm nieder, das er in der Hand hatte und um das es offenbar ging. »Es muß etwas ganz Besonderes sein – etwas, das gleichzeitig ein Geschenk und ein Kompliment ist. Es ist für den Geburtstag der Dame.«

Serapion verneigte sich, lächelte und wies mit ausgestrecktem Finger auf eine zarte Alabasterflasche, die er vor seinen vornehmen Kunden auf den Tisch gesetzt hatte. »Dies ist das Parfüm, das ich das letztemal extra für dich gemischt habe, Herr. War die Dame nicht damit zufrieden?«

»Ja, aber dies ist eine andere Dame«, sagte Allectus mit einem kühlen Lächeln, um dann den beiden, die im Dämmerlicht hinter ihm standen, beiläufig über die Schulter zuzuwerfen: »Man soll niemals zwei verschiedenen Damen zu gleicher Zeit das gleiche Parfüm schenken – sie könnten sich treffen. Das solltet ihr euch merken, meine jungen Herren.«

»Ach so, nun weiß ich Bescheid, Herr.« Der kleine Ägypter verneigte sich wieder. »Wenn der hohe Herr mir Zeit läßt bis morgen, dann könnte ich ihm etwas mischen, das der Dame wert ist, die Allectus mit seiner Gabe ehrt . . .«

»Habe ich dir nicht gesagt, daß sie morgen Geburtstag hat und ich das Geschenk noch heute wegschicken muß? Zeige mir etwas, was du fertig hast.«

Serapion schwieg einen Augenblick, überlegte, wandte sich um und ging dann geräuschlos wie eine Katze in die dunkelste Ecke, von wo er etwas brachte, das er vorsichtig mit den Händen umschloß. »Ich habe dieses hier«, sagte er, »dieses, das Parfüm unter den Parfüms. – Von mir selber gemischt, o ja, aus den edelsten Essenzen zu einer wahren Kostbarkeit gemacht, wie keiner außer mir es kann.« Er setzte eine kleine Kristallflasche auf den Tisch, und unter der Lampe leuchtete sie wie ein grün-goldenes Juwel auf.

»Es ist eine bezaubernde Flasche«, sagte Allectus, nahm sie hoch und drehte sie zwischen seinen starken weißen Fingern. »Eine bezaubernde Flasche, aber, ah, erst der Wohlgeruch drinnen – der Blütenduft von tausend Sommern in eine bernsteinhelle Essenz verwandelt! Warte, ich will das Siegel aufbrechen, und du kannst selber urteilen.«

Er nahm die winzige Flasche wieder an sich, schabte mit seinem scharfen Daumennagel die Wachsschicht ab, die um den Hals saß, und zog den Stöpsel hoch. Dann tauchte er einen dünnen Glasstab hinein und betupfte Allectus den Handrücken, den er ihm entgegenstreckte. Im gleichen Augenblick, als die kostbare Flüssigkeit auf die warme Haut des Mannes rann, stieg ein wunderbar starker und zugleich zarter Duft auf, der alle anderen Gerüche des Ladens auslöschte. Allectus hielt sich die Hand unter die Nase. »Wieviel macht das?«

»Hundert Sesterzen, Herr.«

»Das ist ein hoher Preis für eine sehr kleine Flasche Parfüm.«

»Aber was ist das auch für ein Parfüm, Herr! Ich habe selber sehr hohe Kosten für die Grundstoffe gehabt, und du kannst mir glauben, daß von den hundert Sesterzen für meine Zeit und meine Kunst nicht viel übrig bleibt.«

»So. Ich finde es trotzdem sehr teuer, aber ich nehme es. Verschließ mir das Fläschchen wieder.«

»Allectus ist sehr gut und gnädig.« Serapion verneigte sich, wärmte unter weiterem Stöhnen den Wachsstock, den er aufgenommen hatte, und versiegelte die Öffnung wieder. »Ja, ja, kostspielig sind sie wahrhaftig, solche Stoffe wie diese, aus denen das Parfüm gemacht ist – reines, flüssiges Gold. Und für viele davon muß man noch einen gewaltigen Zoll bezahlen, ehe man sie ins Land bringen darf. Ach ja, sie treffen den kleinen Mann hart, diese neuen Steuern des Kaisers.«

Allectus lachte leise auf. »Vielleicht solltest du die Steuern mir zur Last legen, mein Freund. Ist nicht der Finanzminister des Kaisers dafür verantwortlich?«

»Ja, natürlich, Herr. Bitte, hier ist das Parfüm.« Serapion reichte es ihm und blinzelte dabei ein wenig durch seine schmalen Lider nach oben, als wolle er sehen, wie weit er gehen könne. »Aber hört ein Kaiser immer auf seinen Finanzminister? Sie erzählen sich auf dem Marktplatz, daß ein Finanzminister manchmal – nicht derselben Meinung ist wie sein Kaiser, daß die Steuern nicht so hart wären, wenn ...«

»Meistens ist es töricht, auf solches Gerede zu hören«, sagte Allectus. »Und meistens ist es auch töricht, es nachzuschwätzen.« Er steckte die Flasche in die Innentasche seiner feinen wollenen Tunika, wobei er lächelnd und ungeduldig den Kopf schüttelte, als der Ägypter beteuerte, daß er es nicht böse gemeint habe. »Ja, Mann, wir können alle manchmal unsere Zunge nicht genügend im Zaum halten. Hier hast du deine hundert Sesterzen.« Und mit einem höflichen »Guten Abend«, das auch die beiden jungen Leute einschloß, raffte er die Falten seines Mantels zusammen und war in der winterlichen Nacht verschwunden.

Serapion, der Ägypter, blickte ihm nach, und in seinen Augen lag ein listiger Ausdruck, der so etwas wie ein geheimes Verstehen verriet. Dann wandte er sich wieder den beiden jungen Männern zu, und von seinem Gesicht war nichts mehr abzulesen als das Bestreben, seine Kunden zu bedienen.

»Und nun, meine jungen Herren – entschuldigt bitte, daß ich euch warten ließ. Wollt ihr mehr haben von dem Muskelöl – oder vielleicht ein Geschenk für die Damen zu Hause? Ich habe gehört, daß ihr beide zusammen in ein paar Tagen auf Urlaub geht.«

Justin war erschrocken, denn erst heute morgen hatte Flavius einen Austausch mit einem anderen Centurio verabredet, damit sie beide gleichzeitig Urlaub haben würden.

Flavius lachte. »Kann irgend jemand in Rutupiae niesen, ohne daß du es nach einer Stunde weißt? Nein, ich brauche nur das Muskelöl.«

Sie erledigten ihren Einkauf, ohne weiter über die eben erlebte kleine Szene nachzudenken, und kehrten in ihr Quartier zurück. Und als ein paar Tage später ihr Urlaub anfing – sie wollten ihn auf dem alten Hof in den Downs verbringen, auf dem Flavius zu Hause war –, machten sie sich zusammen auf den Weg nach Westen, der zwei gute Tagesritte weit war.

»Es hat keinen Sinn, den Umweg über Calleva zu machen«, sagte Flavius, »denn um diese Jahreszeit ist Tante Honoria gewöhnlich in Aquae Sulis, wo sie Bäder nimmt. Wir halten uns also am besten an der Küste und überfallen Servius. Der wird sich freuen, wenn wir kommen – und der Hof auch.«

Und als Justin ihn daraufhin schräg von der Seite ansah, grinste Flavius, sagte dann aber in vollem Ernst: »Der Hof freut sich immer, wenn jemand kommt, den er mag und der ihn mag. Man kann ihm das anmerken – genau wie einem alten, klugen Jagdhund.«

Und als sie am zweiten Tag im Abenddämmern nach einem Ritt über frostklirrende Wagenstraßen durch einen kleinen Wald mit Eichen, Birken und wilden Kirschen kamen und das Haus am Ende eines langen Tales in den Downs liegen sahen, wußte Justin, was Flavius gemeint hatte. Er fühlte, daß sie willkommen geheißen wurden und daß das auch ihm galt. Eigentlich war er ja ein Fremder, und doch nahm der Ort ihn auf und freute sich über sein Kommen.

Auch andere nahmen gleich darauf an dem Willkomm teil: Servius, der alte Hausverwalter, der unter Flavius' Vater gedient hatte, und Cutha, seine Frau, und ihr Sohn Kyndylan, als er mit dem Vieh fertig war, und die anderen Knechte und Mägde vom Hof, die alle freie Menschen waren. »Tante Honoria hat noch ein paar alte Sklaven«, sagte Flavius. »Aber auf dem Hof haben wir immer nur mit freien Menschen gearbeitet. Manchmal ist das schwierig, aber wir haben es immer geschafft. Wir wollten es nicht ändern.«

Sie verbrachten fünf Tage auf dem Hof, und in diesen fünf Tagen entdeckte Justin zum erstenmal das eigentliche Britannien. Die kahlen Winterwälder, gesprenkelt wie eine Rebhuhnbrust, die langsame, breite Sprache der Hofbewohner, die Kiebitze auf den zum Winter bestellten Feldern, das niedrige, langgestreckte Haus, an das jede Generation etwas angebaut hatte, dessen Mittelpunkt aber immer noch das rauchgeschwärzte Atrium war, das heute als Vorratskammer diente, einst aber der Wohnraum gewesen war und von einem früheren Marcus Flavius Aquila erbaut war, der hier ein Heim für sich und seine britannische Frau und seine Kinder geschaffen hatte – all dieses bedeutete für Justin Britannien. Er dachte in diesen Tagen sehr viel an jenen früheren Marcus Flavius Aquila, während er glücklich mit Flavius durch Schoben und Scheunen streifte oder Buic, dem Schäfer, in den Schafhürden half. Es war, als ob das alte Haus und das Tal in den Downs sie miteinander verbinde, weil auch er Blut von Marcus in den Adern hatte.

Auch an ihrem letzten Abend dachte er an diesen Marcus, als er Seite an Seite mit Flavius an der Mauer lehnte, die die Weinterrassen an dem warmen Südhang gegen die abrutschenden Dünen schützte. Von hier aus konnten sie den ganzen Besitz überblicken, der sich bis zu dem das Tal in der Ferne begrenzenden Waldrand hinzog. Das winterliche Zwielicht brach eben an und dämpfte alle Farben und Formen.

»Weißt du, Justin, es ist eigentlich merkwürdig«, sagte Flavius plötzlich. »Ich bin immer nur ein paar Wochen hier gewesen seit – seit ich sehr klein war, und doch ist hier meine Heimat, so lange ich denken kann.«

Er machte es sich an der alten Mauer aus Feldsteinen bequem. »Der Hof sieht ja auch ganz gut aus – jedenfalls den Verhältnissen nach.«

»Woran denkst du dabei?«

»Daran zum Beispiel, daß ich bei den Adlern diene«, antwortete Flavius. »Eigentlich hätte ich zu Hause bleiben und Servius bei der Wirtschaft helfen müssen. Aber du weißt ja, wie wir sind, das Soldatsein liegt uns im Blut. Sieh mal, bei dir ist es doch nicht anders, du bist Arzt, aber du kannst dich auch nicht von den Adlern losreißen. Zum Glück ist Servius ein viel besserer Landmann als ich – aber die Bauern auf den kleinen Höfen haben es heutzutage nicht gerade leicht. Das Leben muß einfacher gewesen sein, als mein Namensbruder damals den Wald in diesem Tal rodete und sich hier ein Heim schuf.«

Sie schwiegen beide einen Augenblick, und dann fügte Flavius hinzu: »Weißt du, ich habe oft darüber nachgedacht, wie Marcus eigentlich zu unserm Hof hier gekommen ist.«

»Wie meinst du das?«

Flavius zögerte einen Moment. »Ja, das war doch so«, sagte er schließlich, »daß er – Marcus – nach dem, was man sich in der Familie erzählte, erst ein sehr junger Centurio war, als er sich in irgendeinem Aufstand der Stämme ein lahmes Bein holte und seinen Abschied bekam. Und trotzdem gab ihm der Senat die volle Abfindung an Land und Geld, die sonst nur ein ausgedienter Centurio bekommt. Das sieht dem Senat nicht ähnlich.«

»Vielleicht hatte er einen einflußreichen Freund im Senat sitzen«, meinte Justin. »So was kommt doch vor.«

Flavius schüttelte den Kopf. »Das glaube ich nicht. Wir sind keine Familie, die einflußreiche Freunde hat.«

»War es denn eine Belohnung, irgendeine besondere Be-bezahlung?«

»Das stimmt wohl schon eher. Die Frage ist nur, wofür.«

Justin merkte, daß der andere den Kopf umgewandt hatte und ihn ansah und etwas auf der Zunge hatte. »Ahnst du, was es war?«

»Ich – weiß nicht genau.« Flavius wurde überraschenderweise bis zu seinem feuerroten Haar rot im Gesicht. »Aber ich habe mich immer gefragt, ob es nicht etwas mit der Neunten Legion zu tun hatte.«

»Mit der Neunten Legion?« fragte Justin verblüfft. »Mit der Legion, die während der Unruhen nach Valentia geschickt wurde und nie wiederkam?«

»Oh, ich weiß, das hört sich unwahrscheinlich an. Ich spreche auch nur mit dir davon. Aber du weißt doch, daß Marcus' Vater mit der Neunten Legion verschwand, und in der Familie ging immer so ein Gerücht von einem Abenteuer um, das Marcus in seinen wilden jungen Jahren hatte, bevor er heiratete und sich niederließ. Das ist alles, aber ich habe – so ein merkwürdiges Gefühl, weißt du.«

Justin nickte. Er verstand den anderen. Aber er sagte nur: »Ich weiß nicht ... Du mußt bedenken, daß mir das fast alles neu ist. Du kennst wohl die Familiengeschichte in- und auswendig.«

Flavius lachte und schüttelte alle Ernsthaftigkeit, die eben noch an ihm gewesen war, ab, weil er nie lange ernsthaft sein konnte. »Ich nicht, Tante Honoria. In unserer Familie hätte niemand seit zweihundert Jahren niesen können, ohne daß Tante Honoria alle näheren Umstände wüßte.« Er beugte sich vor, um Servius etwas zuzurufen, der auf der untersten von den drei Weinterrassen erschien. »Hallo! Servius, wir sind hier oben.«

Der alte Mann sah auf und erblickte sie. Er änderte seine Richtung und kam mit dem weitausschreitenden, schwingenden Schritt des alten Legionärs, in dem die Rüstung noch mitzuklirren schien, durch die Reihen der Weinstöcke auf sie zu. »Da seid ihr ja.« Er blieb unterhalb von ihnen stehen. »Cutha hat gleich das Abendessen fertig.«

»Wir kommen«, nickte Flavius, rührte sich aber nicht. Es war, als wolle er den Augenblick noch ein wenig hinausschieben, da er am letzten Abend ihres Urlaubs diesen schönen Platz verlassen mußte. »Wir haben gerade festgestellt, daß der Hof gut aussieht«, sagte er nach einer kleinen Weile.

»Ja, nicht so übel – jedenfalls den Verhältnissen nach.« Servius wiederholte, ohne daß er es wußte, die Worte, die Flavius vor kurzem gebraucht hatte. »Aber es liegt mir auf der Seele, daß wir nicht mehr mit der Zeit Schritt halten. Ich möchte wohl gern mal die neumodischen Wassermühlen sehen, die sie da unten am Teich haben. Wir haben hier Wasser genug, um Räder zu treiben.«

»Ich hätte gern eine Wassermühle«, sagte Flavius, »aber daraus wird nichts.«

»Ja, das weiß ich. Nachdem die Steuer für das Korn so gestiegen ist, können wir nur zusammenhalten, was wir haben, und müssen uns weiter so behelfen wie bisher.«

Flavius sagte ruhig: »Schimpf nicht über die Kornsteuer. Wenn wir eine Flotte und Festungen an der Küste gegen die Sachsen haben wollen, müssen wir sie auch bezahlen. Weißt du noch, wie es war, ehe Carausius das Kommando übernahm? Da sahen wir in mancher Sommernacht die Höfe an der Küste brennen und wußten nicht, wie weit die Seewölfe ins Land kommen würden.«

»Ja«, knurrte Servius. »Das weiß ich noch ganz genau; daran brauchst du mich nicht zu erinnern. Ich stöhne ja auch gar nicht über die Kornsteuer, weil ich einsehe, daß sie sein muß – es ist ja nur, was die Leute sagen. Sie sagen, daß dieser Minister des Kaisers, der sich um so was kümmert, anders über die Steuern denkt als der Kaiser und daß er sie gern leichter machen möchte, wenn er könnte.«

»Wer sagt das?« warf Flavius rasch ein.

»Die Leute. Einer von den Steuereinnehmern sprach selber letzte Woche in Venta davon.« Servius stieß sich von der Mauer ab. »Seht mal, Cutha hat die Lampe angezündet. Ich will sehen, daß ich was zu essen kriege, wenn ihr nicht wollt.«

Und er ging schwingenden Schrittes durch die leise zunehmende Dämmerung auf das Licht zu, das dotterblumenfarbig im Haus aufgeleuchtet war.

Die beiden Vettern sahen ihm eine Weile schweigend nach, wandten sich dann wie in innerem Einverständnis einander zu und schauten sich an. Da hatten sie es wieder – wieder hatte jemand vorsichtig angedeutet, daß Allectus und nicht Carausius der Mann sei, dem man gehorchen müßte, daß er der Mann sei, dem das Wohl des Volkes am Herzen liege.

Justin, dem eine steile Falte zwischen den Brauen stand, fand als erster die Sprache wieder. »Das ist schon das zweitemal«, sagte er.

»Ja«, sagte Flavius, »das ging mir auch gerade durch den Kopf. Aber er brachte Serapion energisch zum Schweigen.«

Justin dachte an die kleine, unbedeutende Szene im Laden unterhalb des Walles von Rutupiae zurück, und dabei fiel ihm etwas ein, das er damals nicht bemerkt hatte. »Er hat es aber auch nicht abgestritten.«

»Vielleicht stimmte es.«

»Das ändert die S-sache aber doch nicht«, sagte Justin, der eine eigene, strenge Auffassung von Treue hatte.

Flavius sah ihn einen Augenblick an. »Nein, du hast recht, natürlich ändert das nichts«, stimmte er schließlich bedächtig zu. Und dann überkam ihn plötzlich ein Zorn: »Hölle und Furien! Wir fangen hier oben in der Dämmerung an zu spinnen wie zwei dumme alte Jungfern! Zuerst war es die Neunte Legion und nun ... komm jetzt, laß uns gehen.«

Er stieß sich von der Mauer ab und ging mit langen Schritten den steilen Pfad durch die Weinterrassen hinunter auf das Licht unten im Fenster zu.

Justin folgte ihm und fand es nicht der Mühe wert, ihn darauf hinzuweisen, daß nicht er es gewesen war, der die Idee mit der Neunten Legion gehabt hatte.

Das Haus auf den Klippen

Während der Tage, die sie auf dem Hof zugebracht hatten, war das Wetter freundlich gewesen, und das winterliche Grün hatte schon das Kommen des Frühlings verheißen. Aber kaum waren sie wieder unterwegs, als der Winter noch einmal mit Schnee im Gefolge einbrach. So kamen Justin und Flavius nur mühsam voran, hatten aber am zweiten Tag noch zwei Stunden Tageslicht vor sich, als sie in Limanis die Pferde wechselten und sich auf das letzte Stück des Weges machten. Die Straße verlief am Rande des Waldes von Anderida, und so hörten sie beim Reiten ohne Unterlaß das mächtige Brausen des Sturmes in den Bäumen. Der Hagel schlug ihnen ins Gesicht, so daß sie die Köpfe senken mußten, und als die Straße nach ein paar Meilen bergab ging und sie zu einer gepflasterten Furt kamen, neben die sich eine kleine Waldschmiede kauerte, versprach die rote Glut der Esse ihnen Wärme und Farbe in den grauen Seufzern der sturmgepeitschten Wälder.

Durch den Hagelschauer konnten sie eine kleine Gruppe von abgesessenen Reitern vor der Schmiede ausmachen, und Flavius sagte: »Das sieht ganz so aus, als ob ein Pferd ein Hufeisen verloren habe.« Und dann fügte er mit einem leisen Pfiff hinzu: »Beim Donnerer! Es ist der Kaiser selbst!«

Es war wirklich der Kaiser, der sehr gelassen auf einem umgestürzten Baumstamm am Weg saß. Hagelkörner saßen in seinem Bart und auf den Adlerfedern seines Helmschmucks, und Hagelkörner bedeckten die Schultern seines Purpurmantels. Eine kleine Eskorte von Reitern stand bei ihm, die Pferde am Zügel, während Nestor, sein großer Rotschimmel, dem Schmied die Schulter besabberte. Der hielt einen großen, runden Huf zwischen seinen durch eine Lederschürze geschützten Knien.

Der Kaiser blickte auf, als die beiden jungen Männer ihre Pferde zügelten, und zog die dicken Brauen bis an den Helmrand hoch. »Ah, Centurio Aquila und unser Unterarzt. Was führt euch auf diese winterlichen Straßen?«

Flavius war schon vom Pferd gesprungen und schob seinen Arm durch den Zügel. »Heil dir, Caesar! Wir sind auf dem Rückweg vom Urlaub. Können wir dir helfen, Herr?«

»Danke, nein. Nestor hat ein Hufeisen verloren, wie ihr seht, aber er ist hier bei Goban gut aufgehoben.«

Ein scharfer Hagelstoß schlug ihnen ins Gesicht und ließ die Männer in ihren Mänteln zittern. Die Pferde wurden unruhig und drehten die Köpfe vor dem Hagelschauer weg. Und der Decurio, der das Kommando über die Eskorte führte, sagte flehentlich: »Herr, willst du nicht eins von unseren Pferden nehmen und weiterreiten? Der Mann kann dann mit Nestor nachkommen.«

Carausius setzte sich bequem auf dem Baumstamm zurecht und zog sich seinen Mantel bis zu den Ohren hoch. »Ich fürchte mich nicht vor ein bißchen Hagel«, sagte er und blickte den Decurio verächtlich an. »Vielleicht ist es dir gar nicht so sehr um mein Wohl zu tun wie um das deiner Männer – oder sogar um dein eigenes.« Der Mann wies diesen Vorwurf unter Stottern zurück, aber Carausius tat, als höre er nichts, und wandte sich mit einer fragend hochgezogenen Augenbraue zu den beiden Vettern um. »Müßt ihr beiden heute abend wieder in Rutupiae sein?«

»Nein, Caesar«, sagte Flavius. »Wir haben einen Tag mehr für den Ritt gerechnet, aber wir haben ihn nicht gebraucht.«

»Ja, das ist immer richtig, wenn man für eine Reise im Winter mit einem Extratag rechnet. Und dies ist wahrhaftig eine höchst winterliche Winterreise.« Er schien einen Augenblick nachzudenken und nickte dann, als ob er mit dem Ergebnis seines Nachdenkens sehr zufrieden sei. »Es ist bestimmt grausam, zehn Männer bei solch einem Wetter auf einem nutzlosen Ritt von zehn Meilen mitzuzerren. – Decurio, du kannst aufsitzen und deine Männer nach Limanis zurückbringen. Ich werde hier in Ruhe abwarten, bis Nestor beschlagen ist, und dann mit diesen beiden Offizieren aus Rutupiae weiterreiten. Die beiden genügen mir als Eskorte.«

Justin, der inzwischen auch abgesessen war und mit seinem Pferd am Zügel am Rande der Gruppe stand, warf Flavius einen leicht erschrockenen Blick zu und sah, daß Flavius starr geradeaus blickte wie auf der Parade. Der Decurio erstarrte. »Du – du entläßt deine Eskorte, Caesar?«

»Ich entlasse meine Eskorte«, sagte Carausius zustimmend.

Der Decurio zögerte kurz und schluckte. »Aber, Herr . . .«

»Macht euch auf den Weg, Decurio«, sagte der Kaiser. Sein Ton war freundlich, aber der Decurio nahm blitzschnell Haltung an, wandte sich dann sehr hastig um und befahl seinen Männern aufzusitzen. Erst als sich die Soldaten der kleinen Eskorte aufs Pferd geschwungen hatten und mit dem Wind und dem Hagel im Rücken auf Limanis zuritten, wandte sich der Kaiser wieder den beiden jungen Männern zu, die mit den Pferden am Zügel neben ihm standen. »Ich fürchte, ich habe vergessen, euch zu fragen, ob ihr mich begleiten wollt«, sagte er.

Flavius zuckte es um den Mund. »Kann man sich weigern, mit einem Kaiser zu reiten?«

»Nicht, wenn man klug ist.« Ein herbes Lächeln flog über Carausius' offenes Seemannsgesicht. »Gehorcht also. Der Wind nimmt zu, nach Rutupiae sind es noch gut fünfzehn Meilen, und mein Haus, zu dem ich wollte, als Nestor sein Hufeisen verlor, liegt nur knapp fünf Meilen von hier. Und wenn wir erst da sind, kann ich euch ein offenes Feuer und einen Wein anbieten, wie sie keinen in Rutupiae haben.«

Und so folgten Justin und Flavius gut zwei Stunden später, nachdem sie sich durch ein heißes Bad erfrischt hatten, einem Sklaven über den Hof eines großen Hauses, das am Rande einer Klippe hoch über der See lag, in das Zimmer im Nordflügel, wo der Kaiser sie erwartete.

Das geräumige rechteckige Zimmer war von Lichtern in hohen Bronzeständern erhellt, und dicke Holzklötze brannten nach britannischer Sitte auf einer erhöhten Feuerstelle, so daß der ganze Raum vom Duft des brennenden Holzes erfüllt war. Carausius stand am Feuer. Als sie eintraten, wandte er sich um und sagte: »Ah, ihr habt euch das Eis aus den Ohren gewaschen. Kommt, laßt uns essen.«

Und dann saßen sie an einem kleinen Tisch, der dicht vor den Kamin gerückt war, aßen ein gutes, wenn auch für einen Kaiser einfaches Mahl, das aus hartgekochten Enteneiern, süßem, in Milch gekochtem Hammelfleisch und einem Wein bestand, mit dem sich, wie Carausius es versprochen hatte, kein Wein in Rutupiae messen konnte, einem klaren gelben Wein, der nach Sonne und Süden schmeckte. Er kam aus Flaschen, die mit juwelenbesetzten Goldringen umwunden waren und deren Glas schillerte wie die Federn an einem Taubenhals.

Sie wurden von leise auftretenden, gewöhnlichen Tischsklaven bedient, aber hinter Carausius' Stuhl stand ein Geschöpf, das sie schon ein-, zweimal flüchtig aus der Ferne im Gefolge des Kaisers gesehen hatten, aber noch nie aus der Nähe.

Es war ein sehr kleiner Mann, der so feingliedrig war wie eine Bergkatze. Seine Beine steckten in einer eng anliegenden dunklen Strumpfhose, sein Körper in einem buntgescheckten wollenen Hemd, das ihm ansaß wie eine zweite Haut. Glattes schwarzes Haar hing ihm in dicken Strähnen über Wangen und Hals, und seine übergroßen Augen wirkten in dem schmalen, bartlosen Gesicht noch größer und glänzender, weil sie von feinen, blauen eintätowierten Ringen umgeben waren. Um die Taille trug er einen breiten roten Lederriemen, der mit Bronzeknöpfen besetzt war wie ein Hundehalsband, und in dem Gürtel steckte eine Art Musikinstrument, ein gebogener Bronzestab, an dem neun silberne Kugeln hingen, die bei jeder Bewegung ein dünnes und liebliches Geläute erklingen ließen. Aber das Seltsamste an ihm erschien nur, wenn er sich umwandte, um einem anderen Sklaven eine Schüssel abzunehmen. Justin sah, daß hinten von seinem Gürtel ein Hundeschwanz herunterbaumelte.

Das sonderbare Geschöpf bediente seinen Herrn mit einer Art stolzer und freudiger Bereitschaft, mit einer gewissen phantastischen Anmut, die so ganz anders war als der anerzogene, unpersönliche Gleichmut der übrigen Sklaven. Und als der dritte Gang aus getrockneten Früchten und kleinen heißen Kuchen auf dem Tisch stand und Carausius die Tischsklaven entließ, ging das Geschöpf nicht mit ihnen, sondern legte sich wie ein Hund vors Feuer. »Wenn der Herr des Hauses fort ist, schläft Cullen am warmen Herdplatz. Wenn der Herr des Hauses heimkommt, schläft Cullen neben dem Feuer des Herrn«, sagte er zufrieden und streckte sich, auf einen Ellenbogen gestützt, aus.

Der Kaiser blickte zu ihm nieder. »Guter Hund, Cullen«, sagte er, nahm einen Klumpen Rosinen aus der roten samischen Schale und warf sie ihm zu.

Cullen fing sie mit einer schnellen und merkwürdig schönen Gebärde in einer Hand auf, wobei er sein seltsames Gesicht zu einem Grinsen verzog, das von Ohr zu Ohr reichte. »So! Ich bin meines Herrn Hund, und mein Herr füttert mich von seinem eigenen Tisch.«

Der Kaiser wandte sich wieder um, streckte eine Hand nach der Flasche aus und bemerkte, daß Justin den kleinen Mann fasziniert und verwirrt anschaute. Da sagte Carausius: »Der Hochkönig von Erin* hat seinen Hofnarren, und soll dem Dritt-Kaiser von Rom fehlen, was der Hochkönig von Erin hat?«, wobei er den Mund weit öffnete zu dem ihm eigentümlichen, offenen Lächeln.

Cullen aß seine Rosinen, spuckte die Kerne ins Feuer und nickte zustimmend. »Deswegen hat mein Herr Curoi mich von den Sklavenhändlern drüben an der Küste des westlichen Meeres gekauft, damit ihm nichts fehlt, was der Hochkönig von Erin in seinen Hallen in Tara hat – und auch, glaube ich, weil ich aus Laighin bin, genau wie mein Herr. Und nun bin ich schon sieben Sommer und sieben Winter der Hund meines Herrn.« Dann rollte er sich herum, war schnell, wie ein Eisvogel fliegt, auf den Knien und zog das Instrument aus dem Gürtel, den silbernen Zweig, den Justin schon vorher bemerkt hatte.

Nun saß Cullen mit gekreuzten Beinen am Feuer, während über ihm das Gespräch sich anderen Dingen zuwandte, und bewegte den silbernen Zweig mit schnellen, ruckartigen Bewegungen seines Handgelenks, und eine Welle von Glockentönen in seltsamem Mollklang lief von der kleinsten Kugel an der Spitze bis zur größten an dem dicken emaillierten Griff und wieder zurück. Dann begann er ganz leise vor sich hin zu spielen – wenn man es Spielen nennen konnte, denn Cullen spielte keine Melodie, sondern nur einzelne Töne, die bald leise, bald laut erklangen, wenn er die verschiedenen Silberkugeln mit dem Knöchel oder Fingernagel anschlug. Es war, als wenn die einzelnen Töne aus weiter Ferne niederfielen wie schillernde Tropfen, die aus dem Nichts herabträufelten und doch rund und ganz waren.

Es war ein seltsamer Abend; ein Abend, den Justin nie vergessen sollte. Draußen das Toben des Sturmes und tief unten das

* Irland

Rollen der See und drinnen der Duft des brennenden Holzes, der ruhige Schein der Lampen und die zuckenden bunten Lichtflecken, die von dem Wein in den schillernden Flaschen auf den Tisch geworfen wurden. Justin streckte eine Hand in einen solchen Lichtfleck, und sogleich war sie von leuchtendem Rot und Smaragd und kräftigem Pfauenblau übergossen. Plötzlich fragte er sich, ob diese wunderbaren Flaschen und Carausius' großer goldener Becher, ob die Wandbehänge aus dem Osten mit den reichen Stickereien am Ende des Raumes und das korallenbesetzte Zaumzeug an der Wand hinter ihm wohl im Laderaum eines schwarzbesegelten sächsischen Langboots hergekommen waren. Draußen der tosende Sturm auf wilden Schwingen und drinnen die kleinen Flammen, die zwischen den Holzscheiten hin und her sprangen, und um den Tisch von Angesicht zu Angesicht Flavius und er selbst und der kleine, gedrungene Seemann, der Kaiser von Britannien war, während der seltsame Sklave Cullen wie ein Hund am Feuer lag und spielerisch die Kugeln an seinem silbernen Zweig anschlug.

Justin wußte, daß es kaum mehr gewesen war als eine willkürliche Laune von Carausius, daß er seine Eskorte entlassen und ihnen befohlen hatte, zu seiner Begleitung mit ihm zu reiten. Aber obwohl sie wohl nie mehr so beisammen sein würden wie heute, fühlte er im Innersten seines Herzens, daß sie nun so miteinander verbunden waren, wie nur selten ein Kaiser mit zwei von seinen jüngsten Offizieren verbunden ist.

Ja, ein sehr seltsamer Abend.

Meistens führte, wie es sich gebührte, Carausius das Wort, während die beiden jungen Männer vor ihren Bechern, in denen der Wein mit Wasser vermischt war, saßen und ihm zuhörten. Und es lohnte sich wahrhaftig zuzuhören, denn Carausius war nicht nur Kaiser. Einst war er Flußlotse auf der Schelde gewesen, Befehlshaber einer römischen Flotte, Centurio unter Carus im persischen Krieg, und er war in Laighin, drei Tagereisen südlich der Königsstadt Tara, aufgewachsen. Er hatte seltsame Stätten gesehen und seltsame Dinge getan, und er konnte so lebendig davon erzählen, daß er seine Zuhörer in seinen Bann zog.

Und dann schien er plötzlich seiner eigenen Worte müde zu sein, stand auf und ging durch den Raum zu den Vorhängen am anderen Ende. »Ich habe lange genug von Vergangenem gesprochen. Jetzt will ich euch etwas zeigen, das für unser Heute ist. Kommt mal alle beide her.«

Stühle schurrten auf dem gewürfelten Steinboden, und als der Kaiser die pfauenblau und granatapfelrot leuchtenden Vorhänge zurückschlug, waren sie an seiner Seite und gingen hindurch. Justin war der letzte, und als er das graue, vom Sturm gerüttelte Fenster sah, hatte er das Gefühl, als ob die wilde Nacht sich mit Gebrüll auf sie stürzen würde. So hielt er noch einen Augenblick das schwere Tuch des Vorhangs hoch, weil er nicht wußte, ob sie das Licht des Raumes hinter ihnen für das Kommende brauchten, was immer es auch sein mochte. Aber Carausius sagte: »Laß den Vorhang herunter. Wir können nichts sehen, wenn das Licht auf den Scheiben flackert.« Und so ließ er den Vorhang hinter sich zufallen.

Im gleichen Augenblick, als das Lampenlicht verdeckt war, trat die Welt draußen, mondhell und bewegt, hervor. Sie standen in einem Erker mit einem riesigen Fenster, wie Justin noch nie eins gesehen hatte. Das ganze Halbrund des Erkers war Fenster, ein Fenster, das ein richtiger Wachtturm war, ein Falkenhorst über dem äußersten Rande der Klippe.

Graue und silberne Wolkenfetzen jagten vorüber, und der Mond tauchte ab und zu zwischen den Sturmwolken auf, so daß ganz plötzlich der weite Bogen der Küste von einem flüchtigen silbernen Glanz überflutet war und ebenso rasch aller Glanz unter einem dichten Hagelschauer verlosch. Tief unter ihnen rollten die schaumgekrönten Wogen dichtgereiht vorbei wie eine wilde, weiße Reitertruppe. Und weit hinten im Osten sah Justin ein Feuer an der Küste, das wie ein rotes Blütenblatt an der dunklen Landzunge hing.

»Hier ist mein Ausguck«, sagte Carausius. »Ein guter Platz, von dem ich meine Schiffe sehen kann, wenn sie ein- und ausfahren und die Leuchtfeuer von Dubris und Limanis und Rutupiae ihnen ihren sicheren Weg weisen.« Dann folgte er Justins Blick. »Das ist der Leuchtturm von Dubris auf der Landzunge. Das Feuer von Limanis kann man von dem Hügel hinterm Haus aus sehen. Seht jetzt mal übers Meer – dahinten nach Südwesten, wo die Welt zu Ende ist.« Eine Hagelbö fegte übers Wasser und machte den Blick in die Ferne frei. Da erkannte Justin weit hinten am Horizont noch einen Funken.

»Das ist Gesoriacum«, sagte Carausius.

Sie schwiegen einen Augenblick, denn sie wußten, daß letzten Winter Gesoriacum noch im Besitz des Mannes neben ihnen gewesen war. Und in die Stille tönte durch das Brausen von Wind und See das Geklingel von Cullens Silberzweig, tönte leise und angenehm und ein wenig spöttisch.

Flavius sagte schnell, als wolle er sich gegen den silberhellen Spott der Glocken wehren: »Vielleicht sind wir ohne Gesoriacum besser dran. Ein vorgeschobener Posten ist immer eine Gefahr.«

Carausius' Lachen klang bitter. »Der Mann ist kühn, der seinen Kaiser über eine Niederlage hinwegtrösten will!«

»Ich habe es nicht als Trost gemeint«, sagte Flavius ruhig. »Ich meine es wirklich so.«

»So? Und du hast recht.«

Justin hörte, daß in der Stimme des Kaisers sein offenes, freundliches Lächeln mitklang. »Dennoch ist das eine Sache, die man von zwei Seiten betrachten kann. Es fragt sich, ob es einem darum geht, eine einzelne Provinz stark zu machen, oder darum, seine eigene Macht zu stärken und zu vergrößern.«

Er verstummte und wandte seinen Blick dem Lichtfunken zu, der wieder trüber wurde, weil eine neue Hagelbö über die See gejagt kam. Seine nächsten Worte klangen nachdenklich, fast wie ein Selbstgespräch. »Worum immer es einem auch gehen mag, das wahre Geheimnis liegt in der Seemacht. Rom hat das nie verstanden. – In größeren Flotten mit besseren Seeleuten. Wir müssen Legionen haben, aber vor allem brauchen wir die Herrschaft über die See, die uns hier von allen Seiten umgibt.«

»Wir haben doch schon eine Flotte, gegen die Maximian nichts ausrichten konnte«, sagte Flavius und lehnte sich mit der Schulter an den Fensterrahmen, um nach unten zu blicken. »Ja, und auch die Seewölfe nicht!«

»Dennoch kommen die Wölfe her«, sagte Carausius. »Es würde den jungen Constantius wohl hart ankommen, wenn er dieses Frühjahr seine Truppen von der germanischen Grenze abziehen müßte, um mich aus Gesoriacum zu vertreiben. – Immer und überall sind die Wölfe vor den Grenzen und warten. Ein Mann braucht nur einen einzigen Augenblick nicht wachsam zu sein, und schon sind sie da, um uns die Zähne ins Fleisch zu schlagen. Mit Rom geht es zu Ende, Kinder.«

Justin warf ihm einen schnellen Blick zu, aber Flavius regte sich nicht; es war, als ob er gewußt hätte, was Carausius sagen würde.

»Oh, es ist noch nicht aus mit Rom. Ich werde es nicht mehr fallen sehen – mein Purpur wird halten, solange ich lebe – und ihr, glaube ich, auch nicht. Trotzdem ist Rom im Innersten hohl und leer, und eines Tages wird das Römische Reich zerbrechen. Vor hundert Jahren muß es noch so ausgesehen haben, als ob es ewig bestehen würde; aber in hundert Jahren – das wissen nur die Götter. – Wenn ich diese eine römische Provinz stark machen kann – so stark, daß sie allein bestehen kann, wenn Rom fällt, dann kann vielleicht einiges vor der Dunkelheit bewahrt bleiben. Wenn ich das nicht kann, dann werden die Feuer von Dubris und Limanis und Rutuipiae erlöschen. Überall werden die Feuer erlöschen.« Er trat zurück, raffte das Tuch des Vorhangs beiseite und wurde von den dunklen Falten eingerahmt. Das Licht des Feuers und das der Lampe fiel von hinten auf ihn, aber sein Gesicht war noch dem vorbeijagenden Grau und Silber der stürmischen Nacht zugewandt. »Wenn ich es schaffe, kein Messer in den Rücken zu bekommen, ehe das Werk getan ist, werde ich Britannien stark genug machen, allein zu bestehen«, sagte er. »So einfach ist das.«

Als sie wieder in den lampenerhellten Raum hinübergingen, sagte Flavius schnell und dringlich: »Caesar weiß, daß wir mit ganzem Herzen Caesars Gefolgsleute sind auf Leben und Tod, Justin und ich.«

Carausius blieb einen Augenblick stehen, den Vorhang noch in der Hand, und sah sie an. »Caesar weiß es«, sagte er endlich. »Ja, Caesar weiß es, meine Kinder«, und er ließ das dunkle Tuch zwischen das Lampenlicht und die vor dem Mond jagenden Wolken fallen.

Der Seewolf

Als der Winter sich langsam seinem Ende zuneigte, gingen Justin und Flavius öfter zusammen in den Marschen auf Jagd nach wilden Vögeln. Sie jagten in dem seltsamen Grenzgebiet zwischen Land und See, das auf Justin einen großen Zauber ausübte, wie alle Dinge, die zwischen zwei Welten liegen.

Ihr Jagdgrund war gewöhnlich Tanatis, die große, sumpfige Insel hinter der Fahrrinne von Rutupiae, aber ungefähr Mitte März wurde gemeldet, daß ein Sachsenschiff, das den Vorposten-Galeeren entgangen sein mußte, auf der See gesehen worden sei. Daher wurde Tanatis für die Soldaten der Festung verboten, weil sonst allzu leicht einzelne auf Vogeljagd gehende Legionäre von den Seewölfen gefangen werden konnten. So kam es, daß Justin und Flavius sich an einem Märzmorgen in der Dunkelheit auf den Weg in das verlassene Fischerdorf machten, das am südlichsten Punkt der Festlandmarschen lag.

Und nun krochen sie durch das Schilf im Vorland des alten Deiches, der einst das Dorf vor der See geschützt hatte. Sie hatten die Bögen gespannt und die kleinen Bolzen für die Vogeljagd mit den Widerhaken nach unten vor sich ins Gras gesteckt.

Der Morgen begann zu grauen. Sie spürten das an dem Geruch des aufkommenden scharfen Windes, der in den Schilfbüscheln sauste und über die verfallenden Torfwälle des verlassenen Dorfes fuhr. Sie spürten es an den Rufen der Brachvögel und Strandläufer, an dem schwachen, fahlen Schimmer, der am östlichen Himmel heraufkroch, und am Schwinden der Flamme von Rutupiae, die eben noch wie eine Irisknospe gewesen war. Langsam breitete sich das Licht aus und nahm zu. Jeden Augenblick warteten sie nun auf den Flügelschlag der aufsteigenden Wildenten, auf das gleichmäßige Schlagen, mit dem sie in den Morgen fliegen würden.

Aber bevor es ertönte, schlug ein anderer Laut an ihre lauschenden Ohren, ein Laut, der so schwach war und so schnell vorüberging, daß er alles oder nichts bedeuten konnte. Dennoch verriet der Laut, daß er von einem Menschen herrührte und daß hier etwas Heimliches vorging, denn er klang fremdartig zwischen den anderen Lauten im Sumpf.

Flavius erstarrte und blickte angestrengt durch die dünne Wand aus Schilf, die zwischen ihnen und der Außenwelt lag.

»Was ist das?« flüsterte Justin. Und der andere brachte ihn mit einer raschen Bewegung zum Schweigen, streckte dann, als ein Windstoß kam, seine Hand aus und zog ein paar hohe Schilfstengel beiseite. Und Justin konnte selber sehen, was es war.

Nicht mehr als einen Speerwurf von ihnen entfernt stand ein Mann, den Kopf einem anderen Mann zugewandt, der eben aus dem landeinwärts liegenden Weidengebüsch auftauchte. In dem ständig zunehmenden morgenfrischen Licht erkannten sie den kleinen runden Schild auf seinem Rücken und das volle, goldgelbe Haar an seinem Kopf und Bart; und da er ihnen seine Schwertseite zugekehrt hatte, konnten sie den Sax, das kurze sächsische Stoßschwert, in der Hülle aus Wolfsfell in seinem

Gürtel stecken sehen. Als der zweite Mann näherkam, stieß Flavius einen langen, tonlosen Pfiff aus. »Beim Donnerer!« flüsterte er. »Es ist Allectus!«

Justin war wie versteinert, aber er war nicht überrascht. Es war, als hätte er das kommen sehen.

Allectus war inzwischen mit dem anderen Mann zusammengetroffen. Der Sachse sagte irgend etwas mit leiser, ärgerlich grollender Stimme, und Allectus antwortete etwas lauter: »Ja, ich weiß, es ist gefährlich nach Tagesanbruch. Wenn ich gekonnt hätte, wäre ich eher gekommen – weil mir mein eigenes Leben lieb ist. Schließlich riskiere ich mehr als du. Du brauchst dich nur zu verstecken, bis die ›Seehexe‹ dich holt. – Dies habe ich deinen Herren zu sagen, die dich geschickt haben.« Aber noch während er sprach, hatten die beiden sich umgewandt, und ihre Stimmen wurden zu einem unverständlichen Gemurmel.

Justin horchte angespannt auf ihre Worte, konnte aber nichts von ihrem leisen Murmeln verstehen. Auch kam es ihm so vor, als ob sie nicht länger Latein sprächen, sondern eine Sprache, die er nicht kannte. Er überblickte das Land, das er vor sich hatte, weil er sich sehnlichst wünschte, näher heranzukommen, ohne selber gesehen zu werden. Aber außerhalb des Schilfes bot das Gelände keine Deckung mehr, nicht einmal für einen Brachvogel, geschweige denn für einen Mann.

Und dann schienen die beiden Männer plötzlich fertig zu sein mit dem, was sie sich zu sagen hatten. Der Sachse nickte, als bestätige er einen Befehl, und Allectus ging in der Richtung fort, aus der er gekommen war. Der Sachse blickte ihm einen Augenblick nach, drehte sich dann achselzuckend um und ging geduckt an den Dornbüschen entlang, die einst als Windschutz gesetzt worden waren und ihm nun zur Deckung dienten. Dann wandte er sich nach Westen auf den wildesten und einsamsten Teil der Marschen zu.

Justin und Flavius warfen sich im Schiff einen raschen Blick zu. Zum Überlegen war keine Zeit. Sie mußten sich sofort entscheiden und dann durchstehen, was auf sie zukam.

»Warte, bis er um das Gebüsch herum ist«, raunte Flavius leise, und seine Augen wurden zu schmalen Schlitzen, als er durch die auseinandergebogenen Schilfhalme blickte. »Wenn wir ihm jetzt nachrennen und er anfängt zu schreien, dann ist sein Freund Allectus gewarnt.«

Justin nickte. Er konnte von seinem Platz aus den fortgehenden Sachsen nicht sehen, und darum beobachtete er Flavius, der in der Haltung eines Schnelläufers unmittelbar vor dem Start vorwärtskroch, und er sah, daß Flavius zum Rennen ansetzte.

»Jetzt«, flüsterte Flavius.

Sie schossen wie Pfeile aus dem Schilf heraus und rannten auf das untere Ende des Gebüsches zu. Als sie dort ankamen, war der Mann nicht mehr zu sehen. Sie verharrten einen Augenblick, weil sie nicht wußten, was sie tun sollten, aber da erschien er wieder hinter der Biegung eines alten Deiches, sah sich rasch um und ging dann über gelbbraunen Boden auf das offene Land zu.

»Wahrscheinlich hat er irgendwo in den Dünen ein Versteck«, sagte Flavius. »Los, komm!«

Und wieder waren sie hinter ihm her. Es war jetzt unmöglich, in Deckung zu bleiben – wenn er sich umsah, mußte er sie sehen, und dann ging es nur noch darum, wer schneller war, sie oder er. Wenigstens konnte Allectus sie nun bestimmt nicht mehr hören.

Sie hatten den Abstand zwischen sich und ihm fast bis auf die Hälfte verringert, als der Sachse bei einer Gruppe von windgepeitschten Dornbüschen stehenblieb und sich schnell umsah, wie sie es erwartet hatten. Justin sah, wie er zusammenzuckte und einen Augenblick erstarrte wie ein Tier, das seinen Jäger wittert. Dann hatte er die Hand mit einem Ruck am Schwertgriff und sprang davon wie ein Hase, die beiden jungen Römer ihm auf den Fersen. Der Sachse schien die Gefahren zu kennen, die solch ein deckungsloses, von Wasserläufen durchzogenes Gelände barg. Jeden Augenblick konnte er abgeschnitten werden. Er schlug deshalb sofort eine andere Richtung ein, kehrte der Küste den Rücken und strebte auf den Waldsaum zu. Justin und Flavius wußten, daß sie ihn kaum mehr erwischen würden, wenn er erst einmal den Wald erreicht hätte. Daher rannten sie, so schnell sie nur konnten, um vor ihm am Wald zu sein. Flavius ließ seinen Vetter langsam hinter sich zurück und kam seinem verzweifelten Jagdwild immer näher, während Justin, der kein besonders guter Läufer war, verbissen hinterherrannte. Der rauchgraue Waldrand mit seinen kahlen Bäumen rückte näher, und Justin war noch weit zurück. Er bekam keine Luft mehr, und ihm war furchtbar übel. Sein Herz hämmerte so laut, daß er nichts anderes hören konnte. Aber er war nur von dem einen Gedanken beherrscht, daß da vorne Flavius, nur mit einem kleinen Dolch bewaffnet, ganz allein einen verzweifelten Mann verfolgte, der ein bloßes Schwert in der Hand hielt.

Weiter und weiter rannten die beiden da vorne und verschmolzen nun fast zu einer einzigen Gestalt. Sie kamen durch Stechginster und Schlehdornbüsche, als Justin plötzlich – wenn auch nur undeutlich und vom Rennen halb blind – sah, daß der vordere Mann zu stolpern schien und der andere sich im gleichen Augenblick auf ihn stürzte. Justin sah sie zusammen niederfallen und gab sein Letztes her. Flavius und der Sachse waren fest ineinander verkeilt, als er dort ankam, und noch halb benommen, sah er eine bloße Schwertklinge im gelben Gras aufblitzen. Flavius hatte die Schwerthand des Sachsen mit festem Griff umschlossen, und Justin stürzte sich darauf, entwand dem Mann das Schwert und schleuderte es zur Seite. Flavius, der nun die Hand frei hatte, holte aus und traf den Sachsen genau unters Ohr, so daß der im gleichen Atemzug aufhörte, sich zu wehren.

»So – den haben wir«, keuchte Flavius. »Hilf mir, seine Hände zu binden. Nimm die übrigen Bogensehnen.«

Sie nahmen seine Hände nach hinten und banden ihm die Handgelenke mit der dünnen, starken Bogensehne zusammen, die Justin, der immer noch außer Atem war, aus seinem Gürtel zog. Dann rollten sie ihn auf den Rücken. Flavius hatte nur so stark zugeschlagen, daß der Mann nicht lange bewußtlos war, sondern schon wieder zu sich kam. Er öffnete die Augen und blickte sie benommen an. Dann machte er mit einem Knurren den Mund auf, so daß man in dem Gold seines Bartes seine kleinen scharfen Zähne sehen konnte, und versuchte wie ein wildes Tier seine Fesseln abzuschütteln. Flavius setzte ihm ein Knie auf die Brust, zog den Dolch aus seinem Gürtel und hielt ihn an seine Kehle. »Gib auf, mein Freund«, sagte er. »Es hat keinen Sinn zu kämpfen, wenn einem das kalte Eisen an der Kehle sitzt.«

Justin fühlte sich immer noch furchtbar elend, aber er bekam langsam wieder Luft. Er zog das Schwert des Sachsen aus den Wurzeln des Stechginsters, zwischen die es gefallen war, und ging zu den anderen beiden zurück. Der Sachse hatte den Kampf aufgegeben und sah seinen Feind zornerfüllt an.

»Warum seid ihr hinter mir her?« fragte er schließlich auf Latein, das er mit einem schweren, kehligen Akzent sprach, so daß er kaum zu verstehen war. »Ich habe nichts Böses vor – ich bin bei der Rheinflotte.«

»Und bist doch gekleidet und bewaffnet wie ein sächsischer Pirat«, sagte Flavius ruhig. »Das Märchen kannst du den Möwen erzählen.«

Der Mann war einen Augenblick still und sagte dann in verbocktem Stolz: »Ja, ich werde es den Möwen erzählen. Was wollt ihr von mir?«

»Was gab es zwischen dir und dem Mann da drüben bei den verlassenen Fischerhütten?«

»Das geht nur den Mann und mich etwas an.«

Justin warf schnell ein: »Das ist im Augenblick nicht so w-wichtig. Er wird seinen Befehl oder seine Botschaft jetzt doch nicht preisgeben, und jemand anders kann später die Wahrheit aus ihm herausbringen. Wir müssen ihn nun in die Festung schaffen.«

Flavius, der die Augen nicht vom Gesicht des Sachsen ließ, nickte. »Ja, du hast recht. Die Hauptsache ist, daß wir ihn mitbringen, denn sonst stehen wir mit unserer Aussage allein gegen Allectus.« Er nahm sein Knie von der Brust des Sachsen. »Komm hoch!«

Eine gute Stunde später standen sie vor dem Kommandanten in dessen Dienstraum. Der Gefangene stand zwischen ihnen und ließ seine Augen unausgesetzt von einer Seite zur anderen schweifen, um eine Möglichkeit zur Flucht zu entdecken.

Mutius Urbanus, der Kommandant von Rutupiae, war ein magerer Mann mit geduckten Schultern. Sein langes, graues Gesicht ähnelte dem eines müden alten Pferdes, aber seine Augen blickten scharf und durchdringend, als er sich in seinem Stuhl zurücklehnte und die drei vor sich musterte. »Das ist also einer von den Seewölfen«, sagte er. »Wo habt ihr ihn her?«

»Wir waren in den Marschen unten bei den alten Fischerhütten, Herr«, berichtete Flavius. »Wir warteten dort im Schilf auf Enten. Da sahen wir, daß dieser Mann sich mit einem anderen traf – einem von uns. Als sie sich getrennt hatten, verfolgten wir den da und – hier ist er.«

Der Kommandant nickte. »Und dieser Mann von uns, wer war das?«

Es entstand eine Stille, und dann sagte Flavius ruhig: »Wir kannten ihn nicht, Herr.«

»Woher wußtet ihr denn, daß es einer von unseren Leuten war?«

Ohne mit der Wimper zu zucken, antwortete Flavius: »Er war in Uniform, Herr.«

»Centurio Aquila«, sagte der Kommandant, »ich weiß nicht, ob ich dir glauben soll.«

»Das tut mir leid, Herr.« Flavius wich dem Blick des Kommandanten nicht aus und sagte dann: »Herr, wird nicht der Kaiser heute abend zurückerwartet? Kannst du versuchen, für Justin und mich eine Unterredung mit ihm zu erwirken, sobald das nach seiner Ankunft möglich ist? Und kann dieser Mann bis dahin im Wachthaus untergebracht werden?«

Urbanus zog die Brauen hoch. »Ich glaube kaum, daß diese Sache vor den Kaiser gebracht werden muß.«

Flavius trat einen Schritt vor und legte eine Hand auf den hochbepackten Tisch. Sein Gesicht und seine Stimme drückten aus, daß es ihm bitter ernst war. »Doch, Herr. Ich schwöre dir, daß es dringlich ist. Wenn es nicht vor den Kaiser kommt, und zwar schnell und ohne daß jemand anderes sich einmischt, dann wissen die Götter allein, was daraus entstehen kann!«

»Wirklich?« Der Kommandant wandte sich Justin zu: »Glaubst du das auch?«

»Ja, Herr«, sagte Justin.

»Und ihr wißt nicht, wer der andere Mann war. Das kann ich dir nur erst recht nicht mehr glauben, Centurio. Aquila.« Der Kommandant tippte sich mit dem dicken Ende seines Schreibgriffels an die Nase, was er immer tat, wenn er nachdachte. Dann sagte er unvermittelt: »Also gut, ihr sollt eure Unterredung mit dem Kaiser haben. Aber ich hoffe, ihr habt einen triftigen Grund für euer Geheimnis, was auch dahinter stecken mag. Denn wenn ihr keinen habt und mich zum Gespött macht, dann mögen die Götter euch gnädig sein – ich nicht!« Er rief nach dem Optio, der an der Tür stand. »Optio, bring diesen Mann in eine Zelle. Ihr beiden geht am besten mit und seht zu, daß der Mann sicher hinter Schloß und Riegel kommt. Dann schlage ich vor, daß ihr eure Uniform anzieht. Ich lasse euch holen, wenn ihr mit dem Kaiser sprechen könnt.«

»Danke, Herr. Sofort, Herr.« Flavius nahm Haltung an und grüßte, Justin ebenso. Hinter den beiden Wachsoldaten, die den Gefangenen in die Mitte genommen hatten, verließen sie das Zimmer des Kommandanten, überquerten den Hof des Prätoriums und kamen auf den Paradeplatz der Festung. Als sie gerade über die Via Principia gingen, kamen ihnen vom Haupttor her, durch das die Straße nach Londinium führte, einige Reiter entgegen. Sie traten beiseite, um die Straße freizugeben, und da sah Justin, daß der große Mann, der in Zivilkleidern unter ihnen ritt, Allectus war.

Er schaute im Vorüberreiten zu ihnen herab, sein Blick glitt zu dem Gesicht des sächsischen Gefangenen – und schien dort einen Augenblick zu verweilen. Justin hatte das Gefühl, daß Allectus' Züge in dem Moment zu einer lächelnden Maske erstarrten. Weiter ließ er sich nichts anmerken und ritt vorbei, ohne noch einmal herzusehen. So zog die kleine Gruppe weiter durch die Werkstätten, wo die Waffenschmiede bei der Arbeit waren, und ihre benagelten Sandalen klapperten über das Pflaster, bis sie beim Wachhaus am Tor anlangten.

»So ein Unglück, daß Allectus ihn gesehen hat!« sagte Flavius, als sie über den Paradeplatz wieder auf ihr Quartier zugingen. »Ich nehme an, daß er Carausius vorausgeritten ist – wenigstens soll es so aussehen.«

»Er kann nicht genau wissen, ob wir ihn mit dem Sachsen gesehen haben«, wandte Justin ein. »Wir hätten den Mann ja auch später finden können. Und immerhin kann er so gut wie gar nichts unternehmen, ohne sich noch mehr zu verraten.«

»Ich weiß nicht. Ich kann mir auch nicht vorstellen, was er tun könnte, aber schließlich – bin ich nicht Allectus.« Und Justin sah in dem matten Märzlicht, daß sein Vetter sehr weiß war.

An diesem Tag wartete im Hospital ein Haufen Arbeit auf Justin, und so hatte er nicht viel Zeit, an Allectus zu denken, selbst als er in der Ferne das Hufetrappeln und die Trompeten hörte, die die Ankunft des Kaisers meldeten. Er schenkte gerade einen Trunk für einen seiner Patienten ein, als endlich der Kommandant nach ihm schickte. Justin beendete seine Arbeit mit großer Sorgfalt und Genauigkeit, bevor er dem Boten klappernd die Steintreppe hinab folgte, wobei er sich hastig vergewisserte, ob auch seine Uniformtunika in Ordnung war und die Gürtelschnalle genau in der Mitte saß.

Draußen traf er Flavius, der ebenfalls zum Kaiser beordert war, und sie gingen zusammen weiter.

Die beiden jungen Tribunen, die im Vorraum der kaiserlichen Zimmer Dienst taten, musterten sie aufmerksam. Offenbar hatte es sich schon herumgesprochen, daß sie am Morgen einen sächsischen Gefangenen mitgebracht hatten. Einer der Tribunen stand auf und verschwand in dem nach innen gelegenen Raum, um gleich darauf wieder zu erscheinen und ihnen die Tür aufzuhalten. »Geht jetzt, der Kaiser möchte euch sprechen.«

Carausius hatte nur seinen verzierten Helm und seinen schmutzbespritzten schweren Mantel abgelegt und sich sogleich seinem Schreibtisch zugewandt, wo verschiedene Schriftstücke auf ihn warteten. Er stand nun neben seinem Tisch und hatte eine offene Pergamentrolle in der Hand. Als sie eintraten, blickte er auf. »Aha, ihr beiden seid es. Der Kommandant hat mir gesagt, daß ihr mich in einer dringenden Sache sprechen wollt. Es muß schon etwas sehr Dringendes sein, wenn es sich nicht bis zum Morgen aufschieben ließ und ihr noch zu so später Stunde kommt.«

»Caesar, es ist etwas sehr Dringendes«, sagte Flavius und nahm Haltung an, als die Tür sich schloß. Sein Blick wanderte an dem Kaiser vorbei und richtete sich auf die große Gestalt in der dunklen Ecke des Raumes. »Caesar, wir möchten allein mit dir sprechen.«

»Wenn die Sache wirklich so eilig ist, wie ihr anscheinend glaubt, dann kommt heraus mit der Sprache«, sagte Carausius. »Ihr denkt doch nicht etwa, daß ich den ersten unter meinen Ministern um euretwillen wie einen Hund in seine Hütte schicke.«

Justin, der neben Flavius stand, fühlte, wie dieser erstarrte und wie er dann zu einem Entschluß kam. »Wie du willst, Caesar; ich will also sprechen. Heute morgen lagen wir beide auf Anstand im Schilf bei den alten Fischerhütten und warteten auf Enten. Da sahen wir – wenn wir auch nicht im einzelnen erkennen konnten, was vorging –, wie sich ein Seewolf und ein gewisser Mann aus unserm eigenen Lager trafen.«

Carausius ließ die Pergamentrolle, die er in der Hand hielt, mit einem knisternden Geräusch zusammenrollen. »Soviel habe ich schon von dem Kommandanten Urbanus erfahren«, sagte er. »Was habt ihr denn von dem erkennen können, was zwischen ihnen geschah?«

»Nicht viel Aufschlußreiches. Der Sachse schien sich darüber zu beklagen, daß der andere Mann so spät kam, und der andere sagte: ›Ich weiß, es ist gefährlich bei Tageslicht. Ich wäre eher gekommen, wenn ich gekonnt hätte, weil mir mein eigenes Leben lieb ist. Ich riskiere mehr als du; du brauchst dich nur zu verstecken, bis die ‚Seehexe' dich holt.‹ Genauer weiß ich den Wortlaut nicht mehr. Und dann sagte er: ›Dies habe ich deinen Herren zu sagen, die dich geschickt haben‹, und dann drehten sie sich beide um, und wir konnten nichts mehr hören.«

»Und dieser – gewisse Mann aus unserm eigenen Lager ... Ihr habt dem Kommandanten gesagt, daß ihr nicht wüßtet, wer es ist. War das die Wahrheit?«

Das kurze Schweigen schien im Raum zu zittern. Dann sagte Flavius: »Nein, Caesar, das war nicht die Wahrheit.«

»Wer war es denn?«

»Der erste unter deinen Ministern, Allectus«, sagte Flavius.

Seine Worte fielen in die Stille wie ein Stein in einen Teich, und Justin fühlte deutlich, wie sich die Worte gleich Wellenringen in dem Schweigen ausbreiteten, bis sie plötzlich in kleine Teile zerstoben, als Allectus von dem Lager aufsprang, auf dem er gelegen hatte, und mit einem Ausdruck von purem Erstaunen und Zorn ausrief: »Roma Dea! Wenn dies ein Scherz sein soll . . .«

»Es ist kein Scherz«, schleuderte Flavius ihm entgegen. »Darauf gebe ich mein Wort.«

Und dann fuhr Carausius' Stimme wie ein nacktes Schwert zwischen sie. »Ich möchte gern ganz klar sehen. Was genau habt ihr gegen meinen ersten Minister Allectus vorzubringen?«

»Er hat geheime Beziehungen zu den Seewölfen, die unsere Feinde sind«, sagte Flavius.

»So, das ist jedenfalls klar.« Carausius wandte sich mit einem herben Lächeln Justin zu. »Du führst die gleiche Klage gegen ihn?«

Justin antwortete mit unangenehm trockenem Mund: »Ich habe gesehen, was mein Vetter Flavius sah. Ich führe die gleiche Klage.«

»Und was hat Allectus, mein erster Minister, dagegen vorzubringen?«

Allectus schien über seine erste Überraschung hinaus und nun nur noch zornig zu sein. »Die Sache ist so – so empörend, daß ich kaum weiß, was ich sagen soll. Muß ich mich allen Ernstes gegen eine derartig unsinnige Anschuldigung verteidigen?«

Carausius lachte rauh und gedrückt auf. »Ich denke, nein.«

Flavius trat rasch einen Schritt vor. »Caesar, die Anklage gründet sich nicht auf unser Wort allein. Der Sachse sitzt als Gefangener im Wachhaus. Stelle ihn Allectus gegenüber, und dann muß die Wahrheit ans Licht kommen!«

»Es sieht so aus, als hättet – ihr diese Sache mit großer Sorgfalt geplant!« rief Allectus, aber Carausius' Stimme erstickte seine Worte.

»Centurio Aquila, willst du bitte die Tür hinter dir öffnen und mir einen Tribun rufen?«

Flavius führte den Befehl aus, und gleich darauf stand der Tribun grüßend auf der Türschwelle. »Herr?«

»Ich möchte den Gefangenen aus ...« Carausius drehte sich zu Flavius, der den Satz vollendete: »... aus Zelle Nummer fünf.«

»Aha, der Gefangene aus Zelle Nummer fünf soll sofort hergebracht werden, Tribun Vipsanius.«

Der Tribun Vipsanius grüßte und verschwand. Sie hörten, wie er durch den Vorraum ging und einen Befehl nach draußen rief.

Vollkommene Stille senkte sich über den Raum des Kaisers, eine Stille, die auf ihnen lastete, als seien sie unter einer großen Glocke eingeschlossen. Justin, der neben Flavius an der Tür stand, starrte vor sich hin, ohne etwas zu sehen. Dennoch nahm er alle möglichen Einzelheiten wahr, an die er sich später erinnerte. Den scharf umrissenen Schatten von Carausius' großem Helm, die Umrisse jeder einzelnen Adlerfeder des Helmbusches auf der Wand im Lichtkreis der Lampe, das Zucken um Flavius' zusammengebissenen Mund, die Farbe des Abendhimmels, den er durch das Fenster sehen konnte, pfauenblau, von einem trüben Goldschimmer überzogen, der von dem großen Leuchtfeuer ausstrahlte. Und dann schlug ein Laut in die Stille, ein leichtes, beharrliches Klopfen und Hämmern. Als Justin sich in die Richtung wandte, aus der das Geräusch kam, sah er, daß Allectus, der immer noch neben dem Lager stand, auf dem er gelegen hatte, mit seinen langen starken Fingern auf dem hölzernen Kopfende des Lagers einen Marsch trommelte. Sein Gesicht war im Lampenlicht bleich wie immer, und seine Züge verrieten nichts. Nur seine Lippen waren zusammengepreßt, und seine Brauen waren im Zorn hochgezogen, als könne er sich kaum mehr beherrschen. Justin fragte sich, was wohl hinter der bleichen, zornigen Maske vorgehen mochte. Verbarg sie die Furcht und den Zorn des in die Falle Geratenen? – Oder wurden hinter dieser Maske nur mit kühler Berechnung Pläne gemacht oder geändert? Das Trommeln schien in der Stille lauter und lauter zu werden, und dann kam ein anderes Geräusch dazu, schnelle Fußtritte, die halb gingen, halb rannten. Die Fußtritte von zwei Männern, dachte Justin, mehr nicht.

Gleich darauf stand der Tribun Vipsanius wieder in der Tür, und mit ihm kam der Centurio des Gefängnisses, der heftig keuchte.

»Herr«, sagte der Tribun Vipsanius, »der Gefangene aus Nummer fünf ist tot.«

Nachtschatten!

Justin hatte das Gefühl, als hätte er einen Stoß in den Magen bekommen, und dennoch war ihm gleichzeitig irgendwie bewußt, daß er nicht überrascht war. Allectus hatte aufgehört zu trommeln. Carausius legte die Pergamentrolle sehr langsam und bedächtig auf den Tisch und fragte: »Wie konnte das geschehen?«

Der Tribun schüttelte den Kopf. »Ich weiß es nicht, Caesar, er ist eben – tot.«

»Centurio?«

Der Centurio blickte starr vor sich hin. »Dem Gefangenen ging es noch gut, als ihm vor ungefähr einer Stunde sein Abendessen gebracht wurde, wenn er auch bockig und verstockt war. Und nun ist er tot, wie der Tribun schon sagte. Das ist alles, was ich weiß, Caesar.«

Carausius stand vom Tisch auf. »Es scheint, daß ich mir den Gefangenen selber ansehen muß.« Dann wandte er sich zu Justin und Flavius: »Ihr begleitet mich.«

Als sie mit dem Kaiser zur Tür gingen, trat Allectus vor. »Caesar, da ich in diese Sache verwickelt worden bin, möchte ich dich mit deiner Erlaubnis auch begleiten.«

»In Typhons Namen, komm mit«, sagte Carausius und ging der kleinen Gruppe voran.

Im Wachhaus herrschte Unruhe und Aufregung. In der ersten Zelle sang ein betrunkener Legionär.

»Was wollt' ich bei den Adlern,
was zog ich durch die Welt?
Was blieb ich nicht zu Hause
bei Kuh und Kürbisfeld?«

Ihre Fußtritte klangen hohl auf den Fliesen des Ganges. Ein blasses Gesicht tauchte verschwommen hinter dem vergitterten Fenster einer Tür auf, um hastig wieder zu verschwinden, als sie vorbeigingen. Die Stimme des Sängers hinter ihnen wurde leiser.

»Sie sagten, ich würd' Kaiser
da drüben überm Meer,
und Kuh und Kürbis bräucht' ich nicht,
wenn ich erst Kaiser wär'.«

Die Tür der letzten Zelle war angelehnt, und ein Wachsoldat, der davorstand, trat zur Seite, um ihnen Platz zu machen. Die Zelle lag im Dunkel. Nur das Licht des Leuchtfeuers fiel durch das hohe, vergitterte Fenster, und der rote Lichtfleck, der von den Schatten der Gitterstäbe durchzogen war, lag genau auf der Gestalt des Sachsen, der mit dem Gesicht nach unten auf der Erde lag.

»Jemand soll Licht bringen«, sagte Carausius, ohne die Stimme zu erheben.

In Justin kam der Arzt zum Durchbruch, und so drängte er sich nach vorn und kniete schon neben dem Mann am Boden, als der Centurio die Laterne aus dem Wachlokal brachte. Er konnte nichts mehr für den Sachsen tun, und ein einziger Blick beim Schein der Laterne verriet Justin alles, was er wissen wollte. »Nachtschatten!« sagte er. »Er ist vergiftet worden.«

»Was?« fuhr Carausius auf.

Justin antwortete nicht sofort, sondern nahm die Tonschale auf, die neben dem Mann lag, und roch an den wenigen dicklichen Tropfen von der Brühe, die noch übrig waren. Er schmeckte sie vorsichtig und spie sie wieder aus. »Wahrscheinlich in seiner Abendsuppe. Ganz einfach.«

Am anderen Ende des Ganges sang der Soldat wieder in einem Ton tiefer Melancholie.

»So ging ich zu den Adlern,
ging fort von meiner Kuh,
vielleicht werd' ich noch Kaiser,
ich taug' so gut dazu.«

Justin überkam plötzlich ein ganz unsinniges Verlangen zu lachen – zu lachen und zu lachen, bis ihm übel war. Aber als er Flavius' Gesicht sah, faßte er sich wieder.

Es war Allectus, der zuerst sprach. »Dann muß es einer von den Gefängniswärtern gewesen sein. Niemand hätte wissen können, in welche Schale er das Gift tun sollte.«

»Nein, Herr«, widersprach ihm der Centurio in respektvollem Ton. »Das stimmt nicht, Herr. Wir haben im Augenblick nur drei andere Männer in Arrest, und die sind alle auf Brot und Wasser gesetzt. Es ist nicht schwer, das herauszubekommen und danach zu handeln.«

Flavius fuhr dazwischen – Flavius mit hellen Augen und entschlossenen Zügen: »Was tut es denn im Augenblick, wie das

Gift in die Schale des Mannes kam? Wichtig ist doch, warum – und die Antwort ist ganz einfach. Wenn er noch lebte, könnte er sagen, wen er heute morgen im Sumpf traf und was er mit ihm vorhatte. Darum mußte er sterben. Caesar, genügt der Beweis?«

»Es ist frostig und bedrückend hier«, sagte Carausius. »Wollen wir in mein Quartier zurückgehen?«

Und erst als sie wieder in dem lampenerhellten Amtsraum waren und die Tür sich hinter ihnen geschlossen hatte, antwortete er, als ob Flavius in diesem Moment seine Frage gestellt hätte. »Der Sachse, den ihr heute morgen in den Marschen gefunden habt, hat tatsächlich Verbindung zu irgend jemandem aus Rutupiae gehabt. Dafür genügt der Beweis. Für mehr nicht.« Dann, als Flavius eine Geste des Widerspruchs machte, fuhr er fort: »Nein, laß mich zu Ende sprechen. Hätte ich oder der Kommandant oder der Bademeister etwas mit diesem Sachsen zu tun gehabt, dann wären uns nach seiner Gefangennahme zwei Wege offen gewesen: ihm bei der Flucht zu helfen oder ihn zu töten, bevor er sprechen könnte. Und von den zwei Wegen ist der zweite weitaus sicherer und einfacher.«

Flavius' Stimme klang einförmig, was aber seinen Worten ein um so stärkeres Gewicht gab. »Caesar, ich bitte dich, hör mich an. Wir waren nicht mehr als einen Speerwurf weit von den Männer weg, es war schon fast Tag, und keiner von uns beiden ist blind. Wir können uns nicht getäuscht haben. Wenn der andere Mann wirklich nicht Allectus war, dann müßten wir ja absichtlich falsch gegen ihn aussagen. Klagst du uns dessen an?«

Allectus antwortete als erster mit der Schnelligkeit des Zornigen. »Das wäre wahrscheinlich die glaubwürdigste Erklärung für euer Verhalten. Was du selbst bei dem Ganzen zu gewinnen hast, kann ich mir nicht denken – vielleicht hat dein Vetter dich da irgendwie beeinflußt –, aber was unsern Unterarzt betrifft«, er wandte sich Carausius zu, »so erinnere ich mich daran, daß du selber, Caesar, als er herkam, nicht ganz von seiner Redlichkeit überzeugt warst. Dies ist sicher ein Anschlag von Maximian, um Zweifel und Mißtrauen zwischen dem Kaiser von Britannien und dem Mann auszustreuen, der zwar unwürdig ist, seinem Kaiser aber nach besten Kräften als erster Minister dient.«

Justin trat vor und hatte die Hände an der Seite zu Fäusten geballt. »Das ist eine üble Lüge«, sagte er, ohne das geringste Stottern, »und keiner weiß das besser als du, Allectus.«

»Darf ich auch ein Wort sprechen?« sagte Carausius ruhig, und

Stille legte sich wie ein Nebel auf den lampenerhellten Raum. Er sah sie der Reihe nach an und ließ sich Zeit dabei.

»Ich weiß, daß ich meine Zweifel hatte, Allectus. Ich weiß auch, daß Dämmerlicht täuschen kann und daß es in Rutupiae mehr als einen großen, blonden Mann gibt. – Sie werden alle zu ihrer Zeit verhört werden. – Ich glaube, daß hier in bester Absicht ein Irrtum begangen wurde.« Er wandte seine Aufmerksamkeit den beiden jungen Männern zu. »Wie dem auch sei, ich, Carausius, dulde solche Irrtümer nicht, und ich habe keine Verwendung mehr für die Männer, die sie begingen. Morgen werdet ihr auf einen anderen Posten versetzt, und vielleicht wird das Leben am Wall euch besser ausfüllen und eure rege Phantasie davor bewahren, noch einmal derartige Irrtümer zu begehen.« Er nahm die Pergamentrolle auf, in der er gelesen hatte, als sie kamen. »Ihr könnt gehen. Ich habe nichts mehr zu sagen.«

Einen Augenblick regte sich keiner von beiden. Dann riß Flavius sich zusammen, nahm Haltung an und grüßte. »Caesar hat zu befehlen«, sagte er, öffnete die Tür und ging mit steifen Schritten hinaus.

Justin folgte ihm und schloß die Tür sorgfältig hinter sich. Als sie draußen waren, hörte er, wie Allectus anfing: »Caesar ist zu nachsichtig . . .«, aber mehr war nicht zu hören.

»Komm mit in meine Schlafkammer«, bat Flavius seinen Vetter, als sie an dem großen Leuchtfeuer vorbei über den Paradeplatz gingen.

»Ich komme nachher«, sagte Justin dumpf. »Ich muß mich zuerst um die Männer im Hospital kümmern.«

Morgen würde er für diese Männer nicht mehr verantwortlich sein; aber heute hatte er Dienst im Hospital, und erst nachdem er alle versorgt hatte, die in seiner Obhut waren, ging er zu Flavius.

Flavius saß auf der Kante seines Feldbettes und starrte vor sich hin. Sein rotes Haar war zerzaust wie Vogelfedern im Wind, sein Gesicht erschien im Licht der Wandlampe über ihm verzerrt und weiß und zornig. Als Justin eintrat, blickte er auf und lehnte seinen Kopf gegen die Kleidertruhe.

Justin setzte sich hin, schlug die Arme um seine Knie, und für eine ganze Weile sahen sie sich schweigend an. Dann sagte Flavius: »So ist es also.«

Justin nickte, und sie wurden wieder still.

Und wieder unterbrach Flavius die Stille. »Ich hätte mit meinem ganzen Besitz darauf gewettet, daß der Kaiser uns wenigstens angehört hätte«, grollte er.

»Ich glaube, daß das alles für ihn aus heiterem Himmel kam und daß es ihm darum schwer wurde, an einen Verrat zu glauben, weil er Allectus traute«, sagte Justin.

»Nicht Carausius«, widersprach Flavius mit Bestimmtheit. »Carausius ist kein Mensch, der einem anderen blind vertraut.«

Justin überlegte: »Wenn die ›Seehexe‹ einläuft, um den Sachsen aufzunehmen, werden unsere Galeeren sie vielleicht erwischen, und die Wahrheit kommt ans Licht.«

Der andere schüttelte den Kopf. »Allectus wird dafür sorgen, daß sie nicht kommt.« Er reckte sich mit einem zornigen und traurigen Lachen. »Es hat keinen Sinn, darüber zu jammern. Carausius hat uns nicht geglaubt, das steht fest. Wir taten, was wir konnten, und wir können nichts mehr ändern – und wenn wir eines Tages in irgendeinem stinkenden kleinen Vorposten am Wall hören, daß Allectus eine sächsische Invasion angeführt und sich selber zum Kaiser gemacht hat, dann wird das für uns beide ein schöner Trost sein.« Er stand auf und reckte sich wieder. »Der Kaiser ist fertig mit uns. Wir sind erledigt, mein Lieber, erledigt, und das ganz umsonst. Komm von der Truhe runter. Ich will packen.«

Es sah aus, als sei ein Wirbelwind durch die Schlafkammer gefahren, als eine Weile später Fußtritte auf der Treppe ertönten und jemand an die Tür klopfte.

Justin, der der Tür am nächsten war, öffnete sie und hatte einen der Boten des Kommandanten vor sich. »Für den Centurio Aquila«, sagte der Bote und fügte dann, als er Justin erkannte, hinzu: »Für dich auch, Herr, wenn ich es dir hier geben darf.«

Gleich darauf war er wieder in der Nacht verschwunden, und Flavius und Justin standen einander gegenüber, jeder mit einem versiegelten Wachstäfelchen in der Hand.

»Er konnte also mit unserm Marschbefehl nicht einmal bis morgen warten«, sagte Flavius bitter und griff nach dem roten Band unter dem Siegel. Justin brach sein Siegel auf und schlug die beiden Seiten des Täfelchens auseinander, um rasch die Zeilen zu überfliegen, die in das Wachs eingeritzt waren. Flavius stieß einen unwillkürlichen Ruf aus, und Justin blickte ihn fragend an. Flavius las langsam vor: »Sofort versetzt nach Magnis am Wall, um das Kommando über die achte Kohorte der Zweiten Augusteischen Legion zu übernehmen.«

»Dann bleiben wir zusammen«, sagte Justin. »Ich soll mich bei der gleichen Kohorte als Arzt melden.«

»Bei der achten«, sagte Flavius und setzte sich auf sein Bett. »Das verstehe ich nicht – das verstehe ich einfach nicht.«

Justin wußte, was er damit meinte. Es war kaum der geeignete Augenblick für eine Beförderung; und doch waren sie beide befördert. Das war nichts Außergewöhnliches, denn über kurz oder lang hätten sie beide ohnehin diesen Schritt nach oben getan. Aber immerhin blieb es eine Beförderung.

Draußen im lohfarbenen Halbdämmer, in dem Rutupiae bei Nacht lag, bliesen die Trompeten zur zweiten nächtlichen Wachablösung. Justin gab den Versuch auf, ihre Lage zu ergründen. »Ich will sehen, daß ich noch ein bißchen schlafen kann«, sagte er. »Morgen werden wir früh aufbrechen müssen.« In der Tür wandte er sich noch einmal um: »K-könnte es sein, daß Carausius von dem Treffen wußte, daß Allectus sogar auf seinen Befehl da war und das Ganze geheim bleiben soll?«

Flavius schüttelte den Kopf. »Dann hätte der Sachse nicht zu sterben brauchen.«

Sie blickten sich einen Augenblick schweigend an. Der gefürchtete kleine Kaiser würde sicher nicht das Leben eines Menschen schonen – schon gar nicht das eines Feindes –, wenn es seinen Plänen im Wege war, aber ebenso sicher würde er zu einem anderen Mittel gegriffen haben als zu Gift. Dafür hätte Justin ohne Zögern sein Leben gewettet.

»Vielleicht benutzt er Allectus für seine eigenen Pläne, ohne daß Allectus das weiß«, meinte er. Dann bliebe das Vergiften jedenfalls dort, wo es seiner Meinung nach hingehörte, nämlich bei Allectus.

»Ich – weiß es einfach nicht«, sagte Flavius, und dann brach es aus ihm heraus: »Ich weiß es nicht, und ich will es nicht wissen! Geh zu Bett!«

Evicatos mit dem Speer

»Nun seid ihr am Ende der Welt«, sagte der Centurio Posides. Die drei waren im Zimmer des Kommandanten von Magnis am Wall, wo Flavius gerade den Mann abgelöst hatte, der nun sein Stellvertreter war. »Ich hoffe, es gefällt euch hier.«

»Nicht übermäßig«, erwiderte Flavius in aller Offenheit, »aber darauf kommt es auch nicht an. Es gefällt mir nicht, wie die Soldaten sich bei der Parade benehmen, Centurio Posides, und darauf kommt es mir sogar sehr an.«

Der Centurio Posides zuckte mit den Achseln. Er war ein großer Mann mit einem kleinen, verschrumpelten, verbitterten Gesicht. »So sieht es am ganzen Wall aus. Was kannst du anders von so einem Haufen Hilfssoldaten verlangen, dem Auswurf aus allen Völkern und Rassen im Römischen Reich?«

»Die Achte ist zufällig eine Legionskohorte«, bemerkte Flavius.

»Ja, und da kommt ihr direkt aus eurer feinen neuen Festung von Rutupiae, die der Kaiser selber überwacht, und denkt, daß alle Legionskohorten gleich seien«, sagte Centurio Posides. »Na ja, ich habe das auch mal gedacht. Ihr werdet euch mit der Zeit umstellen müssen.«

»Entweder das, oder die Soldaten von Magnis werden sich umstellen müssen«, sagte Flavius, der breitbeinig dastand, die Hände auf dem Rücken. »Wahrscheinlich werden es die Soldaten sein, denke ich, Centurio Posides.«

Aber zunächst sah es gar nicht so aus. Alles, was in Magnis in Unordnung sein konnte, war in Unordnung. Festung und Garnison waren schmutzig und ungepflegt, das Badehaus stank, die Köche stahlen die Vorräte und verkauften sie vor dem Wall. Sogar die Wurfmaschinen und sämtliche Geschütze am Nordtor waren nicht in Ordnung.

»Wie oft macht ihr Übungen mit den Wurfmaschinen?« fragte Flavius, als er bei seiner ersten Besichtigung zu den Schießständen kam.

»Oh, das haben wir schon eine ganze Weile nicht mehr gemacht«, gab Posides unbekümmert zu.

»Den Eindruck habe ich auch. Wenn ihr Nummer drei abfeuert, wird sie allem Anschein nach in Stücke fliegen.«

Posides grinste. »Hauptsache, sie sehen für die kleinen bemalten Teufel noch heil aus. Wir brauchen sie ja sowieso nicht, bei dem schönen Vertrag des Kaisers, der die Pikten im Zaum hält.«

»Das bedeutet noch lange nicht, daß sie für den Notfall nicht in Ordnung sein müssen«, fuhr Flavius heftig auf. »Seht euch das hier an! Das Holz ist verfault, und die Zapfenlager sind durchgerostet. – Laß Nummer drei in die Hauptwerkstatt bringen, Centurio, und melde mir, wenn sie repariert ist.«

»Das könnte genausogut hier oben gemacht werden, dann brauchte man das Ding nicht erst abzumontieren.«

»Und jeder Jäger von den Einheimischen, der durch Magnis kommt, könnte sehen, in was für einem schandbaren Zustand unsere Geschütze sind«, warf Flavius ein. »Nein, Centurio, das Geschütz kommt in die Werkstatt runter.«

Das Geschütz Nummer drei kam in die Werkstatt, das Badehaus wurde geschrubbt, und den diebischen Köchen wurde Furcht vor den Göttern eingejagt. Nach drei Tagen lümmelten sich die Männer nicht mehr mit schmutziger Tunika und offenem Gürtel beim Appell herum. Aber das alles war nicht mehr als ein oberflächlicher Firnis aus Grüßen und Hackenschlagen, unter dem der Geist von Magnis der alte blieb. Und der neue Kommandant sagte am Ende der ersten Woche etwas müde zu seinem Kohorten-Arzt: »Ich kann es schaffen, daß sie beim Appell strammstehen, aber das macht noch lange keine anständige Kohorte aus ihnen. Wenn ich nur an sie herankäme! Das muß doch möglich sein, wenn ich nur wüßte, wie.« Merkwürdigerweise war es das Geschütz Nummer drei, das ihm ein paar Tage später dabei half.

Justin sah das Ganze mit eigenen Augen. Er räumte gerade auf, nachdem er morgens seine Kranken behandelt hatte, als er draußen ein Knarren und Rollen hörte. Er trat vor die Tür des kleinen Krankenblocks und sah, daß sie das Geschütz aus der Werkstatt zurückbrachten. Von seinem Platz aus konnte er die Batterie am Nordtor sehen, und er sah eine Weile zu, wie das schwere Geschütz dorthin geschafft wurde, wobei es auf seinen Walzen hin und her schlingerte, während eine schwitzende Mannschaft von Legionären es von vorn zog und von hinten schob. Er sah, wie Flavius in der Tür des Prätoriums erschien und der Gruppe entgegenging, als sie bei der provisorischen Rampe ankam, die auf die schulterhohe Batterie führte, sah, wie das Geschütz wie ein Schiff im Sturm schwankte, als es hochgeschoben wurde. Die Soldaten faßten von allen Seiten zu, zerrten, schoben und hielten die Rollen von beiden Seiten fest. Er hörte das dumpfe Rollen auf der Rampe und die Rufe des Centurio: »Hoch! – und hoch! – und nochmal hoch!«

Es war schon fast oben, als etwas geschah. Er sah nicht, was los war, aber er hörte, wie Holz wegrutschte und jemand einen Warnruf ausstieß. Die Männer gerieten in Bewegung, der Centurio gab einen Befehl, und dann hörte es sich an, als gebe einer der Rampenbalken mit Krachen nach. Für einen winzigen Augenblick schien das ganze Bild zu erstarren, und dann neigte sich das schwere Geschütz unter dem Geschrei der Männer zur Seite und kippte polternd um, wobei es den Rest der Rampe mitriß.

Justin sah, wie die Männer auseinanderstoben, und hörte einen lauten Schmerzensschrei. Er rief seinem Sanitätssoldaten etwas über die Schulter zu und stürzte auf die Stelle los, von der das Krachen gekommen war. Das große Geschütz lag wie eine tote Heuschrecke auf der Seite, zwischen dem eingestürzten Holz der Rampe. Halb lag es auf der Erde, halb wurde es von den Randsteinen der Abschußplatte gehalten. Der beim Sturz aufgewirbelte Staub hing noch in der Luft, aber schon waren Männer dabei, einen zersplitterten Balken anzuheben, unter dem einer ihrer Kameraden eingeklemmt war. Und als Justin sich durchdrängte und durch das zerbrochene Holz zu dem Mann gelangte, sah er, daß schon jemand anderes an der Seite des Mannes war und mit aller Kraft den Balken, der auf das Bein des Soldaten gefallen war, hochstemmte. Ohne genau hinzusehen, wußte er, daß es Flavius war, mit abgerissenem Helmschmuck; aus einer Wunde über seinem Auge tropfte Blut.

Der Verletzte – es war Manlius, einer der schwierigsten Fälle in ganz Magnis – war bei vollem Bewußtsein, und der junge Arzt hörte ihn schwer atmend sagen: »Mein Bein, Herr, ich kann mich nicht rühren – ich . . .«

»Lieg still«, keuchte Flavius, und in seinen Worten lag eine solche Güte, wie Justin sie noch nie bei ihm gehört hatte. »Halt still, alter Junge, wir haben dich hier raus, eh du es denkst. – Ah, da bist du, Justin.«

Justin kümmerte sich schon um den verletzten Legionär, als von allen Seiten Hände zugriffen, um Flavius an dem großen Balken zu helfen. Justin rief über die Schulter: »Könnt ihr diese Balken wegrücken? Ich möchte ihn nicht gern herausziehen, wenn es geht.«

Er merkte kaum, daß die Balken knarrend weggezogen wurden

und er selber sagte: »Sei nun ruhig, es ist alles gut«, merkte auch nicht, wie unter Ächzen und Stöhnen die Stützbalken des großen Geschützes hochgedrückt, langsam zur Seite geschoben wurden und von ihnen wegkippten, bis endlich Flavius sich aufrichtete, nach seiner schmerzenden Schulter griff und fragte: »Kriegen wir ihn durch?«

Und als Justin von seiner Arbeit aufblickte, sah er zu seiner Überraschung, daß alles vorbei war und die Legionäre, die die Trümmer weggeschafft hatten, nun herumstanden und guckten, während sein Gehilfe neben ihm kniete und das Bein des Verletzten hielt. »Ja, ich glaube, wir kriegen ihn durch, aber er hat einen schweren Bruch und blutet wie ein Schwein. Je schneller wir ihn ins Hospital bringen und richtig behandeln können, desto besser.«

Flavius nickte und blieb neben dem Mann hocken, der still und blutend dalag, bis sie soweit waren, daß sie ihn fortbringen konnten. Dann half er, ihn auf die Bahre zu legen, packte ihn einen Augenblick bei der Schulter und raunte ihm rasch zu: »Alles Gute!«, bevor er sich umwandte, sich mit dem Handrücken das Blut von den Augen wischte und sich den Schaden am Geschütz ansah.

Das Geschütz war bös zugerichtet. Aber gegen Abend hatte der Bericht über den Vorfall die Runde in der Festung und an den Wachttürmen und Stützpunkten auf beiden Seiten des Walles gemacht, und das Merkwürdige war, daß der neue Kommandant von Magnis von da an kaum mehr Schwierigkeiten mit seinen Soldaten hatte.

Wochen verstrichen, und an einem Abend mitten im Frühling räumte Justin gerade nach seiner Tagesarbeit auf, als einer seiner Sanitätssoldaten in der Tür erschien und sagte, daß ein einheimischer Jäger mit einem Wolfsbiß gekommen sei und behandelt werden wolle.

»Gut, ich komme«, sagte Justin und begrub die Hoffnung, noch vor dem Essen zu einem Bad zu kommen. »Wo hast du ihn?«

»Er ist draußen auf dem Paradeplatz. Herr, er wollte nicht weiterkommen«, antwortete der Soldat grinsend.

Justin nickte. Mit der Zeit hatte er sich an die Art des Bemalten Volkes gewöhnt, denn es war nicht das erstemal, daß ein Jäger mit einem Wolfsbiß in die Festung kam: scheu und mißtrauisch wie ein wildes Tier und gleichzeitig mit der Forderung, daß der Kohorten-Arzt ihn heilen solle. Er ging in das Abendlicht hinaus und fand dort, an die sonnenbeglänzte Mauer gelehnt, einen Mann, der nur mit einem um die Hüften geschlungenen Wolfsfell bekleidet war. Die Schulter hatte er mit fleckigen, blutgetränkten Lumpen umwickelt. Für sein Volk war er ungewöhnlich groß. Sein dichtes Haar sah aus wie eine prächtige goldgelbe Löwenmähne und seine Augen wie die eines schönen Mädchens. »Du bist der Heiler mit dem Messer?« fragte er mit der schlichten und unmittelbaren Würde des Menschen, der in der Wildnis zu Hause ist. »Ich komme zu dir, damit du meine Schulter heilst.«

»Komm mit mir in den Raum, in dem ich heile, und zeige sie mir«, sagte Justin.

Der Mann blickte zu dem niedrigen Krankenblock hinüber. »Ich mag den Geruch dort nicht, aber ich komme mit, weil du es willst.« Er folgte Justin durch die Tür. Im Behandlungsraum wies Justin ihn auf eine Bank unter dem Fenster und machte sich daran, die schmutzigen Lumpen von Arm und Schulter zu wickeln. Als er den letzten entfernt hatte, sah er, daß der Biß zuerst gar nicht schlimm gewesen war. Aber dann waren die Wunden vernachlässigt worden und hatten sich entzündet, und nun sah die ganze Schulter schlimm aus.

»Das ist nicht erst vor einer Stunde passiert«, bemerkte Justin.

Der Mann sah auf. »Nein, vor einem halben Monat.«

»Warum bist du nicht gekommen, als die Wunde noch frisch war?«

»Wegen eines Wolfsbisses wollte ich nicht kommen. Aber der Wolf war alt, und seine Zähne waren schlecht – der Biß will nicht heilen.«

»Das ist ein wahres Wort«, bestätigte Justin.

Er nahm frisches Leinen, Salben und eine Flasche von dem heimischen Gerstenbranntwein, der in einer offenen Wunde wie Feuer brannte. »Nun muß ich dir wehtun«, sagte er.

»Ich bin bereit.«

»Halt ganz still jetzt, den Arm so – gut.« Er säuberte die Wunde mit äußerster Gründlichkeit, und der Jäger hielt unter seinen unbarmherzig zupackenden Händen still wie ein Stein. Dann salbte er die Wunde und verband sie mit Leinenstreifen. »Das ist alles für heute. Für heute, merk dir das. Du mußt morgen wiederkommen – und eine ganze Weile noch jeden Tag.«

In der Tür des Krankenblocks trennten sie sich. »Komm morgen um die gleiche Zeit wieder, mein Freund«, sagte Justin und sah ihm nach, wie er mit dem langen, leichten Schritt des Jägers über den Paradeplatz auf das Tor zuging. Er rechnete kaum damit, daß er ihn wiedersehen würde. Oft kamen sie nie wieder.

Aber am nächsten Abend um die gleiche Stunde lehnte der Mann wieder an der Mauer des Krankenblocks. Und jeden Tag erschien er, saß wie ein Stein, wenn er verbunden wurde, und verschwand, um zur gleichen Zeit am nächsten Tag wiederzukommen.

Am siebenten Abend wechselte Justin gerade wieder den Verband, als ein Schatten die Tür verdunkelte und Flavius im Vorbeigehen hereinschaute. Er tat das meistens auf dem Weg zu dem Legionär Manlius, der immer noch mit seinem gebrochenen Bein im Bett lag und häufig von Flavius besucht wurde. Als er die beiden unter dem Fenster sah und sein Blick auf die Schulter des Mannes fiel, blieb er stehen und zog seinen Atem mit einem Pfiff ein.

»Vor ein paar Tagen sah es schlimmer aus«, sagte Justin.

Flavius schaute sich die Wunde genauer an. »Sie sieht noch häßlich genug aus. – Wolf?«

Der Jäger blickte zu ihm auf. »Ja, ein Wolf.«

»Wie ging das zu?«

»Ja, wer weiß schon, wie so etwas zugeht? Dazu geht alles viel zu schnell. Aber es wird noch eine gute, gute Weile dauern, bis ich wieder mit dem Bemalten Volk jagen kann.«

»Mit dem Bemalten Volk?« fragte Flavius. »Bist du denn keiner vom Bemalten Volk?«

»Ich? Bin ich denn blau vom Scheitel bis zur Sohle wie das Bemalte Volk?«

Das stimmte. Er trug zwar blaue Kriegerzeichnungen auf Brust und Armen, aber er war nicht wie die Pikten am ganzen Körper mit eng aneinanderliegenden Ringen tätowiert. Er war auch größer und heller als die meisten Pikten, was Justin gleich aufgefallen war, als er an der Mauer vom Krankenblock lehnte.

»Ich gehöre zum Volk der Fjorde und Inseln an der Westküste oben hinter dem alten nördlichen Wall, zum Volk, das in alten Zeiten von Erin kam.«

»Ein Dalriade«, sagte Flavius.

Während Justin ihn weiter behandelte, sagte der Jäger nach einem kleinen Zögern: »Ich war ein Dalriade – ein Schotte vom Stamme der ... Nein, nun bin ich ein Mann ohne Stamm und ohne Heimat.«

Es entstand eine kleine Stille. Justin, dem immer die richtigen Worte fehlten, wenn es um schwierige Dinge ging, fuhr fort, den

Wolfsbiß in der Schulter des Mannes zu salben. Dann sagte Flavius ruhig: »Das ist schlimm. Wie kommt das, mein Freund?«

Der Mann warf den Kopf zurück. »Als ich in meinem sechzehnten Jahr war, habe ich bei dem großen Thing, zu dem sich die Stämme alle drei Jahre versammeln, beinah einen Mann erschlagen. Darauf steht Tod oder Verbannung – man darf nicht einmal Waffen tragen, wenn auf dem Thinghügel Rat gehalten wird. Weil ich noch ein Jüngling war und erst in dem gleichen Frühjahr meine Mutprobe bestanden hatte und weil der Mann meine Sippe beleidigt hatte, entschied der König, daß ich nicht getötet, sondern nur verbannt werden sollte. Darum jage ich nun schon fünfzehn Jahre oder mehr mit dem Bemalten Volk und versuche, mein Volk zu vergessen, so gut ich kann.«

Von da an wurde es zu einer Gewohnheit, daß Flavius auf seinem Weg zu Manlius ungefähr um die Zeit im Hospital herumschlenderte, zu der Justin dem Jäger die Schulter verband. Nach und nach wurden die drei miteinander vertraut, und der Jäger, der zuerst so schweigsam und scheu gewesen war, begann immer offener mit den beiden jungen Römern zu sprechen. Der Wolfsbiß wurde langsam besser und heilte zu, so daß der Tag kam, an dem Justin sagen konnte: »Siehst du, wir haben es geschafft. Du brauchst keine Salben und Verbände mehr.«

Der Jäger schielte nach den von den Wolfszähnen herrührenden rötlichen Narben, die die einzige Erinnerung an die einstige Wunde darstellten, und sagte: »Es wäre anders ausgegangen, wenn ich meinen Wolf vor einem Jahr oder vor ein paar Monaten getroffen hätte.«

»Warum denn?« fragte Justin. »Ich bin doch nicht der erste Heiler in Magnis am Wall.«

»Nein, und der Centurio ist nicht der erste Kommandant in Magnis am Wall. Aber: ›Zurück, ihr Hunde, auf euren Misthaufen‹, so hieß es beim letzten Kommandanten. Wir konnten niemals zum Heiler kommen, auch wenn wir gewollt hätten.« Er blickte zu Justin und dann zu Flavius, der in der Tür lehnte. »Ich denke so bei mir, daß euer Kaiser Carausius seine jungen Leute gut auswählt.«

Flavius antwortete mit rauher Stimme: »Da irrst du dich, mein Freund. Es war keine Auszeichnung, daß Carausius uns auf diesen gottverlassenen Vorposten schickte.«

»So?« Der Jäger schaute sie nachdenklich an. »Und doch kann man, glaube ich, nicht immer genau erkennen, was hinter den

Taten von Hochkönigen verborgen ist.« Er erhob sich und nahm etwas auf, das er halb versteckt unter dem Umhang mitgebracht hatte, den er trug. »Na ja, wie es auch ist ... Ihr sagtet gestern, daß ihr noch nie einen von unseren großen Kriegsspeeren gesehen hättet, darum habe ich meinen mitgebracht, einen König unter den Speeren, damit ihr sehen könnt, was ich nie einem andern von eurem Blut im Frieden zeigen würde.«

Er hielt ihn ins Licht des hohen Fensters. »Seht, ist er nicht schön?«

Der große Speer, den er Justin in die Hand gegeben hatte, war die herrlichste Waffe, die Justin je gesehen hatte. Die Spitze war lang und schlank wie eine Flamme, eine matt silberne Flamme im kühlen Abendlicht. Das Gleichgewicht war durch einen bronzenen Ball am Ende hergestellt, der so groß wie ein Apfel und wundervoll mit blauer und grüner Emaille gemustert war, und um den Schaft, direkt unter der Spitze, saß ein Ring von Wildschwanfedern. Herrlich und todbringend. Als Justin ihn in der Hand hielt, merkte er, daß er ungewöhnlich schwer war. Aber er war so wundervoll ausgewogen, daß das Gewicht beim Gebrauch gar keine Rolle spielte. »Er ist wirklich ein König unter den Speeren«, stimmte er zu und reichte ihn Flavius, der schon die Hand danach ausstreckte.

»Ist der schön!« sagte Flavius zärtlich, als er mit dem Finger über die Spitze fuhr und wie Justin den Speer prüfte. »Wenn man den in der Schlacht mitführt, dann hat man einen Blitz in der Hand.«

»Das stimmt. Aber ich habe ihn nicht in der Schlacht benutzt, seit ich vor sieben Sommern mit eurem kleinen Kaiser nach Süden zog. Ja, ja, ich halte ihn bereit. Jeden Sommer bekommt er einen neuen Ring von Wildschwanfedern. Aber es sind sieben Ringe, seit die weißen Federn zu roten wurden.« In der Stimme des Jägers lag Bedauern, als er seinen Schatz wieder an sich nahm.

Flavius hatte den Kopf mit einem Ruck zurückgeworfen, und seine hochstehenden Brauen zogen sich zusammen. »So? Du bist mit Carausius gezogen? Wie kam denn das?«

»Das war, als er zum erstenmal hier landete. Da drüben hinter den Bergen im Südwesten zwischen Luguvallium und den Großen Sandbänken.« Auf seinen Speer gelehnt, erwärmte der Jäger sich ganz plötzlich für seine Geschichte. »Ein kleiner Mann, ein sehr großer kleiner Mann! Er rief die Häuptlinge des Bemalten

Volkes und die Häuptlinge der Dalriaden von der Küste und sogar die Häuptlinge aus Erin zusammen, rief sie alle da zwischen den Bergen zusammen und sprach lange und gründlich mit ihnen. Und es war so, daß die Häuptlinge und wir alle, die mit ihnen gekommen waren, ihm zuerst nur zuhörten, weil er einer aus unserer Welt war, Curoi, der Jagdhund der Ebenen, bevor er zum Volk seines Vaters zurückging und Carausius und damit ein Teil von Rom wurde. Und dann hörten wir ihm um seiner selbst willen zu. So schloß er einen Vertrag mit den Königen meines Volkes und den Königen des Bemalten Volkes. Und als er mit den Kriegern seiner Flotte nach Süden zog, gingen viele von uns mit ihm. Auch ich folgte ihm mit dem Bemalten Volk. Ich war bei ihm, als er mit Quintus Bassianus zusammentraf, dem Mann, der damals Statthalter von Britannien war. Das war im römischen Eburacum, und es war ein großer Kampf! Hei! Ein sehr großer Kampf! Und als der Tag zu Ende war, da war Quintus Bassianus Futter für die Raben und nicht mehr Statthalter von Britannien, und Carausius zog weiter nach Süden, und alle, die von Quintus Bassianus' Soldaten übrig waren, zogen mit Freuden mit ihm, und die meisten Stammesleute und ich gingen in ihre Jagdgründe zurück. Aber wir hörten von Zeit zu Zeit von ihm – es wird ja fast alles über die Heide getragen –, hörten, wie Carausius Kaiser von Britannien wurde, und dann, wie Kaiser Maximian und Kaiser Diokletian ihn zum Mitkaiser über das Römische Reich machten – und wir erinnerten uns an den sehr großen kleinen Mann zwischen den Bergen und wunderten uns nicht.«

Er brach ab und war schon halb aus der Tür, als er stehenblieb und mit leicht vorgeneigtem Kopf seine ernsten Augen von Justin zu Flavius und wieder zurück wandern ließ. »Wenn ihr irgendwann mal auf die Jagd gehen wollt, schickt einen Boten in die Stadt und fragt nach Evicatos mit dem Speer. Das genügt, und ich komme bestimmt.«

»Mögen die Götter uns freundlich sein!«

Im Sommer und Herbst dieses Jahres jagten Flavius und Justin ab und zu mit Evicatos. An einem Morgen im Spätherbst nahmen sie ihre Jagdspeere, gingen durch das Nordtor, über sich die Wurfmaschinen, die aussahen wie große Heuschreckenköpfe, und trafen ihn an ihrem üblichen Treffpunkt am Fuße des steilen Hanges im Norden, wo er mit seinen Jagdhunden und drei zottigen Ponys auf sie wartete. Es war ein unfreundlicher Morgen. Der Nebel hing tief und schwer in der braunen Heide, und aus den Mooren stieg ein erdiger Geruch auf, der sich mit der bitteren Süße des nassen Farnkrauts mischte.

»Ein feiner Jagdtag«, sagte Flavius und schnüffelte zufrieden die Morgenluft ein, als sie bei dem Jäger angelangt waren.

»Ja, der Nebel wird die Witterung der Tiere nicht so schnell vergehen lassen«, antwortete Evicatos. Aber als sie auf ihre Ponys stiegen, hatte Justin das Gefühl, daß der Jäger seine Gedanken ganz woanders hatte als bei der heutigen Jagd, und eine seltsame Vorahnung überkam ihn für einen Augenblick wie ein dunkler Schatten. Doch dann ritten sie am Bach hinunter, die Jagdhunde rannten um sie herum, und der lockende Tag verdrängte alle düsteren Gedanken.

Sie fanden sehr bald die Fährte eines alten Wolfes und stellten ihn nach einer wilden Jagd weit draußen in den welligen Grenzhügeln. Flavius saß ab, duckte sich zwischen die laut bellenden Hunde, faßte den Speer ganz kurz und tötete ihn.

Als sie das große graue Tier nach Evicatos' Anweisungen abgezogen hatten, war es schon fast Mittag, und sie waren entsetzlich hungrig.

»Laßt uns hier essen. Mein Magen schlottert schon gegen mein Rückgrat«, sagte Flavius, während er sein Messer ins Gras steckte, um es zu säubern.

Evicatos wickelte das Fell zu einem Bündel zusammen, und die Hunde rissen und zerrten an dem Kadaver. »Es ist gut, zu essen, wenn der Bauch leer ist«, sagte er, »aber erst wollen wir ein kleines Stück nach Süden gehen.«

»Warum?« fragte Flavius. »Wir haben unsern Wolf getötet, und ich möchte nun essen.«

»Ich auch«, sagte Justin zustimmend. »Es ist hier so gut wie überall. Laß uns hierbleiben, Evicatos.«

»Ich will euch weiter südlich etwas zeigen«, sagte Evicatos und stand mit seinem Fellbündel auf. »Oh, du Narr, hast du denn noch nie ein Bündel Wolfsfelle auf dem Rücken gehabt?« sagte er zu seinem Pony, das unruhig tänzelte und ausschlug.

»Hat es nicht Zeit, bis wir gegessen haben?« fragte Flavius.

Evicatos verpackte das Wolfsfell erst mit großer Sorgfalt auf dem Pony, bevor er antwortete. »Sagte ich euch nicht das erstemal, als wir zusammen jagten, daß ihr mir auf der Heide in allen Dingen gehorchen müßt? Denn auf der Heide bin ich der Jäger und der Mann, der alles weiß, und ihr seid nur Kinder.«

Flavius legte die Hand an die Stirn und nahm zum Spaß Haltung an. »Das tatest du – und wir versprachen zu gehorchen. Gut also, o weisester alle Jäger. Wir kommen.«

So jagten sie die Hunde von dem Kadaver und ließen ihn für die Raben liegen, die sich schon sammelten, und gingen nach Süden, bis der Jäger sie nach einer Weile über kahle Bergrücken führte, hinter denen ein klarer Bach über Steine rieselte. Weiter unten, wo das Tal immer enger wurde, wuchsen nur Weidenbüsche. Aber hier stiegen die Berge auf beiden Seiten kahl auf, und die Heide war einem kurzen Gras gewichen. Es war, als wüchsen die lohfarbenen, runden Berge bis hinein in den tiefen Herbsthimmel, vor dem nichts zu sehen war als ein Wanderfalke, der über den fernen Bergen kreiste.

Evicatos lenkte sein Pony zum Bach, und die beiden anderen folgten ihm. Und als die Geräusche, die sie selber machten, verstummt waren, hatte Justin das Gefühl, daß die Stille und Einsamkeit der Berge sich auf sie senkte.

»Seht«, sagte Evicatos, »hier ist es.«

Die beiden jungen Männer schauten in die Richtung, die er mit dem Finger wies, und sahen einen dunklen Klumpen von Steinen, die sich steif und merkwürdig fremd in dem gelbbraunen Gras am Bachufer ausnahmen.

»Meinst du die Steine?« fragte Flavius erstaunt.

»Diese Steine. Geht hin und seht sie euch an, während ich etwas zu essen mache.«

Sie stiegen von den Ponys, banden ihnen die Beine zusammen und gingen zu dem Bach hinunter. Evicatos machte sich mit dem Vorratssack zu schaffen, und Flavius und Justin betrachteten die Steine, um deretwillen Evicatos sie hergebracht hatte. Es sah so aus, als ob an dieser Stelle etwas zutage getreten sei, von dem noch manches unter der Erde lag, denn überall zeigten sich unter dem Gras kleine Platten und Kanten aus dem gleichen Stein. Aber als sie näher hinschauten, sahen sie, daß das Ganze zu einem groben Rechteck zugehauen war, so als ob es immer etwa diese Form gehabt und irgend jemand der Natur ein wenig nachgeholfen hätte. Sie sahen nun auch, daß in dem Stein etwas eingeritzt war. »Ich glaube, es ist ein Altar!« sagte Justin und ließ sich auf einem Knie davor nieder, während Flavius, die Hände auf die Knie gestützt, sich über ihn beugte. »Sieh mal, hier sind drei Figuren!«

»Du hast recht«, stimmte Flavius zu, den das Ganze immer mehr interessierte. »Furien – oder Schicksalsgötter – oder vielleicht die Großen Mütter. Das Bild ist so roh gehauen und vom Wetter so verwischt, daß man es nicht genau erkennen kann. Kratz doch mal die Flechten da unten ab, Justin. Es sieht so aus, als ob dort etwas geschrieben stünde.«

Justin arbeitete eine Weile mit dem Jagdmesser und dem Daumen, und sie sahen, daß es stimmte. »Hier steht ein Name«, sagte Justin. »›S-Y-L-V- Sylvanus Varus‹.« Er arbeitete weiter, löste die Flechten von den roh gehauenen Buchstaben, während Flavius neben ihm hockte und die losen Erdbrocken wegschob, bis die Worte frei waren.

»Sylvanus Varus, Standartenträger der fünften tungrischen Kohorte bei der Zweiten Augusteischen Legion, errichtete den Göttern diesen Altar, daß sie ihm beistehen«, las Flavius vor.

»Ich möchte wissen, ob sie ihm beigestanden haben«, sagte Justin nach einer Pause, während er sich den goldenen Staub der Flechten von den Händen rieb.

»Ich möchte wissen, wofür er ihren Beistand brauchte.«

»Vielleicht wollte er nur, daß sie ihm freundlich sind.«

Flavius schüttelte energisch den Kopf. »Man errichtet keinen Altar, nur weil man will, daß die Götter einem freundlich sind. Das tut man nur, wenn man in dringender Not ist und ihren Beistand für etwas ganz Besonderes braucht.«

»Nun, was es auch war, es ist alles schon sehr lange her ... Wie lange ist es her, daß die Römer sich zum letztenmal aus Valentia zurückgezogen haben?«

»Weiß nicht. Ungefähr hundertfünfzig Jahre, glaube ich.«

Sie wurden wieder still und blickten auf die drei grob gehauenen Figuren und die flachen, ungeschickten Buchstaben darunter.

»Da sind also auch noch Worte. Hat es sich gelohnt?« fragte Evicatos hinter ihnen.

Flavius, der immer noch vor dem Stein hockte, sah lächelnd zu ihm auf. »Ja, aber mit einem vollen Bauch hätte es sich ebenso gelohnt wie mit einem leeren.«

»Das Essen ist bereit«, sagte Evicatos. »Dreht euch um und füllt euch die Bäuche.«

Offenbar hatte er seine Gründe für sein Verhalten, aber offenbar wollte er sie auch erst erklären, wenn es ihm paßte. Und erst als die drei um den Topf mit kaltem Essen saßen und schon eine ganze Menge von dem Gerstenbrot mit Butter und den geräucherten Wildfleischstreifen gegessen hatten, brach er endlich das Schweigen. »Dieser behauene Stein war nur eine Ausrede. Es war notwendig, daß ich euch zu diesem Platz brachte und einen Grund dafür erfand – einen Grund für alle, die vielleicht horchen möchten.«

»Warum denn hierher?« fragte Flavius.

»Weil nicht einmal ein Pikte sich in knöchelhohem Gras verstecken und kein Pikte von den Weidenbüschen da hinten aus hören kann, was hier bei diesem Stein gesprochen wird. Man ist in Albu an kaum einem Ort sicher, daß kein kleiner Bemalter Mann hinter einem Felsen oder in der Heide steckt.«

»Das heißt, du hast uns etwas zu sagen, das kein Mensch hören soll?«

»Das heißt, daß ich euch dies zu sagen habe ...« Evicatos schnitt ein Stück von dem getrockneten Fleisch ab und warf es seinem Lieblingshund zu. »Hört nun, was ich euch zu sagen habe. Der Mann Allectus schickt geheime Boten bis zum Wall und weiter nach Norden.«

Justins Hand mit einem Stück Gerstenbrot blieb auf halbem Wege zum Mund hängen, dann ließ er sie aufs Knie fallen. Flavius rief erschrocken aus: »Hierher? – Was meinst du, Evicatos?«

»Eßt weiter! Denkt daran, daß man weiter sehen als hören kann. Ich meine, was ich sage. Es sind geheime Boten von dem Mann Allectus in Albu. Sie sprechen mit den Pikten von Freundschaft, sie machen Versprechungen – und wollen Versprechungen.«

»Und was sind das für Ver-versprechungen?« fragte Justin leise, indem er sich ein Stück von seinem getrockneten Fleisch abschnitt.

»Sie versprechen, daß Allectus dem Bemalten Volk gegen uns, die Dalriaden, hilft, wenn das Bemalte Volk ihm zuerst hilft, den Kaiser Carausius zu beseitigen.«

Es entstand eine lange Stille, durch die der scharfe Schrei eines Wanderfalken hoch über dem Tal wie ein Nadelstich fuhr. Dann sagte Flavius mit verhaltenem, furchtbarem Grimm: »Dann hatten wir also recht mit Allectus. Wir hatten recht, ganz und gar recht, die ganze Zeit!«

»So?« sagte Evicatos. »Davon weiß ich nichts. Ich weiß nur, daß es für mein Volk der Tod ist, wenn ihm seine Pläne gelingen.« Er unterbrach sich, als ob er halb verwundert seinen eigenen Worten lauschte. »Mein Volk. – Ich bin doch ein Mann ohne Stamm oder Heimat. Aber ich bin meinem eigenen Blut wohl immer noch treu.«

»Wird das Bemalte Volk mitmachen?« fragte Justin.

»Ich fühle in meinem Herzen, daß sie mitmachen werden. Es hat immer Streit und böses Blut zwischen den Pikten und meinem Volk gegeben, ehe Carausius seinen Vertrag machte. Sieben Jahre lang war nun Frieden durch den Vertrag. Aber das Bemalte Volk fürchtet uns, weil wir anders sind als sie, und weil wir auf den Westlichen Inseln und in den Küstenbergen stark werden. Und wo die Pikten fürchten, da hassen sie.«

»Sie fürchten die Adler, und darum hassen sie sie auch«, sagte Justin. »Und du sagst, daß die Pikten Allectus Versprechungen machen werden?«

»Ja, sie fürchten die Adler und sie fürchten die Dalriaden«, sagte Evicatos schlicht. »Sie würden sich ebenso gern mit uns verbünden und die Adler ins Meer jagen, aber sie wissen, daß wir auch zusammen nicht stark genug dazu sind. Darum werden sie sich, wenn sie können, mit den Adlern verbünden und uns verjagen. In jedem Fall sind sie einen Feind los.«

»Allectus ist nicht das gleiche wie die Adler«, warf Flavius ein.

»Er ist es, wenn Carausius tot ist.« Evicatos blickte vom einen zum anderen. »Ihr kennt den Wall und kennt die Kohorten am Wall. Sie jubeln dem zu, der den Purpur trägt, solange er ihnen Wein genug zu trinken gibt. Meint ihr denn, daß die übrigen Adler aus anderem Holz sind?«

Keiner antwortete gleich, und dann sagte Flavius: »Wissen deine Leute das alles?«

»Ich spreche schon fünfzehn Jahre nicht mehr mit meinen Leuten, aber bestimmt wissen sie es. Aber wenn sie auch ihre Lage kennen, was können sie schon tun? Wenn sie einen Krieg mit dem Bemalten Volk anfangen, solange noch Zeit ist, brechen sie den Vertrag; und für uns, das kleine Volk, ist es ganz gleich, ob Carausius oder Allectus den Purpur trägt – Rom ist immer mächtiger als wir.« Evicatos beugte sich vor, als wolle er in dem Topf rühren. »Warnt ihn! Warnt euren Kaiser! Ich fühle in meinem Herzen, daß er auf euch hören wird, denn wir wissen manches in unserer Heide. Darum habe ich euch zu diesem Platz gebracht und euch Dinge erzählt, die den Tod bedeuten können – ich habe euch hergebracht, damit ihr Carausius warnt vor dem, was kommen wird!«

»Kann eine Küchenschabe den Allmächtigen Jupiter warnen? Die Küchenschabe versuchte es einmal und wurde dafür mit dem Fuß getreten«, sagte Flavius bitter. Er hatte den Kopf zurückgeworfen und schaute auf die fernen Bergketten, die sich nach Süden bis zum Wall hinzogen. »Wie können wir ihm eine Nachricht zukommen lassen?«

»Wir haben nicht viele Kranke in der Festung«, hörte Justin sich selber sagen. »Und für den Notfall ist immer der Feldarzt in Lu-Luguvallium da. Ich will gehen.«

Flavius wandte sich rasch zu ihm um, aber bevor er etwas sagen konnte, warf Evicatos ein: »Nein, nein, wenn einer von euch geht, ist das Desertion, und es werden Nachforschungen angestellt. Niemand wird nach mir fragen. Schreibt ihm alles auf, was ich euch erzählt habe, und gebt mir den Brief.«

»Du meinst, du willst ihn selber nach Süden bringen?« fragte Flavius.

»Ja.«

»Warum willst du auf dieser Fährte deinen Kopf in eine Wolfsfalle halten?«

Evicatos kraulte dem großen Jagdhund an seiner Seite die Ohren und sagte: »Nicht, weil ich euren Kaiser liebe, aber weil ich mein Volk vor dem Untergang bewahren will.«

»Du willst so viel tun – so viel wagen für das Volk, das dich verstoßen hat?«

»Ich habe die Gesetze meines Stammes gebrochen und den Preis dafür bezahlt«, sagte Evicatos. »Wir haben uns gegenseitig nichts mehr vorzuwerfen.«

Flavius blickte ihn einen Augenblick an, ohne etwas zu sagen. Dann brach er das Schweigen. »Gut. Du hast also dein eigenes Ziel«, und er fügte hinzu: »Du weißt, daß es keine Gnade für dich gibt, wenn du in die Hände von Allectus' Geschöpfen fällst und sie den Brief bei dir finden?«

»Das kann ich mir denken«, sagte Evicatos mit einem raschen, finsteren Lächeln. »Aber eure Namen stehen auch in dem Brief, und jeder kann sie lesen, so daß wir schließlich alle drei das gleiche aufs Spiel setzen.«

»Dann soll es also so sein.« Flavius beugte sich nun seinerseits über den Topf. »Aber wir haben keine Zeit zu verlieren. Der Brief muß noch heute nacht weg.«

»Das ist ganz einfach. Einer von euch kommt heute abend zum Hahnenkampf im Festungsgraben. Einer von euren Optios hat mit seinem roten Hahn alle herausgefordert, die einen Hahn bringen. Wußtet ihr das? Es werden viele Britannier und Römer da sein, und wenn wir zufällig in der Menge zusammen sprechen, fällt das gar nicht auf.«

»Die Götter mögen geben, daß er uns diesesmal glaubt!« sagte Flavius leise und sehr ernst.

Justin schluckte seinen letzten Mundvoll Gerstenbrot hinunter, ohne etwas zu schmecken, und zog sich den Gürtel fest, den er gelockert hatte, um bequemer zu sitzen. Sein Blick fiel wieder auf den ungefügen Altar, auf die halb ausgelöschten Figuren und die unregelmäßigen Buchstaben, die sie unter dem Moos hervorgeholt hatten.

Flavius sah zu ihm auf und folgte seinem Blick. Hastig nahm er eine Sesterze aus seinem Gürtel und drückte sie in das Gras vor dem Altar. »Auch wir haben es bestimmt bitter nötig, daß die Götter uns beistehen«, sagte er.

Hinter ihm packte Evicatos die Reste des Essens zusammen und band den Vorratssack zu, wie er es immer getan hatte, wenn sie auf der Jagd gegessen hatten. Am Rande des Gebüsches bachabwärts erblickte Justin einen strahlenden, gefiederten Farbfleck. Dort leuchtete ein Hartriegelstrauch in herbstlicher Färbung. Justin ging den Bach entlang bis zu dem Dickicht, suchte lange und brach dann einen langen Ast ab, dessen Blätter scharlachrot waren wie ein Trompetenstoß. Es raschelte im Dickicht, als er den Zweig abbrach. Vielleicht war es nur ein Fuchs, aber als er sich umwandte, hatte er das Gefühl, daß Augen ihn beobachteten, die nicht einem Fuchs oder einer Wildkatze gehörten.

Die beiden anderen warteten mit den Ponys auf ihn. Als er bei ihnen angelangt war, hatte er den Zweig zu einem rohen Kranz zusammengewunden, und er beugte sich auf ein Knie nieder und legte ihn auf den verwitterten Altar. Dann drehten sie sich um und saßen auf, pfiffen die Hunde herbei und ritten mit Evicatos den Bach hinunter, und die kahlen Bergbuckel lagen wieder verlassen da. Nur die Wanderfalken zogen ihre Kreise, und das Geschöpf, das drinnen im Dickicht geraschelt hatte, blieb zurück. Hinter ihnen leuchtete Justins Blätterkranz rot wie Blut auf dem flechtenüberzogenen Stein, wo ein unbekannter Soldat aus ihrer Legion vor hundert oder zweihundert Jahren seine flehentliche Bitte an die Götter gerichtet hatte.

Noch am gleichen Abend saßen sie im Kommandeurszimmer zusammen und schrieben den Brief. Die Schreibtäfelchen lagen auf dem Tisch im Lichtkreis der Lampe, und sie hatten die Köpfe dicht darüber gebeugt.

Sie waren gerade fertig und hatten ihn eben versiegelt, als es an der Tür klopfte. Sie sahen sich rasch an, und Justin ließ den Brief unter seiner flachen Hand verschwinden; dann sagte Flavius »Herein«, und der Quartiermeister erschien. »Herr«, grüßte dieser, »ich bringe die neuen Proviantlisten. Wenn du mir eine Stunde widmen kannst, könnten wir sie fertigmachen.«

Justin war aufgestanden und grüßte ebenfalls. Vor anderen verhielt er sich sehr korrekt, so, wie ein Kohorten-Arzt sich seinem Kohorten-Kommandeur gegenüber zu verhalten hat. »Ich will deine Zeit nicht länger in Anspruch nehmen, Herr. Erlaubst du, daß ich das Lager für ungefähr eine Stunde verlasse?«

Flavius' Augen unter den auseinanderstehenden roten Brauen sahen zu ihm auf. »Ach ja, zum Hahnenkampf. Setze etwas für mich auf den Hahn unseres Mannes, Justin.«

Der breite Festungsgraben, der in der Zeit vor dem Wallbau die Grenze gebildet hatte, war in den letzten Jahren zu einer großen, wenig einladenden Grube geworden, in der es von elenden, stinkenden Hütten, kleinen schmutzigen Läden und Tempeln, Abfallhaufen und Hundehütten für die Jagdhunde der Legionssoldaten wimmelte. Der Gestank schlug Justin wie ein schwerer Nebel entgegen, als er die Straße überquerte, die von Küste zu Küste führte, und die Stufen gegenüber dem Prätorianischen Tor von Magnis heruntergiug. Auf einem freien Platz, einen Speerwurf weit von den untersten Stufen, war schon eine Menge Leute versammelt. Sie drängelten sich in die behelfsmäßig hergerichtete Arena und füllten die steilen Wände des Grabens auf beiden Seiten. Die Grabenwände lagen schon im herbstlichen Dämmerlicht, das nur hier und da von einer mitgebrachten Laterne und in der Mitte des Grabens von einem hellen gelben Licht erleuchtet war. Justin drängte sich durch die laute, durcheinanderwogende Menge und ging auf das Licht zu.

Von Evicatos war noch keine Spur. Es würde ohnehin nicht leicht sein, in dieser wühlenden, dunklen Menge einen bestimmten Mann zu finden. Aber dort, wohin eben noch das Licht der Laterne fiel, stieß er auf Manlius und blieb bei ihm stehen. Manlius tat seit ein paar Tagen wieder vollen Dienst, und so fragte er ihn: »Na, Manlius, was macht das Bein?«

Manlius sah sich um und grinste im Laternenlicht. »Das ist so gut wie neu, Herr.«

Justin wurde es warm ums Herz, denn es war ein langer und harter Kampf gewesen, ehe das Bein heilen wollte, und nun war es so gut wie neu. Immer wenn ein Verletzter oder Kranker unter seinen Händen gesund wurde, empfand Justin diese demütige und dankbare Freude. Das war einer der Gründe, die ihm zwar nicht bewußt waren, ihn aber zu einem guten Arzt machten. »So. Das höre ich gern«, sagte er, und seine Stimme klang warm.

Manlius brachte mit etwas rauher Stimme hervor, als ob er sich schämte: »Wenn du nicht gewesen wärst, Herr, dann hätte ich jetzt ein Humpelbein und wäre wohl nicht mehr bei den Adlern.«

»Wenn du selber nicht mitgeholfen hättest, auch nicht«, sagte Justin nach einem Augenblick. »Weißt du, Manlius, dazu gehören zwei.«

Der Legionär blickte ihn von der Seite an und sah dann wieder vor sich hin. »Ich verstehe, was du meinst, Herr. Trotzdem vergesse ich nicht, was du für mich getan hast. Und ich vergesse auch nicht den Kommandeur, wie er das ganze Gesicht voll Blut hatte und diesen verfluchten Balken von mir wegstemmte, als ich schon dachte, jetzt ist es aus mit dir.«

Sie schwiegen wieder inmitten der geräuschvollen Menge, denn keiner von ihnen war wortgewandt, und keinem von ihnen wollte einfallen, was er nun sagen könnte. Endlich sagte Justin: »Hast du auf unsern Mann und den roten Hahn gesetzt?«

»Klar, Herr – und du?« antwortete Manlius erleichtert.

»Natürlich. Ich habe eine Wette mit Evicatos mit dem Speer gemacht. Ich wollte ihn auch noch wegen des Felles von dem Wolf fragen, den der Kommandeur heute erschlug. Hast du Evicatos hier irgendwo zwischen den Leuten gesehen?«

»Nein, Herr, ich hab' ihn nicht gesehen.«

»Na ja, ich werd' ihn schon irgendwo finden.« Justin nickte ihm freundschaftlich zu, trat zur Seite, an zwei Legionären vorbei und war nun im Lichtkreis der Lampe in der Arena. Jemand brachte ihm einen umgestülpten Eimer zum Sitzen, und er hüllte sich fester in seinen Mantel, um nicht zu frieren. Vor ihm lag ein freier Platz, der mit Binsenmatten ausgelegt war. Der ellengroße Kreis, der in der Mitte mit Kreide aufgemalt war, leuchtete weiß im Licht der Laterne, die darüber hing. Der Himmel über der Laterne war immer noch von den letzten Feuerstreifen des Sonnenuntergangs durchzogen, aber hier unten im Graben war es schon ganz dunkel, und nur das Licht der Laterne erhellte die begierigen Gesichter, die sich um den leuchtenden Kreidekreis drängten.

Und nun traten zwei Männer aus der Menge heraus in die Arena. Jeder von ihnen trug einen großen Ledersack, in dem die zornigen Hähne ungeduldig strampelten. Und im gleichen Augenblick fing die Menge an zu brüllen. »Los, Sextus, laß sehen, was der Rote kann! – Ho-ho! Soll dieser Misthaufenhahn ein Kampfhahn sein? – Zwei zu eins für den braunen Teufel! – Wette drei zu eins für den Roten!«

Einer von den beiden Männern – es war der Optio von Magnis – öffnete nun seinen Sack und holte seinen Hahn heraus, und als er ihn einem dritten Mann gab, der den Schiedsrichter spielte, schwoll das Gebrüll noch mehr an. Der Hahn, den er hochhielt, war wirklich ein solches Gebrüll wert. Er war rot und schwarz und hatte keine einzige helle Feder, war schlank und kräftig, und mit seinem beschnittenen Kamm, den gestutzten Flügeln und dem geradegeschnittenen Schwanz war er wie ein Krieger, der sich nackt zum Kampf stellt. Justin sah das Laternenlicht auf seinen zitternden Flügeln spielen, sah den wilden Kopf mit den schwarzen, weitgeöffneten Augen, die wie Juwelen glänzten, und die todbringenden Eisensporen an seinen Knöcheln.

Der dritte Mann gab ihn seinem Besitzer wieder, und nun wurde der andere Hahn vorgezeigt. Aber Justin sah ihn nicht so genau, denn in dem Augenblick, als er zur Schau gestellt wurde, tauchte Evicatos an der anderen Seite der Arena auf, und gleichzeitig drängte sich jemand durch die Menge auf den leeren Platz neben ihm, und die Stimme von Posides ertönte: »Alle Welt ist hier, scheint es, sogar unser Kohorten-Arzt. Ich wußte gar nicht, daß du etwas für die Kampfhähne übrig hast, mein Justin. – Na, na, du brauchst nicht zu scheuen wie ein erschrecktes Pferd, sonst muß ich ja denken, du hättest ein schlechtes Gewissen.« Denn Justin war tatsächlich beim Klang seiner Stimme zusammengezuckt.

Centurio Posides war in der letzten Zeit recht freundlich, aber Justin mochte ihn trotzdem nicht. Posides war ein Mann, der einen Groll gegen die Welt in sich trug – gegen eine Welt, die ihm die Beförderung versagte, die er seiner Meinung nach so wohl verdient hatte. Er tat Justin leid; es mußte schlimm sein, mit einem Groll gegen die Welt durchs Leben zu gehen, aber trotzdem konnte er ihn jetzt ganz und gar nicht neben sich gebrauchen. Immerhin war es noch nicht soweit, daß er den Brief, den er unter dem Mantel hatte, weitergeben mußte. »Ich bin s-sonst nicht hier«, sagte er, »aber ich habe so viel von diesem roten Hahn gehört, daß ich diesmal ko-kommen mußte und selber sehen, w-wie er kämpft.« (Oh, verflucht, das Gestotter, das ihn gerade jetzt verraten mußte, wo es so wichtig war, daß er sich ganz unauffällig benahm!)

»Dann muß es ja allen da oben in der Festung sehr gut gehen, wenn unser Arzt den Abend beim Hahnenkampf zubringen kann, nachdem er den ganzen Tag auf der Jagd war«, sagte Posides in dem leicht gekränkten Ton, in dem er immer sprach.

»Es geht gut«, sagte Justin ruhig, und es gelang ihm wirklich, das Stottern zu unterdrücken, »sonst wäre ich ja nicht hier.« Er wollte eigentlich hinzufügen »Centurio Posides«, aber er wußte, daß er über das »P« stolpern würde, und so ließ er es und wandte seine ganze Aufmerksamkeit den Vorgängen auf den Binsenmatten zu.

Der braune Hahn war seinem Besitzer wieder übergeben worden, und während sich um die beiden Männer Gruppen gebildet hatten, die mit guten Ratschlägen auf sie eindrangen, hatten sie ihre Plätze eingenommen und ihre Hähne einander gegenüber auf den Kreidekreis gestellt. Als die Tiere losgelassen wurden, stürzten sie vorwärts, und der Kampf war im Gange.

Er dauerte nicht lange, dieser erste Kampf, obwohl er hart genug war. Er endete mit dem blitzartigen Zuschlagen des roten Hahnes mit den Sporen, dann flogen ein paar Federn auf die Matten, und der braune Hahn blieb als toter kleiner Krieger liegen, wo er hingefallen war.

Sein Besitzer hob ihn auf und zuckte ergeben mit den Achseln, während der andere Mann seinen krähenden und triumphierenden Hahn an sich nahm. Wettgewinne wurden kassiert, und an mehreren Stellen brach Streit aus, wie das meistens bei Hahnenkämpfen zu sein pflegte, und als alles in Aufregung und Bewegung war, murmelte Justin, er müßte Evicatos mit dem Speer noch wegen des Wolfsfells für den Kommandeur sprechen, stand auf und bahnte sich einen Weg zur anderen Seite der Arena. Evicatos wartete auf ihn, und als sie in der dichtgedrängten Menge nahe beieinander standen, übergab Justin unter dem Schutz ihrer Mäntel Evicatos den Brief.

Das Ganze war so einfach, daß Justin am liebsten vor Erleichterung laut aufgelacht hätte, während er seiner eigenen Stimme zuhörte, die irgend etwas über das Wolfsfell daherredete.

Die Streitigkeiten waren langsam geschlichtet, und ein neuer Hahn war herangebracht und dem roten gegenübergestellt worden, als er sich wieder zur Arena umdrehte. Diesesmal war es ein langer und ungewisser Kampf, und noch bevor er aus war, waren beide Hähne ziemlich mitgenommen: Ihre Schnäbel hingen offen, die Flügel schleppten auf der blutbefleckten Matte. Nur in einem waren sie unersättlich: in ihrem Willen zu töten. Dieser Wille war ebenso ungebrochen wie ihr Mut. Sie waren fast wie menschliche Gladiatoren, dachte Justin, und plötzlich hatte er genug und wollte nichts mehr sehen. Was er tun wollte, hatte er getan, und als er nach Evicatos ausschaute, sah er, daß der schon gegangen war. So ging er auch und machte sich auf den Weg zur Festung.

Aber als er verschwand, sah ihm der Centurio Posides von der anderen Seite der Arena her mit einem merkwürdigen Aufblitzen in den Augen nach. »Nun möchte ich doch wissen«, murmelte Centurio Posides, »ich möchte doch wissen, junger Freund mit dem schlechten Gewissen, ob es dir wirklich nur um das Wolfsfell ging! Nach dem, was wir von dir wissen, wollen wir doch lieber auf der Hut sein, denke ich«, und er erhob sich, um nun auch zu verschwinden, aber nicht in Richtung Festung.

Das Fest von Samhain

Zwei Abende danach hatte Justin gerade seine abendliche Runde im Hospital hinter sich und wollte eben gehen, als Manlius mit einem blutigen Lumpen um eine Hand in der Tür zum Behandlungszimmer erschien. »Tut mir leid, daß ich dich stören muß, Herr, aber ich hoffte, daß ich dich hier finden würde. Ich habe mir in den Daumen gehauen, und er will nicht aufhören zu bluten.«

Justin wollte eigentlich seinen Gehilfen herbeirufen, der noch da war und Instrumente säuberte, damit er die Wunde behandelte. Da sah er plötzlich an den Augen des Mannes, daß der ein dringendes Anliegen hatte, und änderte seinen Entschluß. »Komm zur Lampe rüber«, sagte er. »Was ist denn diesmal passiert? Bist du wieder unter eine Wurfmaschine gekommen?«

»Nein, Herr, ich habe Holz für meine Frau gehackt. Ich hatte keinen Dienst – und da ging es in den Daumen.«

Der Mann folgte ihm und nahm den blutroten Lumpen ab, und Justin sah, daß er eine kleine klaffende Wunde im Daumenballen hatte, aus der das Blut heftig strömte. »Sanitäter – eine Schüssel mit Wasser und Verbandleinen!«

Der Mann ließ alles liegen und brachte das Wasser. »Soll ich es machen, Herr?«

»Nein, m-mach die Instrumente fertig.«

Und Justin wusch die Wunde und verband sie, während Manlius mit unbewegtem Gesicht geradeaus starrte. Sehr bald brachte der Gehilfe die gereinigten Instrumente in einen weiter innen gelegenen Raum, und Manlius folgte ihm mit den Blicken. Kaum hatte sich die Tür geschlossen, als er Justin ansah und leise fragte: »Wo ist der Kommandeur?«

»Der Kommandeur? Im P-Prätorium, glaube ich. Warum?« Instinktiv sprach auch Justin mit leiser Stimme.

»Hol ihn! Nehmt alles Geld, das ihr habt, und alles, was von Wert ist, und geht beide zur Hütte meiner Frau in der Stadt. Es ist die letzte Hütte in der Straße, wo der ›Goldene Grashüpfer‹ ist. Niemand darf euch reingehen sehen.«

»Warum?« flüsterte Justin. »Du mußt mir erklären, was das soll, ich . . .«

»Frag nicht, Herr. Tu, was ich dir sage und tu es in Mithras' Namen sofort, denn sonst habe ich mir ganz umsonst in den Daumen gehackt.«

Justin zögerte noch einen Augenblick. Als dann die Schritte des Sanitäters wieder auf der Treppe ertönten und sich näherten, nickte er. »Gut also, ich traue dir.«

Er machte seinen Verband fertig, riß den Leinenstreifen ab, warf den beiden Männern ein lässiges ›Gute Nacht‹ zu und ging langsam in die Herbstdämmerung hinaus. Im Vorübergehen nahm er die schmale, röhrenförmige Tasche mit seinen eigenen Instrumenten vom Tisch auf.

Wenige Augenblicke später schloß er die Tür von Flavius' Dienstzimmer hinter sich. Flavius blickte von dem Tisch auf, an dem er noch zu später Stunde am Wochendienstplan arbeitete. »Justin? Du siehst so ernst aus.«

»Mir ist auch sehr ernst zumute«, sagte Justin und berichtete ihm, was geschehen war.

Als er fertig war, stieß Flavius einen leisen Pfiff aus. »Wir sollen in eine Hütte in der Stadt gehen und alles Geld mitnehmen, das wir haben? Was kann dahinterstecken, Bruder?«

»Ich weiß es nicht«, sagte Justin. »Ich fürchte, es hat etwas mit Evicatos zu tun. Aber ich glaube und vertraue Manlius.«

»O ja, auf Manlius können wir uns verlassen.« Flavius war beim Sprechen aufgestanden. Er lief nun rasch im Raum hin und her, räumte die Schreibtäfelchen und Papyrusrollen vom Tisch und legte sie sorgfältig in die Schreibtruhe. Er verschloß die Truhe mit dem Schlüssel, den er immer an einer Kette um den Hals trug, und ging dann in den kleinen, nach innen gelegenen Raum, der ihm als Schlafzimmer diente.

Justin war schon in seiner eigenen Kammer, die unmittelbar daneben lag, und wühlte unter den wenigen Kleidungsstücken in seiner Truhe nach dem Lederbeutel, in dem noch fast sein ganzes Geld vom letzten Monat war. Außer seiner Instrumententasche besaß er sonst nichts von Wert. Er hob die Tasche wieder auf, steckte den kleinen Lederbeutel in den Gürtel und traf im Dienstzimmer mit Flavius zusammen, der gerade aus dem inneren Raum kam und sich den Mantel überwarf.

»Hast du dein Geld?« fragte Flavius, während er die Mantelspange auf der Schulter schloß.

Justin nickte. »In meinem Gürtel.«

Flavius vergewisserte sich noch einmal, ob alles in Ordnung war, und nahm seinen Helm auf. »Komm nun«, sagte er.

Sie gingen in der Dunkelheit und dem Nebel, der von den Hochmooren herunterkroch, durch die Festung hinunter, wechselten ein paar alltägliche Worte mit den Wachen am Tor und gelangten in die Stadt.

Die Städte an dem achtzig Meilen langen von Küste zu Küste führenden Wall trugen jeweils den Namen ihrer Festung: Vindobala, Aesica oder Chilurnium. Sie glichen sich, als sei es immer dieselbe Stadt. Alle bestanden sie aus einem verwirrenden, stinkenden Labyrinth von Weinschenken, Bädern und Spielhäusern, von Ställen und Kornspeichern, den Hütten der Frauen und kleinen schmutzigen Tempeln für britannische, ägyptische, griechische und gallische Götter.

Die letzte Hütte in der engen, gewundenen Gasse, die ihren Namen von der Weinschenke »Goldener Grashüpfer« an der Ecke hatte, lag im Dunkel, als Flavius und Justin dort ankamen: ein gedrungener schwarzer Schatten, um dessen Eingang die Herbstnebel krochen. Als die Freunde angekommen waren, öffnete sich lautlos die Tür, und sie erkannten vor dem dunklen Hintergrund undeutlich ein helles Gesicht. »Wer ist da?« fragte eine Frauenstimme leise.

»Die beiden, auf die du wartest«, flüsterte Flavius ihr zu.

»Kommt rein.« Sie zog sie in den Wohnraum, wo die rote Glut vom Feuer auf dem Herd wie Rubinen leuchtete. Sonst aber lag der Raum in tiefstem Dunkel. Sie schloß sofort die Tür hinter ihnen. »Ich mache gleich Licht. Hier herum, kommt!«

Einen Augenblick wirkte das Ganze wie eine Falle, und Justin fühlte sein Herz in der Kehle pochen. Dann ging er hinter Flavius her, die Frau zog eine Decke vor einer inneren Tür zurück, und der schwache Schimmer eines Talglichts kam ihnen entgegen. Nun waren sie in dem hinteren Raum, in dem das kleine Fensterloch unter dem Schilfdach zugehängt war, damit keine neugierigen Augen nach drinnen sehen konnten. Ein Mann, der auf den Fellen und handgewebten Decken auf der Bettstelle gesessen hatte, hob bei ihrem Kommen den Kopf.

Die Frau ließ den schweren Vorhang hinter ihnen zufallen, und Flavius flüsterte: »Evicatos! Ihr Götter! Was bedeutet das?«

Evicatos' Gesicht sah in dem flackernden Licht grau und verstört aus, und an einer Schläfe hatte er eine große purpurrote Stelle. »Sie haben mich erwischt und durchsucht«, sagte er.

»Haben sie den Brief gefunden?«

»Sie fanden den Brief.«

»Wie kommt es denn, daß du trotzdem hier bist?«

»Ich bin ihnen entflohen«, sagte Evicatos schnell und gedämpft. »Ich lenkte sie auf eine falsche Spur, so daß sie vielleicht – wenigstens für eine kleine Weile – denken, ich gehe weiter nach Süden. Dann schlug ich einen Bogen nach Magnis und schlich mich im Dämmerlicht her, aber ich wagte nicht, euch in der Festung zu suchen, damit wir nicht alle drei verloren sind.«

»Dann kam er hierher«, fuhr die Frau fort. »Er wußte, er konnte Manlius trauen und auch seiner Frau. Und die Götter wollten, daß Manlius zu Hause war – und das andere wißt ihr, sonst wärt ihr ja nicht hier.«

Justin und Flavius sahen sich in der vollkommenen Stille an, die sich beklemmend auf den kleinen Raum legte. Dann sagte Flavius: »Mein Nachfolger wird alle Urkunden der Kohorte in bester Ordnung vorfinden.«

Justin nickte. Sie hatten jetzt nur eine einzige Aufgabe. »Wir müssen so schnell wie möglich selber zu Carausius.«

»Es wird ein Wettrennen mit der Zeit – und mit Allectus – werden, denn nun geht die Jagd hinter uns allen dreien her«, sagte Flavius. »Wir leben in einer aufregenden Zeit.« Seine Stimme klang hart, als er beim Sprechen die große Mantelspange an seiner Schulter löste. Er warf seinen schweren Uniformmantel ab und stand nun in der bronzenen und lederbraunen Rüstung des Kohorten-Kommandeurs da. »Frau des Manlius, hast du eine alte Tunika oder einen Mantel für uns, den wir uns überziehen können?«

»Das habe ich. Und etwas zu essen braucht ihr auch. Wartet, ich bringe euch beides.«

Evicatos stand vom Bett auf. »Habt ihr euer Geld mitgebracht?«

»Alles, was wir hatten.«

»Schön. Geld ist gut, wenn man unterwegs ist, vor allem, wenn man es eilig hat. – Ich gehe nun und hole die Ponys.«

»Du kommst mit uns?« fragte Flavius, während Justin ihm sein Schwert abnahm und es neben den geschmückten Helm auf die Bettstatt legte.

»Ich komme mit. Wir haben doch den gleichen Weg.« Evicatos blieb noch einmal stehen, als er schon die Hand am Türvorhang hatte. »Wenn ihr draußen seid, geht am Serapistempel vorbei und weiter den Roten Bach hinauf bis zu den drei aufrechten Sternen. Ihr kennt den Platz. Wartet da auf mich.« Und fort war er.

Fast im selben Augenblick kam die Frau mit einem Kleiderbündel wieder, das sie auf das Bett legte. »Hier, da sind zwei Tuniken von meinem Mann, die eine ist seine beste Festtunika, und hier sind Fellschuhe für den Kommandeur – eure genagelten Sandalen verraten euch meilenweit. Gebt mir auch euren Dolch, ihr kriegt ein Jagdmesser dafür. Es ist nur ein Mantel da, und in der Kapuze sind auch noch die Motten. Aber nehmt diese Decke da vom Bett, die ist dick und warm, und wenn ihr sie mit eurer Mantelspange zusammenhaltet, wird das schon gehen. Nun zieht euch schnell um, und ich bringe euch etwas zu essen.«

Als sie wiederkam, steckte Justin die karierte Wolldecke an der Schulter mit seiner eigenen Mantelspange zu, und Flavius, der sich schon den Mantel umgehängt und die mottenzerfressene Kapuze ins Gesicht gezogen hatte, schob das lange Jagdmesser in seinen Gürtel. Sein Harnisch lag auf der Bettstelle, und als sie hereinkam, wies er mit dem Kopf auf den Harnisch. »Was tun wir mit dem da? Sie dürfen nichts bei dir finden.«

»Sie finden nichts«, sagte sie. »Sie werden ihn sehr bald im Wallgraben finden. Im Wallgraben wird manches gefunden und verloren.«

»Sei vorsichtig«, riet Flavius. »Sieh zu, daß nicht du oder Manlius in Not gerät um unsertwillen. Sag uns, was wir dir für die Kleider und das Essen schuldig sind.«

»Nichts.«

Flavius blickte sie einen Augenblick an und überlegte, ob er sie drängen sollte. Dann sagte er ein wenig steif, weil es ihm bitter ernst war: »Dann können wir euch nur danken, in unserm eigenen Namen und im Namen des Kaisers.«

»Im Namen des Kaisers? Was kümmern uns Kaiser?« sagte die Frau mit einem leisen, verächtlichen Lachen. »Nein, nein, ihr habt meinen Mann im Frühling gerettet, und das vergessen wir nicht, er und ich. Geht nun schnell. Rettet euren Kaiser, wenn ihr könnt, und seid vorsichtig.« Plötzlich kamen ihr die Tränen, als sie Flavius in den vorderen Raum schob. »Ihr seid doch schließlich noch halbe Kinder.«

Justin hob das Bündel mit dem Essen auf und wandte sich um, um Flavius zu folgen. Aber im letzten Moment zögerte er, und wieder einmal fehlten ihm die Worte, die er so brennend gern gesagt hätte. »Die Götter mögen dir freundlich sein, Frau des Manlius. Sag deinem Mann, er soll seinen Daumen sauberhalten«, brachte er noch hervor und war verschwunden.

Eine ganze Zeit später – es schien ihnen, als sei eine kleine Ewigkeit vergangen – kauerten sie sich wärmesuchend zusammen, den Rücken gegen den höchsten der drei aufrechten Steine am Roten Bach gelehnt. Kurz bevor sie dort angekommen waren, hatte Flavius den Schlüssel der Truhe mit den Urkunden der Kohorte vom Hals genommen und ihn ins Wasser fallen lassen, wo der Bach still und tief unter den Erlen floß. »Sie können sich einen neuen Schlüssel machen lassen, wenn sie einen neuen Kommandeur in Magnis haben«, hatte er gesagt. Und als der Schlüssel mit einem Glucksen verschwand, leise, als ob ein Fisch springe, hatte Justin das Gefühl, als habe er noch nie einen so bedrückend endgültigen Laut gehört.

Bis jetzt hatten sie noch keine Zeit zum Nachdenken gehabt; aber nun, da sie zusammengekauert in der Einsamkeit des Hochmoores hockten, da der Nebel sich um sie zusammenzog und sein Geruch ihnen kalt wie der Tod in die Nasen stieg, da die Minuten sich in die Länge zogen und dahinschlichen, ohne daß Evicatos kam, nun hatten sie eher zuviel Zeit. Sie hatten nun Zeit, zu erkennen, wie groß und wie schlimm all das war, und Justin fühlte sich kalt an Leib und Seele. Es war wie der Nebel, dachte er, der kriechende, trügerische Nebel, der alles verwandelte, so daß man nichts und niemandem mehr trauen konnte, so daß man nicht zum Kommandeur des Walls gehen und sagen konnte: ›Es steht so und es steht so. Darum erlaube mir nun, daß ich in größter Eile nach Süden gehe.‹ Denn auch der Kommandeur konnte ja einer von den anderen sein.

Der Nebel kroch dichter heran und ringelte sich wie Rauch durch die nasse Heide und um die aufrechten Steine. Justin bebte und versuchte, das Beben zu unterdrücken. Dabei bemerkte er, daß er mit dem Proviantsack noch etwas aus Magius herausgebracht hatte: seine Instrumententasche. Er war sich kaum bewußt, daß er sie mitgenommen hatte, so sehr war sie ein Teil seiner selbst. Aber hier hatte er sie, und sie gehörte zu den guten Dingen im Leben, den sauberen und freundlichen – zu denen, die beständig und unveränderlich waren und an die man sich halten konnte. Er nahm die schlanke Metalltrommel hoch und legte sie auf seine Knie.

Flavius sah sich um. »Was ist das?«

»Nur meine Instrumententasche.« Und als der andere rasch auflachte, fügte er hinzu: »Was ist denn dabei komisch?«

»Oh, ich weiß nicht. Wir beiden sind auf der Flucht, die Jagd geht hinter uns her, die Welt um uns herum fällt in Trümmer, und du bringst es fertig, deine Instrumententasche mitzunehmen.«

»Ich bin immer noch Arzt.«

Für einen kleinen Augenblick war es still, und dann antwortete Flavius: »Natürlich. Das war dumm von mir.«

Noch während er sprach, ertönte weiter unten am Bach das unverkennbare Klirren von Zaumzeug, und als sie gespannt lauschten, hörten sie einen hohen, trillernden Pfiff, der sich wie der Ruf eines Nachtvogels anhörte.

»Es ist Evicatos.« Justin atmete erleichtert auf. Dann warf er den Kopf zurück und erwiderte den Pfiff.

Wieder raschelte es leise, und man hörte Pferde durch das Heidekraut kommen, leise Huftritte, die näher und näher kamen, bis plötzlich eine dunkle Gruppe von Schatten aus dem Nebel auftauchte. Flavius und Justin sprangen auf, als Evicatos mit zwei Ponys am Zügel bei dem untersten der drei Steine angeritten kam.

Er zügelte sein Reittier, als er sie erblickte, und der Atem der Ponys stieg wie Rauchwolken in den Nebel.

»Alles klar?« fragte Flavius.

»Alles klar soweit, aber ich glaube, wir haben keine Zeit zu verlieren. Die Festung ist in Aufruhr, und den Wall entlang geht das Gerücht, daß der Kommandeur von Magnis und sein Heiler nirgends zu finden sind. Sitzt auf und laßt uns reiten.«

Es war am dritten Tag kurz vor Einbruch der Dämmerung, als sie in ein weites Tal einritten, in dem ein Hof ganz verloren in der Wildnis lag.

Bis jetzt hatten sie die Nähe von Menschen gemieden, aber ihr Proviantsack war leer, und da sie auf ihrem Gewaltritt gen Süden keine kostbare Zeit mit Jagen verschwenden konnten, mußten sie von irgendwoher neue Vorräte haben. Es war ein Wagnis, aber sie hatten keine andere Wahl, und so lenkten sie ihre Ponys in das Tal, wobei Evicatos seinen großen Kriegsspeer, den er mitgenommen hatte, umwendete, um zu zeigen, daß sie in friedlicher Absicht kamen. In der weiten Einsamkeit der umliegenden Berge sah die Gruppe farngedeckter Hütten in ihrem Gehege kaum größer aus als eine Handvoll braune Bohnen, aber als sie näherkamen, sahen sie, daß es ein großer und ausgedehnter Bauernhof war, in dem ein ständiges Kommen und Gehen von Menschen und Vieh herrschte.

»Erwarten die einen Angriff, weil sie alles Vieh in den geschützten Hütten zusammentreiben?« fragte Flavius.

Evicatos schüttelte den Kopf. »Nein, nein, es ist das Fest von Samhain. Dann treiben sie ihre Schafe und Rinder von den Sommerweiden und pferchen sie für den Winter ein. Ich hatte ganz die Übersicht über die Tage verloren. Aber wir werden ihnen um so willkommener sein.«

Damit hatte er nur zu recht, denn zu Samhain standen alle Türen offen, und noch ehe es ganz dunkelte, waren die drei Fremdlinge ohne eine Frage aufgenommen worden, ihre Ponys standen im Stall, und sie selber waren ins Haus geführt worden und saßen nun auf der Männerseite neben dem Feuer unter allen anderen, die sich hier versammelten.

Auf einer erhöhten Feuerstelle in der Mitte des großen Wohnraumes loderten helle Flammen. Vier unbehauene Baumstämme an den vier Ecken trugen den First des hohen, farngedeckten Daches, und das Feuer warf Schatten, die sich im Dunkel verloren. Die Leute, die sich hier versammelten – Justin nahm an, daß sie alle zu einer Familie gehörten –, waren sehr einfach gekleidet. Die meisten Männer trugen Wolfsfelle oder Hirschfelle, die Frauen grob gewebte Wolltücher, als ob sie weniger tüchtig im Spinnen und Weben wären als die Frauen im Süden. Trotzdem schienen sie recht wohlhabend und nicht von der großen Welt abgeschnitten zu sein, denn manche von den Töpfen, in denen die Frauen das Abendessen bereiteten, waren fein gearbeitete römische Tonwaren. Und der Herr des Hauses selber, ein ungeheuer dicker Mann mit einem Wolfsfell über den groben karierten Hosen, trug eine Halskette aus gelben Bernsteinperlen, die hier und da in dem grauen Gewirr seines Bartes durchschimmerten. Und als nun die Frau des Hauses sich erhob, um den drei Fremdlingen den Gasttrunk zu bringen, sahen sie, daß sie den Trunk in einem Ochsenhorn brachte, das in rotes irisches Gold gefaßt war.

»Es ist gut, zu Samhain einen Fremdling in den Toren zu haben«, sagte die Frau lächelnd.

»Es ist gut, der Fremdling zu sein, der am Tagesende in solche Tore kommt wie diese«, sagte Flavius, nahm das Horn, trank und gab es ihr zurück.

Es gab reichlich zu essen und zu trinken, und als das Heidebier die Runde machte, ging es immer lauter und ausgelassener zu. Alte Geschichten wurden erzählt und alte Lieder gesungen, denn der Winter war die Zeit für Geschichten und Lieder, und mit dem Fest von Samhain fing der Winter an. Aber Justin bemerkte, daß die Männer in all dem Trubel einen Platz freihielten und daß keiner von ihnen den Krug anrührte, der vor dem leeren Platz stand.

Auch Flavius mußte das aufgefallen sein, denn er wandte sich plötzlich an den Herrn des Hauses und fragte: »Erwartet ihr noch einen Gast heute abend?«

»Warum sollten wir noch einen Gast erwarten?«

»Weil ihr ihm einen Platz freihaltet.«

Der dicke Mann schaute auf den Platz, auf den Flavius gewiesen hatte. »Wie könnt ihr es wissen, da ihr ja wohl Römer seid. Samhain ist das Fest der Heimkehr. Wenn das Wetter rauh wird, holen wir das Vieh heim, bis der Frühling wiederkommt. Und sollen wir den Geistern unserer Toten den gleichen Schutz verwehren? Auch sie kehren für den Winter heim, und wir stellen den Bierkrug neben den Herd, um sie zu begrüßen. Darum ist Samhain auch das Fest der Toten. Der Platz da ist für einen meiner Söhne, der mit seinem Speer für Kaiser Curoi kämpfte und vor sieben Sommern drüben im römischen Eburacum starb.«

»Curoi!« sagte Flavius schnell und fügte dann hinzu: »Bitte vergib mir, ich hätte nicht fragen sollen.«

»Er war ein Narr, daß er mitging«, brummte der alte Mann. »Es schert mich nicht, wenn er mich jetzt hört, denn das habe ich ihm damals auch gesagt.« Er nahm einen tiefen Zug aus dem Bierkrug, setzte ihn ab und leckte sich die Lippen. Dann schüttelte er den Kopf. »Und doch ist es schade um ihn, denn er war der beste Jäger von meinen Söhnen. Und nun haben sie trotz allem einen neuen Kaiser in Britannien.«

Justin hatte das seltsame Gefühl, als ob all sein Blut ihm ins Herz geströmt sei, und plötzlich schien alles um ihn herum stillzustehen und zu verstummen. Er warf Flavius einen verstohlenen Blick zu und sah, wie Flavius' Hand, die locker auf seinem Knie gelegen hatte, sich langsam, ganz langsam zur Faust ballte und wieder öffnete. Sonst rührte er sich nicht. Dann sagte Evicatos: »Ja, das ist wirklich eine Neuigkeit. Ist es der Mann, den sie Allectus nennen?«

»Ja, wußtet ihr das noch nicht?«

»Wir sind lange nicht unter Menschen gewesen. Wie ist das zugegangen?«

»Ich will es euch erzählen, wie es mir ein irischer Kaufmann berichtet hat, der gestern abend hier war. Es waren die Seewölfe, die den Streich ausführten. Sie schlüpften bei Nacht und Nebel an den Wachschiffen der Römer vorbei und stießen ihre Drachenkiele unterhalb von Curois Wohnsitz, in dem er gerade war, in den Sand. Man erzählt, daß Allectus ihnen das Zeichen gab und daß er an diesem Abend bei Curoi war und ihnen die Tür öffnete. Aber das hat sowieso nicht viel zu sagen, denn jeder weiß, wer hinter den Seewölfen steht. Sie überwältigten Curois Wachen und erschlugen sie, und dann riefen sie Curoi zu, er sollte zu ihnen herauskommen aus seiner großen Kammer, und er trat ihnen unbewaffnet entgegen, und sie schlugen ihn auf der

Schwelle nieder.« Der Mann war fertig mit seinem Bericht und langte wieder nach seinem Bierkrug, wobei er den drei Fremden unter gesenkten Brauen einen raschen Blick zuwarf, als hätte er Angst, er habe zuviel gesagt.

Flavius sagte mit seltsam klangloser Stimme: »Nein, wir sind keine von Allectus' Männern. – Wann ist das gewesen?«

»Vor sechs Nächten.«

»Vor sechs Nächten? Solche Nachrichten verbreiten sich schnell, aber diese muß auf den Flügeln des Windes gekommen sein. Ist es nicht doch ein unwahres Gerücht?«

»Nein«, antwortete Evicatos mit aller Bestimmtheit und hatte die Augen auf den Herrn des Hauses gerichtet. »Es ist kein Gerücht. Nachrichten wie diese laufen auf alten Wegen, die ihr und euer Volk vergessen habt.«

Und etwas von seiner klaren Bestimmtheit ging auf die beiden anderen über. Sinnlos, all diese Gewaltritte, dachte Justin, sinnlos, weiterzuziehen. Sie kamen also doch zu spät. Zu spät. Plötzlich sah er den lampenerhellten Raum auf den Klippen vor sich, so wie er ihn an einem rauhen Winterabend vor fast einem Jahr gesehen hatte, sah die Holzkloben im Kamin brennen und das Leuchtfeuer von Gesoriacum hinter dem großen Fenster; und den großartigen kleinen Kaiser, der mit harter und dennoch liebevoller Hand Britannien und seine Meere beschützte. Er sah den roten Feuerschein im Hof und hörte die Rufe und das Klirren der Waffen und die Stimmen, die nach Carausius riefen. Er sah die kleine, gedrungene Gestalt auf die Tür zugehen, sah den Kaiser unbewaffnet dem Tod entgegentreten. Sah den Nebel aus der See hochsteigen, vom Fackellicht vergoldet, und die wilden, barbarischen Gesichter, die Männer, die Seeleute waren wie der Mann, der sich ihnen stellte und der vom gleichen Blut war wie sie. Er sah das breite, verächtliche Lächeln auf dem Gesicht des Kaisers, und er sah die Sachsenklingen aufblitzen, als sie ihn niederschlugen . . .

Aber in Wirklichkeit war es nur ein halbverbrannter Birkenzweig, der in die rote Feuersglut fiel, und der Bierkrug machte wieder die Runde, und das Gespräch war von dem neuen Kaiser auf die Jagdaussichten für den kommenden Winter gewandert. Wenn die Herrscher wechselten, so war das hier oben in den Bergen nicht allzu wichtig. Das Wild lief schnellfüßig wie eh und je davon, und eine Kuh brauchte ihre Zeit, um ein Kalb auszutragen – ganz gleich, wer den Purpur trug.

Die drei kamen erst sehr spät in der Nacht dazu, allein miteinander zu sprechen, nachdem sie noch einmal nach den Ponys gesehen hatten und nun im Tor des mit Dornbüschen versperrten Geheges standen. Sie schauten das geschwungene Tal hinunter, wo sich über dunklen Mooren der schmale Mond abzeichnete.

Flavius brach die Stille als erster. »Vor sechs Nächten. Dann war es also schon eine Nacht und einen Tag zu spät, als wir den Brief schrieben.« Er wandte sich zu den beiden anderen um, und im Mondlicht wirkten seine Augen wie zwei schwarze Löcher. »Aber warum wollte Allectus die Hilfe des Bemalten Volkes gegen den Kaiser, wenn er ihn ermorden wollte, ehe sie ihm helfen konnten? Warum, warum, warum?«

»Vielleicht hatte er andere Pläne, als er seine Boten nach Norden schickte«, meinte Evicatos. »Dann hat vielleicht Curoi etwas gemerkt, und Allectus wagte nicht, länger zu warten.«

»Wenn er uns nur geglaubt hätte, damals im Frühling! Wenn er uns nur geglaubt hätte!« Flavius' Stimme bebte. Dann faßte er sich und fuhr fort: »Nun trägt Allectus den Purpur, ohne daß das Bemalte Volk ihm geholfen hat, und er wird im Augenblick alle Hände voll zu tun haben. So hat dein Volk wohl wenigstens für eine Weile Ruhe, Evicatos mit dem Speer.«

»Für eine Weile ja«, sagte Evicatos und sah lächelnd auf den großen Speer nieder, auf den er sich stützte. Ein kleiner kalter Windstoß plusterte die Schwanenfedern auf, und Justin sah, daß sie im Mondlicht sehr weiß leuchteten. »In ein paar Jahren, wenn Allectus dann immer noch den Purpur trägt, kommt die Gefahr wieder, aber immerhin ist mein Volk bis dahin sicher.«

»Und darum führt dein Weg jetzt in eine andere Richtung.«

Evicatos blickte ihn an. »Mein Weg führt jetzt in eine andere Richtung. Ich will morgen früh wieder nach Norden zu meinen Jagdhunden gehen, die ich bei Cuscrid, dem Schmied, ließ, und will meinen eigenen Pfaden nachgehen, und ich werde aufpassen, daß mich kein Mensch mehr am Wall sieht. Und ich werde auf der Heide meine Augen und Ohren offenhalten. – Und ihr? Wohin führt euer Weg?«

»Weiter nach Süden«, sagte Flavius. »Wir können nur noch eins tun – uns irgendwie nach Gallien durchschlagen und zu dem Caesar Constantius gehen.« Er warf den Kopf zurück. »Maximian und Diokletian blieb nichts weiter übrig, als mit unserm kleinen Kaiser Frieden zu schließen, aber sie werden nicht seinen Mörder auf seinem Platz dulden. Früher oder später werden sie den Caesar Constantius ausschicken, um seiner Herrschaft ein Ende zu machen.«

Jetzt erst fand Justin Worte, während er die Augen noch auf den vom Wind aufgeplusterten Schwanenfedern um den Schaft von Evicatos' großem Kriegsspeer hatte. »Es ist merkwürdig: Carausius war dabei, etwas Größeres aus Britannien zu machen als eine Provinz wie jede andere im Reich. Und nun ist alles in dem kurzen Augenblick ausgelöscht, den es braucht, einen Mann zu töten. Uns bleibt nur die Hoffnung, daß der Caesar Constantius kommt und sich das Seinige holt.«

»Es ist besser für Britannien, sich unter Roms Herrschaft zu beugen, als unter Allectus' Händen zu zerbrechen«, stimmte Flavius zu.

Das Zeichen des Delphins

Es war Winter geworden, und ein eiskalter Wind jagte durch die kahlen Bäume des Waldes von Spinaii, als Justin und Flavius endlich eines Morgens mit den Marktwagen zusammen nach Calleva kamen, wo eben die Tore geöffnet wurden.

Sie hatten inzwischen ihre Ponys verkauft und auf ihrem Ritt nach Süden all die mühseligen Wochen lang sehr kärglich gelebt. Aber dennoch hatten sie nicht mehr so viel Geld übrig, daß sie nach Gallien gelangen konnten, und deshalb hatten sie sich nun nach Calleva gewandt. »Ich möchte nicht gern auf den Hof gehen«, hatte Flavius vor ein paar Tagen gesagt, als sie Pläne schmiedeten. »Servius würde das Geld schon irgendwie zusammenbringen, aber das dürfte ein bißchen dauern, und die meisten Schiffe sind wahrscheinlich schon für den Winter stillgelegt. Nein, laß uns zu Tante Honoria gehen – wenn wir Glück haben, ist sie noch nicht in Aquae Sulis. Sie borgt uns bestimmt, was wir brauchen, und Servius kann es ihr dann zurückzahlen, wann und wie es ihm paßt. Ich habe das Gefühl, daß es eine ganze Weile dauern wird, ehe wir zurückkommen, wenn wir erst einmal in Gallien sind, und darum möchte ich Tante Honoria gern Lebewohl sagen.«

Gleich hinter dem Osttor, durch das sie gekommen waren,

sagte Flavius: »Hier müssen wir abbiegen«, und so trennten sie sich von dem wogenden und lärmenden Zug der Marktleute und bogen nach links ab, ließen eine Reihe von Läden hinter sich und kamen in die Gärten einiger großer Häuser, in denen es ganz still war. Nur ein leiser Wind regte sich in der Winterdämmerung. Nachdem sie mehrere Gartenhecken überquert hatten, standen sie ganz plötzlich vor der Rückseite eines Hauses, das viel kleiner war als die anderen.

»Hier herum«, flüsterte Flavius. »Komm hinter den Holzstoß und laß uns sehen, ob die Luft rein ist. Wir dürfen keinem der Sklaven in die Arme laufen, denn dann müssen wir erklären, was wir hier machen.«

Sie schlugen einen Bogen um das dunkle Gewirr von Nebengebäuden und verbargen sich dann hinter einem Stapel Knüppelholz, während vor ihnen auf der anderen Seite des schmalen Hofplatzes, um den die Sklavenwohnungen lagen, das Haus langsam lebendig wurde. In einem Fenster erschien ein Licht. Eine zänkische Stimme ertönte, und als sich das Licht hinter dem First zu einem Streifen aus kühlem Narzissengelb verbreiterte, fing eine kleine, dürre Frau mit einem roten Kopftuch damit an, den Staub und ein paar Abfälle aus der Küche auf den Hof zu kehren, wobei sie leise vor sich hinsummte.

Es war heller Tag, als eine furchtbar dicke Frau in einem gelben Umhängetuch, das sie sich über ihr graues Haar gezogen hatte, aus der Tür trat und in den trüben Morgen hinausschaute. Als Flavius sie sah, atmete er erleichtert auf. »Aha, Tante Honoria ist noch hier.«

»Ist sie das?« flüsterte Justin. Er hatte sie sich irgendwie anders vorgestellt.

Flavius schüttelte den Kopf und lächelte übers ganze Gesicht. »Das ist Volumnia. Aber wo Volumnia ist, da ist auch Tante Honoria. – Wenn sie uns nur bemerken würde!«

Die furchtbar dicke Frau war inzwischen auf den Hof gewatschelt, damit sie das Wetter besser besehen konnte, und als sie stehenblieb, hob Flavius einen Kieselstein auf und warf ihn in ihre Richtung. Sie sah sich nach dem Geräusch um, und in dem Augenblick pfiff Flavius leise einen merkwürdigen tiefen Ruf aus zwei Tönen, bei dem sie zusammenfuhr, als ob sie von einer Bremse gestochen worden sei. Justin sah, wie sie einen Augenblick stillstand und auf ihr Versteck starrte. Dann kam sie auf sie zugewackelt. Flavius schlüpfte schnell wie eine Schlange rückwärts, und Justin kam hinter ihm her, so daß sie vom Hause aus nicht mehr zu sehen waren, als sie um den Holzhaufen gekeucht kam und sie fand.

Sie hatte beide Hände vor ihrem enormen Busen und keuchte, als sie leise fragte: »Bist du – bist du es wirklich selber, mein Flavius, mein Liebling?«

Flavius flüsterte leise: »Du willst doch hoffentlich nicht sagen, daß jemand anders dich jemals mit diesem Pfiff gerufen hat, Volumnia?«

»Nein – ich wußte gleich, daß du es sein müßtest, als ich den Pfiff hörte. Oft genug hast du mich so gerufen, wenn du noch draußen warst und eigentlich längst hättest im Bett sein sollen und niemand dich hören sollte beim Reinkommen. Nanu, mein Schatz, was tust du hier hinter dem Holzhaufen, während wir denken, du bist am Wall? Und so zerlumpt und so mager wie ein Wolf in einem Hungerwinter – und der andere da bei dir – und . . .«

»Liebe Volumnia«, unterbrach Flavius sie, »wir möchten Tante Honoria sprechen, kannst du sie zu uns bringen? Und, Volumnia, niemand darf wissen, daß wir hier sind.«

Volumnia ließ sich auf einem Holzstoß nieder und schlug die Arme um ihren Busen, als müßte sie ihn festhalten. »O mein Lieber, steht es denn so schlimm?«

Flavius grinste ihr zu. »So schlimm, wie du denkst, ist es nicht. Wir haben keine Äpfel gestohlen. Aber wir müssen dringend mit meiner Tante sprechen – kannst du uns dabei helfen?«

»Na ja, mit der Herrin Honoria ist das nicht weiter schwierig. Geht ihr beiden in die Laube und wartet da, bis ich sie euch schicke. Aber mein liebster Flavius, was hat das alles zu bedeuten? Kannst du es nicht deiner guten Volumnia sagen, die dir immer Lebkuchenmänner gebacken hat und die dir manch eine Tracht Prügel erspart hat, als du noch klein warst?«

»Nicht jetzt«, sagte Flavius. »Wir haben keine Zeit dazu. Wenn du noch länger hier bleibst, dann wird jemand kommen und nachsehen, ob die Seewölfe dich nicht geraubt haben. Tante Honoria wird dir bestimmt alles erzählen. Und, Volumnia«, lachte er, faßte sie mit dem Arm um die Stelle, wo eigentlich ihre Taille sein müßte, wenn sie eine gehabt hätte, und gab ihr einen Kuß, »das ist für die Lebkuchen und all die Prügel, die ich nicht bekommen habe.«

»Laß mich in Ruhe«, schnaufte Volumnia. Sie wälzte sich hoch, stand einen Augenblick da und sah auf ihn nieder, während sie sich ihren Schleier über den Kopf zog. »Du bist ein böser Junge«, sagte sie, »und du bist immer einer gewesen! Die Götter allein wissen, was du nun wieder vorhast. Aber ich will euch meine Herrin in die Laube schicken.«

Justin, der die ganze Zeit still an dem Holzstoß gelehnt stand, sah sie davonwatscheln und hörte gleich darauf ihre laute Stimme aufgeregt aus dem Haus tönen. »Es muß wirklich etwas gegen die Ratten getan werden. Da war schon wieder eine bei dem Holzhaufen. Ich hörte sie rascheln, und als ich hinging, war da eine – eine dicke graue, und die richtete sich auf und starrte mich so frech an wie ein Wolf – mit ihren Zähnen und ihrem Bart.«

»Wir hatten auch so eine«, sagte er leise. »Die alte Kinderfrau meiner Mutter, aber sie ist nun t-tot.«

Sie bahnten sich einen Weg durch dunkles Gestrüpp von Liguster- und Wacholderbüschen, die den Garten begrenzten, und kamen in die Laube, wo sie sich auf der unangenehm kalten Marmorbank niederließen, um zu warten.

Aber sie hatten noch nicht lange gewartet, als sie jemand kommen hörten, und Flavius, der durch den sich hochrankenden Efeu spähte, raunte leise: »Das ist sie.«

Justin, der auch Ausschau hielt, sah eine Frau vom Haus her über den Rasen kommen. Sie war in einen Umhang gehüllt, dessen tiefes, leuchtendes Rot den ganzen grauen Morgen zu erwärmen schien.

Langsam ging sie ihres Weges und wandte sich bald nach dieser, bald nach jener Seite, als ob sie ohne besonderes Ziel und nur zu ihrem Vergnügen durch den Garten schlendere. Und dann war sie hinter dem Gebüsch und vom Haus aus nicht mehr zu sehen. Flavius und Justin sprangen auf, als sie im Eingang der Laube erschien.

Eine magere alte Frau mit einer stolz gebogenen Nase und sehr hellen Augen, braun und schrumpelig wie eine Walnuß und angemalt wie ein Tanzmädchen – nur daß ein Tanzmädchen sich niemals so schlecht anmalen würde. Aber selbst mit dem Antimon, das sie sich auf die Lider geschmiert hatte, und mit der verwegenen Bemalung ihrer Lippen, die bis zu einem Ohr reichte, war sie für Justin eine Frau, die er lieber anschaute als alle anderen Frauen, weil ihr Gesicht so voller Leben war.

Sie hatte ihre schmalen Brauen fragend hochgezogen, als sie von Flavius auf ihn schaute und wieder zurück. »Ich grüße dich,

Großneffe Flavius. – Und der? Wen bringst du mit?« Ihre Stimme klang dunkel, aber trotzdem geschliffen wie ein Edelstein und verriet keine Überraschung. Justin dachte plötzlich, daß sie niemals Zeit damit verschwenden würde, überrascht zu sein, was auch immer geschehen mochte.

»Tante Honoria, ich grüße dich«, sagte Flavius. »Dies hier ist wohl auch ein Großneffe von dir – Justin. Tiberius Lucius Iustinianus. Ich habe dir von ihm berichtet, als ich dir aus Rutupiae schrieb.«

»Ach ja, ich weiß.« Großtante Honoria wandte sich zu Justin und streckte ihm eine Hand entgegen, die sich in seiner Hand dürr und leicht anfühlte, während er sich über sie beugte. »Ja, ich freue mich, daß du weißt, was sich gehört. Es wäre mir höchst unangenehm, wenn ich einen Großneffen hätte, der sich nicht benehmen könnte.« Sie schaute ihn prüfend an. »Du mußt Flavias Enkel sein. Sie heiratete einen sehr einfachen Mann, glaube ich.«

Wenn sie es auch nicht sagte, war es nur allzu klar, daß sie meinte: Daher hast du es also, und Justin fühlte, wie er bis in seine unglückseligen Ohren hinein rot wurde. »Ja, ich glaube, das t-tat sie«, sagte er kläglich und sah plötzlich, daß in den Augen seiner Großtante ein geheimes Verstehen und ein Lachen aufblitzte.

»Das war natürlich sehr unhöflich von mir«, sagte Tante Honoria. »Ich hätte eigentlich rot werden müssen, nicht du.« Sie wandte sich wieder zu Flavius und fragte sehr direkt: »Was hat euch denn nun hergebracht, während wir alle denken, du bist am Wall?«

Flavius zögerte. Justin sah sein Zögern, weil er selber gerade darüber nachdachte, wieviel sie ihr erzählen sollten. Dann erzählte Flavius ihr in aller Kürze die ganze Geschichte.

Als er halb fertig war, setzte Tante Honoria sich ruhig auf die graue Marmorbank und legte ein zusammengefaltetes Bündel neben sich nieder, das sie unter dem Umhang getragen hatte; sonst regte und rührte sie sich nicht vom ersten bis zum letzten Wort. Am Ende nickte sie entschlossen mit dem Kopf. »Ach so. Ich dachte mir schon, daß es etwas mit diesem sehr plötzlichen Wechsel der Kaiser zu tun hat. Das ist eine böse Geschichte, eine sehr böse Geschichte . . . Und nun wollt ihr übers Meer zu Caesar Constantius.«

»Es werden noch mehr sein, die in den nächsten Monaten die gleiche Straße ziehen, glaube ich«, sagte Flavius.

»Ja, das denke ich auch. Es ist eine schlimme Zeit, und ich fürchte, wir haben eine noch schlimmere vor uns.« Sie blickte rasch zu ihm auf. »Und um zu Caesar Constantius zu kommen, braucht ihr Geld, und deshalb seid ihr zu mir gekommen.«

Flavius grinste. »Wir brauchen wirklich Geld. Und wenn wir erst einmal überm Meer sind, kommen wir vielleicht nicht so bald zurück, und darum bin ich gekommen, um von dir Abschied zu nehmen, Tante Honoria.«

Ein Lächeln flog über ihr Gesicht. »Das ehrt mich, mein lieber Flavius. Laß uns zuerst die Geldfrage regeln. Siehst du, als Volumnia vorhin zu mir kam und sagte, ihr wäret in Not, da dachte ich mir, daß ihr Geld brauchtet, aber ich habe nicht viel Geld im Haus. Hier!« – Sie legte eine kleine Seidenbörse auf das Bündel in dem Tuch – »Hier ist alles, was ich euch geben kann, damit ihr erst mal zurechtkommt, und außerdem habe ich mich der Gelegenheit entsprechend gekleidet.«

Beim Sprechen löste sie ein Paar Armringe nacheinander von ihren schmalen braunen Handgelenken und hielt sie Flavius hin. Es waren dünne goldene Armringe, die mit Opalen besetzt waren, aus denen das Feuer sprühte und wieder wich und im winterlichen Licht bald grün, bald pfauenblau schillerte.

Flavius nahm sie in die Hand und sah auf sie nieder. »Tante Honoria, du bist großartig«, sagte er. »Wir werden dir eines Tages ein neues Paar schenken.«

»Nein«, widersprach Tante Honoria. »Sie sind nicht geliehen – ich schenke sie euch.« Sie stand auf und sah sie an. »Wenn ich ein Mann wäre, ein junger Mann, dann würde ich mit euch ziehen. Da das nicht sein kann, muß mein Schmuck für mich herhalten.«

Flavius verneigte sich vor ihr, ohne daß es ihm bewußt wurde. »Dann danke ich dir für die Gabe, Tante Honoria.«

Tante Honoria deutete mit einer schnellen Geste ihrer Hände an, daß das Ganze erledigt sei. »Volumnia ist tiefbekümmert, daß wir euch nicht hereinholen und bewirten können, aber weil das nicht geht, haben wir getan, was wir konnten.« Sie wies auf das Bündel in dem Tuch. »Nehmt es mit und eßt es unterwegs.«

»Das werden wir tun«, sagte Flavius. »Das werden wir bestimmt tun, denn wir sind beide leer wie die Weinschläuche nach den Saturnalien.«

»So. Dann haben wir, glaube ich, alles Nötige besprochen; und nun müßt ihr gehen. Wer weiß, wann ihr in dieser bösen und unsicheren Zeit wiederkommt – wenn ich auch, genau wie ihr, davon überzeugt bin, daß Caesar Constantius eines Tages kommen wird. So seien denn die Götter mit dir, mein Neffe Flavius. – Und du ...« Sie wandte sich zu Justin, hob ganz plötzlich die Hände, umfaßte sein Gesicht und schaute ihn wieder an. »Du bist kein bißchen wie dein Großvater – ich mochte ihn nie übermäßig gern. Du bist Arzt, sagte Flavius, und nach meiner Meinung ein guter. Mögen die Götter auch mit dir sein, mein schweigsamer anderer Neffe, Justin.«

Sie ließ die Hände sinken, hüllte sich wieder fester in das leuchtende Tuch ihres Umhangs, wandte sich um und ging.

Die beiden mageren und zerlumpten jungen Männer standen einen Augenblick schweigend da und schauten ihr nach. Dann sagte Justin: »Du hast mir nie erzählt, daß sie so ist.«

»Ich glaube, ich hatte es selber ganz vergessen. Oder vielleicht wußte ich es auch nicht«, antwortete Flavius.

Sie verließen Calleva durch das Südtor, frühstückten am Waldrand und zogen die Straße nach Süden durch den Wald und über die Dünen auf Venta zu. Und der zweite Tag neigte sich eben dem Abend zu, als sie sich nach Portus Adurni schleppten und die dicken grauen Wälle einer Festung wie Rutupiae vor sich hatten, ein großes Quadrat in den Marschen und das weite Labyrinth aus Wasserläufen, die Portus Magnus bildeten, den Großen Hafen.

Aber es war unwahrscheinlich, daß sie unter den Festungswällen ein Schiff nach Gallien finden würden. So lenkten sie ihre Schritte in den ärmeren Teil der Stadt, wo einfache Weinschenken und Schuppen zum Fischetrocknen lagen, wo sich die Hütten von allerlei seefahrendem Volk am niedrigen Ufer hinzogen und wo Schiffe verschiedener Art auf den Strand gezogen waren: kleine Handelsschiffe und die einheimischen Einbäume.

An jenem Abend fingen sie mit mehreren Eigentümern von kleinen, hoffnungsvoll aussehenden Schiffen ein Gespräch an. Dabei taten sie so, als suchten sie nach einem Verwandten, der in dieser Gegend einen Weinhandel treiben sollte. Aber alle hatten entweder ihre Schiffe schon für den Winter an Land gezogen oder wollten es gerade tun. Nur ein kleiner, schlanker Kapitän mit einem blauen Fayenceknopf in einem Ohr schien einen Mann des Namens zu kennen, den die beiden sich als Verwandten angedichtet hatten. Das hätte bedrohlich werden können, wenn nicht Flavius die Idee gehabt hätte, nach der Haarfarbe des Mannes zu fragen, und als er hörte, sein Haar sei rot, sagte er, dann könne es nicht der sein, den sie suchten, denn ihr Verwandter sei kahl wie ein Ei. Sie waren noch nicht weiter vorangekommen, als sie in der winterlichen Dämmerung dicht vor einer Weinschenke am Außenhafen standen. Sie waren kalt, müde und hungrig, und beide waren sie verzweifelter, als sie sich einzugestehen wagten. Es war eine Weinschenke wie andere auch – und es gab viele in Portus Adurni –, aber auf ein rohes Holzbrett war etwas hingeschmiert, grün mit gebogenem Rücken und einem großen, geschwungenen Auge, bei dessen Anblick Flavius mit einem müden kurzen Auflachen sagte: »Sieh mal, unser Wappentier, der Delphin! Da sind wir richtig!«

Der Wind frischte auf und schwenkte die Laterne vor der Tür hin und her, so daß der gemalte Delphin auf und ab zu springen schien und die Schatten sich wie wilde Geschöpfe über die Schwelle drängten. Und in dem wirren Durcheinander von Wind und Dämmerung und Laternenlicht sah keiner von ihnen, daß der kleine Mann mit dem Fayenceknopf im Ohr vorüberschlenderte und, als sie eintraten, umkehrte und in den zunehmenden Schatten verschwand.

Sie waren in einen Hof gekommen, der im Sommer offen, jetzt aber mit einer Plane überspannt war, die aussah wie ein altes gestreiftes Segel oder eine Persenning, die die kahlen Weinspaliere überdachte. In zwei Ecken glühten Holzkohlenbecken, und obwohl es noch ziemlich früh war, saßen eine ganze Menge Männer um die Kohlenbecken oder an den kleinen Tischen an den Wänden, aßen, tranken oder würfelten. Das Gewirr von Stimmen und die Windstöße in der gestreiften Persenning, die Wärme von den Kohlenbecken, der Geruch von kochendem Fleisch und den eng zusammenhockenden Menschen erfüllte den Raum bis zum Bersten, so daß es Justin vorkam, als müßten die Wände aus den Nähten platzen wie ein Gewand, das zu eng ist für die Person, die in ihm steckt.

Sie ließen sich in einer Ecke etwas abseits nieder, bestellten ihr Essen bei einem großen Mann, dem man deutlich ansah, daß er in einer Legion gedient hatte – die Hälfte aller Weinschenken im Römischen Reich wurde von ehemaligen Legionären geführt, dachte Justin –, und sie streckten ihre müden Beine aus und lockerten ihre Gürtel.

Als sie sich beim Warten umschauten, bemerkte Justin, daß die meisten Gäste Seeleute waren, einige auch Händler, während eine Gruppe von Matrosen der römischen Flotte um das Kohlenbecken auf ihrer Seite saß und Würfel spielte. Dann setzte der Wirt einen Topf mit dampfender Fleischsuppe, eine Platte mit Brot und einen Krug mit Wein und Wasser zwischen Justin und Flavius. Und für eine Weile waren sie so ins Essen vertieft, daß sie keine Zeit für ihre Umgebung hatten.

Aber sie hatten den schlimmsten Hunger besänftigt, als ein neuer Gast durch die Tür vom Außenhafen hereinschlenderte.

Es war die ganze Zeit ein ziemliches Kommen und Gehen gewesen, aber dieser Mann war von anderem Schlage als die übrigen Gäste. Nachdem Justin ihn unauffällig gemustert hatte, meinte er, daß er Schreiber oder vielleicht auch ein kleiner Steuereinnehmer sein könnte. Der Mann zögerte, überblickte die volle Schenke und steuerte dann in ihre Richtung. Gleich darauf stand er neben ihnen in ihrer Ecke. »Der ›Delphin‹ ist heute abend sehr voll. Darf ich mich zu euch setzen? Alles andere ist anscheinend – ehem – besetzt.«

»Du kannst dich gern zu uns setzen«, sagte Justin und rückte auf der schmalen Eckbank ein wenig beiseite. Der Mann setzte sich mit einem zufriedenen Grunzen hin und winkte den Wirt mit einem Finger herbei.

Es war ein kleiner Mann, nicht gerade dick, aber aufgeschwemmt, mit einem Ansatz zum Bauch, als ob er zu viel und zu schnell esse und zu wenig Bewegung habe. »Einen Becher Wein wie immer – von deinem besten«, sagte er zu dem Wirt und wandte sich dann, nachdem der Wirt gegangen war, um den Wein zu holen, mit einem Lächeln den beiden zu. »Der beste Wein ist hier wirklich sehr gut. Darum komme ich her. Sonst würde ich – ehem – nicht gerade in eine solche Schenke gehen.« Freundliche Lachfalten überzogen sein dickes, glattrasiertes Gesicht, und Justin faßte eine rasche Zuneigung zu ihm, weil er Augen hatte wie ein zufriedenes kleines Kind.

»Kommst du oft hierher?« fragte Flavius, der gern seine trübe Stimmung abschütteln und freundlich sein wollte.

»Nein, nein, nur manchmal, wenn ich in Portus Adurni bin. Meine – ehem – meine Geschäfte bringen mich ziemlich herum.«

Flavius zeigte auf die schmiedeeiserne Federbüchse und das Tintenhorn, das der Mann am Gürtel hängen hatte. »Und deine Arbeit ist – das?«

»Nicht nur das, nein. Früher war ich mal Schreiber; jetzt betreibe ich verschiedene Geschäfte. O ja, das tue ich.« Seine großen, stillen Augen wanderten zwischen Justin und Flavius hin und her. »Ich kaufe gelegentlich hier ein bißchen und verkaufe es da, und ich spiele eine kleine, wenn auch, wie ich glaube, wichtige Rolle beim Einziehen der Kornsteuer.« Er hob seinen Weinbecher hoch, den der Wirt eben neben seinen Ellenbogen gestellt hatte. »Auf euer Wohl!«

Flavius hob seinen Becher und erwiderte lächelnd den Zuspruch, und Justin folgte seinem Beispiel.

»Und ihr?« fragte der kleine Steuereinnehmer. »Ich glaube, ich habe euch hier noch nicht gesehen.«

»Nein, wir sind auf der Suche nach einem Verwandten, der sich hier irgendwo niedergelassen haben soll, aber ich glaube beinah, er ist inzwischen wieder weggezogen, denn niemand weiß etwas von ihm.«

»So? Wie heißt er denn? Vielleicht kann ich euch helfen.«

»Crispinius. Er handelt mit Wein«, sagte Flavius und ließ die Frage nach seiner Haarfarbe für den Notfall offen.

Aber der andere schüttelte bedauernd den Kopf. »Nein, ich glaube, ich kenne niemanden mit dem Namen.« Sein Blick ruhte einen Augenblick auf Flavius' linker Hand, als dieser seinen Becher auf dem Tisch umfaßte; und als Justin in die gleiche Richtung schaute, sah er, daß es der Siegelring mit dem eingeschnittenen Delphin war, der das Interesse des Mannes erweckt hatte. Flavius merkte es im selben Augenblick, er zog seine Hand zurück und legte sie unter dem Tisch auf sein Knie. Aber die Augen des kleinen Steuereinnehmers waren inzwischen zu den Matrosen um das Kohlenbecken gewandert, die das Würfelspiel satt hatten und sich mit lauter Stimme stritten.

»Was ist denn dabei?« fragte ein großer, magerer Mann mit einer weißen Narbe von einem Schwerthieb auf der Stirn. »Meinetwegen kann jeder Mann Kaiser sein, wenn er mir nur Freiwein gibt, um auf sein Wohl zu trinken, und dazu eine Handvoll Sesterzen.« Er spuckte kräftig in das Kohlenbecken. »Bloß diesmal müßte es schon eine tüchtige Handvoll Sesterzen sein, und dazu recht bald.«

»Das Schlimme ist, daß wir zu viele Kaiser auf einmal haben«, sagte ein traurig aussehender Mann in der seegrünen Tunika der Aufklärungsgaleeren. »Und vielleicht werden die beiden anderen den Göttlichen Allectus in seinem Purpur nicht sehr mögen. Was meint ihr, ob wir Caesar Constantius eines schönen Tages hier haben werden?«

Der erste Mann nahm einen Schluck und wischte sich den Mund mit dem Handrücken ab. »Caesar Constantius hat dort genug zu tun, wo er ist. Jeder Dummkopf weiß, daß es in den Stämmen am Rhein gärt wie in einem faulen Käse.«

»Vielleicht hast du recht, vielleicht hast du auch unrecht«, meinte der Pessimist düster. »Ich habe unter diesem Knaben gedient, und wenn er auch nach nichts aussieht, ist er doch der beste Soldat in diesem müden alten Reich, und ich würde ihm glatt zutrauen, daß er zuerst mit den Germanen fertig wird und dann kommt und mit uns fertig wird.«

»Laß ihn doch kommen!« brüllte der Mann mit dem Schwerthieb höhnisch. »Laß ihn doch kommen von mir aus! Wir sind mit Kaiser Maximian fertig geworden, als er diesen Spaß versuchte, und ich wette, wir schaffen das auch mit seinem jungen Mann, wenn es sein muß!« Er taumelte rückwärts, blieb mit einem kleinen Ruck stehen und winkte dem Wirt mit dem Finger. »Hei! Ulpius, mehr Wein!«

»Als wir mit Kaiser Maximian fertig wurden, waren wir auch mit Leib und Seele bei der Sache.« Das warf ein dritter ein, und seine Worte klangen so hart, daß sie wie Waffengeklirr in die volle Schenke fuhren. »Das sind wir jetzt nicht.«

»Du meinst wohl deinen eigenen Leib«, rief jemand dazwischen, und alle brüllten vor Lachen.

»Das tue ich auch – ich habe genug von all dem Gerede von Tapferkeit, genug bis obenhin, ich habe schon Leibschmerzen davon!«

Der Mann mit der Schwertnarbe fuhr mit vollem Weinbecher auf ihn zu. »Du hast genauso laut gebrüllt wie wir alle, als wir damals dem neuen Kaiser Treue schworen.«

»Ja, ich habe genauso gebrüllt wie ihr andern Schurken. Ich habe Treue geschworen, bei Jupiter habe ich das, beim Donnerer, wahrhaftig! Und was meinst du wohl, was mein Eid wert ist, wenn es darauf ankommt? Was ist deiner denn wert, mein Freund?« Er fuhr dem anderen mit dem Finger vor dem Gesicht hin und her, und seine Augen blitzten im Licht der schwankenden Laterne. Einer der anderen Männer versuchte ihn zu besänftigen, aber er fing um so lauter an zu schreien. »Wenn ich Allectus wäre, ich würde uns nicht eine Speerlänge weit trauen, ich nicht. Legion oder Flotte, alle würden wir morgen einem andern Kaiser zujubeln. – Und was taugen eine Armee und eine Flotte, denen man nicht eine Speerlänge weit trauen kann, wenn es zum Kampf geht? Genausoviel wie ein Kaiser, dem man auch keine Speerlänge weit trauen kann!«

»Schweig still, du Narr!« Der Wirt war zu der Gruppe getreten. »Du bist so betrunken, daß du nicht mehr weißt, was du sagst. Geh in dein Quartier und schlaf dich aus!«

»Ja, du willst mich los sein – hast Angst um deine elende kleine Hundehütte von einer Weinschenke.« Der Mann kochte vor Wut und Hohn. »Puh! Was für ein Land! Wenn jemand mir eine schöne dunkle Ecke unter Deck auf einem Boot verschaffen kann, das in See sticht, dann will ich weitergehen als bis zu meinem Quartier – dann gehe ich noch heute nacht nach Gallien und sehe mich nicht ein einziges Mal um. Aber jetzt will ich erst mal noch einen Becher Wein trinken.«

»Das tust du nicht«, fuhr der Wirt ihn an. »Du gehst in dein Quartier, und zwar sofort.«

In diesem Augenblick wurde die Stille, die sich über die Schenke gelegt hatte, von einem wüsten Stimmengewirr unterbrochen, Männer sprangen auf und drängten sich um die Gruppe. Ein Weinbecher fiel scheppernd um und rollte über den Boden, und Justin, der den Vorgängen mit äußerster Spannung gefolgt war, weil er zum erstenmal hörte, was Legionssoldaten über den Wechsel von Kaisern dachten, merkte plötzlich, daß der Steuereinnehmer sich zu ihnen herübergebeugt hatte und murmelte: »Laßt uns sehen, daß wir hier herauskommen.«

Flavius fragte unbeirrt: »Warum?«

»Weil der Mann, der an der Tür saß, hinausgeschlichen ist«, raunte der Steuereinnehmer. »Es kann jetzt jeden Augenblick unangenehm werden – und so etwas breitet sich aus.« Er lächelte entschuldigend hinter seiner dicken Hand. »Es ist nicht klug, wenn man sich mit solchen Dingen einläßt, solange man selber – ehem – etwas bei sich hat, das der Wachtposten nicht sehen soll.«

Die »Berenice« segelt nach Gallien

Justin blickte den Mann rasch an, dann seinen Vetter. Flavius hatte sich halb umgewandt und sah mit erschrockenem Stirnrunzeln auf ihren neuen Bekannten, stand dann wortlos auf, griff in seinen Gürtel und legte Geld auf den Tisch.

Auch Justin erhob sich und fühlte instinktiv mit der Hand nach seiner Instrumententasche in der Schulterschlinge, die er dafür gemacht hatte. Sie warfen sich einen raschen, fragenden Blick zu, dann zuckte Flavius kaum merklich die Achseln, und sie gingen auf die Tür zum Hafen zu. Aber der kleine Steuereinnehmer schüttelte den Kopf: »Nein, nein, nein, hier lang – das ist besser!« Er öffnete eine andere Tür auf ihrer Seite, die so im Schatten lag, daß sie sie gar nicht bemerkt hatten. Sie folgten ihm durch die Tür und hörten hinter sich ein lautes Gebrüll und das Krachen eines umstürzenden Tisches. Dann ließ Justin die wackelige Tür leise zufallen, und der aufbrandende Krach wurde leiser.

Sie waren in einer Art Gang, und nachdem sich eine andere Tür hinter ihnen geschlossen hatte, gelangten sie in eine enge Straße, an deren Ende der Hafen schimmerte, eine dunkle und leere Gasse, in der es bis auf das Rascheln des Windes in den Abfällen ganz still war.

Flavius blieb stocksteif in der verlassenen Gasse stehen und fragte rasch und gedämpft: »Wie kommst du darauf, daß wir etwas bei uns haben, das der Wachtposten nicht sehen soll?«

»Mein lieber junger Mann«, sagte ihr Gefährte ruhig, »glaubst du, daß die offene Straße der richtige Ort ist, um das zu klären?«

»Wo sollen wir es denn sonst tun?«

»Ich wollte euch gerade fragen – ehem – ob ihr mit zu mir kommen wollt.«

Sie waren so überrascht, daß sie einen Augenblick schwiegen, und dann fragte Flavius: »Kannst du uns irgendwie beweisen, daß wir dir trauen können, selbst wenn wir etwas zu verbergen hätten?«

»Nein, ich fürchte, das kann ich nicht. Es ist sehr unangenehm – sehr unangenehm, aber ich versichere euch, ihr könnt mir trauen.« Der kleine Mann war so aufrichtig bekümmert, daß sie ihm plötzlich glaubten.

Flavius lachte kurz auf: »Ja, natürlich, wenn du es sagst . . .«

Sie gingen die Gasse hinauf, der kleine dicke Steuereinnehmer trottete voran. Er war so in seinen Mantel eingehüllt, daß Justin ihn einen Augenblick für die übergroße bleiche Puppe einer Raupe hielt. Ließen sie sich zum Narren halten? fragte er sich. Nein, irgendwie spürte er, daß sie das nicht taten. Man konnte diesem wunderlichen kleinen Mann trauen. Als sie dann in eine enge Gasse einbogen, die zum Hafen ging, trug der Wind ihnen das Geräusch von hastig rennenden Sandalen zu. Das mußte der Wachtposten sein auf dem Weg zu der Weinschenke, die sie eben verlassen hatten, und Justin drängte: »Da laufen sie. Können wir dem armen Kerl nicht irgendwie helfen? Wir können ihn doch nicht einfach s-so im Stich lassen!«

Die verpuppte Raupe blickte im Weiterrennen über ihre plumpe Schulter. »Im Stich lassen? Ach du liebe Zeit, wir haben ihn nicht im Stich gelassen. Keine Sorge, nein, nein, nur keine Sorge«, und dabei tauchte er in einer anderen dunklen Gasse unter.

Justin hatte jedes Gefühl für die Richtung verloren, als sie endlich am Ende einer Sackgasse anlangten, wo hinten in einer hohen Mauer eine Tür war. »Ich bitte euch um Verzeihung, daß ich euch von hinten hereinführe.« Dabei öffnete der Steuereinnehmer die Tür. »Meistens gehe ich auch durch diesen Eingang, weil niemand ihn sehen kann. Meine Nachbarn sind leider – ehem – recht neugierig.« Er zog sie auf einen engen Hof.

Die Nacht war nicht sehr dunkel, und in dem Hof mit seinen weißgetünchten Mauern war so viel Licht, daß sie den Brunnenrand in der Mitte und einen kleinen Baum daneben erkennen konnten. Die verpuppte Raupe erklärte verschämt: »Das nenne ich meinen Garten. Er besteht nur aus diesem einen Apfelbaum, aber es ist der beste kleine Apfelbaum im ganzen Römischen Reich. Ein Apfelbaum hat so etwas an sich, was – ehem – kein anderer Baum hat, finde ich. ›Der Apfelbaum, der Gesang und das Gold‹ – kennt ihr euren Euripides?«

Unter solchen freundlichen Reden führte er sie zu einer Tür auf der anderen Seite, öffnete sie und schob sie in ein Dunkel, in dem der Geruch von der letzten Mahlzeit noch warm und angenehm in der Luft hing. »Endlich zu Hause. Ich komme immer gern am Ende des Tages wieder nach Hause. Hier ist die Küche, kommt doch bitte mit durch in mein Wohnzimmer. – Ah, Myron hat ein schönes kleines Feuer im Kohlenbecken brennen lassen, sehr schön, wirklich sehr schön.« Er rannte geschäftig hin und her wie eine Henne, zündete einen Kienspan an der roten Holzkohlenglut an, steckte die Lampe an und legte Holz in dem Kohlenbecken nach. Und als das Licht heller wurde, sah Justin, daß sie in einem gemütlichen kleinen Raum waren. Bunte Farbstreifen liefen um die Wände, auf zwei niedrigen Liegen am Feuer lag ein Stapel farbfroher handgewebter Decken, und einige Hausgötter aus leuchtend bemaltem Gips standen in Nischen an den Wänden. Es war alles so alltäglich und so weltenweit entfernt von ihrem wilden Ritt nach Süden und der Szene in der Weinschenke, daß Justin plötzlich der Wunsch überkam zu lachen, und er wußte gar nicht warum. »Wir werden nicht gestört werden«, sagte ihr Gastgeber, während er noch einmal nachprüfte, ob der Laden des hohen Fensters auch nicht einen Spalt offen war. »Ich habe keine Sklaven, weil ich gern ganz unabhängig bin, und Myron geht abends weg.«

Flavius, der breitbeinig, die Hände hinter dem Rücken verschränkt, mitten im Raum stand, sagte: »Da wir nun nicht mehr auf offener Straße sind, kannst du uns wohl sagen, was das alles zu bedeuten hat!«

»Ja, du hast mich gefragt, wie ich darauf komme, daß ihr etwas zu verbergen habt.« Der kleine Mann wärmte sich die Hände über dem Kohlenbecken. »Das ist – ehem – gar nicht so leicht zu erklären. Ein guter Freund von mir, mit dem ihr heute abend am Hafen spracht, war sich nicht recht über euch im klaren. Ihr solltet euch – wenn ich das sagen darf – ein bißchen schlaksiger benehmen. Eure soldatische Haltung paßt nicht – ehem – paßt nicht ganz zu eurer äußeren Erscheinung. Er sah, wie ihr in den ›Delphin‹ gingt, und kam und sagte mir das. Also ging ich auch in den ›Delphin‹, um selber zu sehen, was los war, weil ich dachte, daß ihr vielleicht in Not seid. Und dann war es natürlich unvermeidlich, daß ich den Ring sah, der auch – ehem – nicht so ganz zu euch paßt.«

»Und dann warst du deiner Sache sicher, obwohl du nicht mehr Anhaltspunkte hattest?«

»O nein, nein, nein! Ich war mir nicht klar, bis ich euch sagte, daß man besser aus der Schenke verschwinde, wenn man etwas zu verbergen hätte, und als ihr dann wirklich mitkamt.«

Flavius sah ihn verblüfft an. »Ach ja, das klingt ganz einfach, wenn man es so nimmt.«

»Ganz einfach«, stimmte ihr Gastgeber zu. »Nun sagt mir, was ich für euch tun kann.«

Justin kam wieder das Lachen. Er war so müde, daß er sich nicht mehr ganz in der Gewalt hatte, nicht sein Lachen und nicht seine Beine. »Darf ich – darf ich mich setzen?« fragte er.

Das schwammige Gesicht seines Gastgebers sah plötzlich ganz unglücklich aus. »Natürlich, aber natürlich. Wo habe ich nur meinen Kopf, daß ich meine Gäste stehen lasse? Komm her, setz dich hier ans Kohlenbecken.« Während der kleine Mann betulich um ihn herumlief, lächelte Justin dankbar, ließ sich am Fußende der Liege nieder und streckte die Hände über die Glut.

Flavius schüttelte ungeduldig den Kopf und blieb stehen. Er blickte stirnrunzelnd ins Feuer, in dem die Flammen an den frischen Scheiten aufzulecken begannen. Plötzlich zogen sich seine Brauen so weit auseinander, wie sie nur konnten, und er lachte: »Wir müssen unser Leben ja irgend jemand in die Hand geben, wenn wir überhaupt weiterkommen wollen. – Wir möchten gern übers Meer nach Gallien.«

»Aha, das dachte ich mir schon.«

»Kannst du uns irgendwie dabei helfen, außer daß du dir das schon dachtest?«

»Ich – ehem – habe so etwas schon mal arrangiert.« Der kleine Steuereinnehmer setzte sich hin und richtete seine großen, heiteren Augen auf Flavius' Gesicht. »Aber erst müßte ich doch etwas mehr über eure Gründe wissen. Verzeiht mir bitte, aber ich habe es nicht gern mit einer unbekannten Fracht zu tun.«

»Weißt du denn, ob du mehr erfährst, wenn wir dir etwas erzählen? Wir könnten dir einen Sack voll Lügen aufbinden.«

»Versucht es doch«, sagte ihr Gastgeber ruhig.

Flavius blickte ihm einen Augenblick fest in die Augen. Dann erzählte er ihm die ganze Geschichte ungefähr so, wie er sie einen Tag vorher seiner Großtante Honoria erzählt hatte.

Als er fertig war, nickte der kleine Mann. »Unter diesen Umständen ist euer Wunsch nach einer Überfahrt höchst verständlich. Höchst verständlich. Ja, ich glaube, wir können euch helfen, aber es kann ein paar Tage dauern. Es muß vorher einiges erledigt werden und – ehem – und so weiter.«

»Wegen der Bezahlung . . .«, fing Flavius an.

»Oh, das hat mit Bezahlung nichts zu tun – nein, nein, nein«, beschwichtigte ihn ihr Gastgeber. »Bei dieser Art von Geschäften sind Männer, die wir erst kaufen müssen, auf jeden Fall zu teuer.«

Nach einer kleinen Stille sagte Flavius: »Ich bitte dich um Verzeihung.«

»Ach, das macht nichts, das macht wirklich gar nichts, mein lieber Freund. Für die nächsten Tage seid ihr natürlich meine Gäste. Allerdings ist die einzige Unterkunft, die ich euch anbieten kann, ein bißchen eng und primitiv. Ihr werdet verstehen, daß ich euch nicht gut im Hause lassen kann.« Er lächelte entschuldigend und erhob sich. »Wenn es euch nichts ausmacht, würde ich euch am liebsten gleich in euer Quartier bringen. Es kann nämlich sein, daß ich nachher noch etwas tun muß für – ehem – unsern unbesonnenen Freund aus dem ›Delphin‹, und ich würde euch gern in Sicherheit bringen, bevor ich wieder weg muß.«

»Wir gehorchen deinen Befehlen«, erklärte Flavius mit einem Lächeln.

Wieder gingen sie durch die Küche und kamen in eine Art Vorratsraum. Hier hörten sie den kleinen Steuereinnehmer in der Dunkelheit mit Kisten und Kasten rücken und merkten mehr, als daß sie es sahen, daß in der gegenüberliegenden Wand eine Öffnung entstand. »Hier durch. Früher war hier mal eine größere Tür, die zugeschüttet wurde. Ich habe sie – äh – seit geraumer Zeit wieder in Gebrauch genommen. Vorsicht mit euren Köpfen!«

Die Warnung war kaum nötig, denn das Loch hatte halbe Mannshöhe, und sie krochen auf allen vieren hinter ihm her. Auf der anderen Seite führte eine steile, sehr ausgetretene Treppe hinauf ins Dunkle, und oben war ein Raum, in dem es durchdringend nach Staub und Moder roch.

»Was ist das hier?« fragte Flavius.

»Es ist ein Teil des alten Theaters. Leider geht jetzt kein Mensch mehr ins Theater, und es gibt auch keine Schauspieler mehr. Das Ganze ist schrecklich verkommen, seit kein Theater mehr gespielt wird und der Pöbel seinen Einzug gehalten hat.« Ihr Gastgeber keuchte ein bißchen vom Treppensteigen. »Ich fürchte, ich kann euch kein Licht machen, denn hier sind zu viele Ritzen, durch die es schimmern könnte. Aber hier in der Ecke sind allerlei Decken – sauber und trocken –; ja ja, und nun legt ihr euch am besten zum Schlafen hin. Wenn man sonst nichts anfangen kann, soll man schlafen, das verkürzt die Zeit.«

Sie hörten, wie er oben an der Treppe stehenblieb. »Ich komme morgen früh wieder. Oh, und hier gleich rechts von der Treppe sind ein paar lose Bretter in der Wand. Laßt die bitte sitzen und kriecht nicht durch und seht nach, was dahinter ist. Der Fußboden auf der anderen Seite ist ganz verfault, und ihr würdet euch nicht nur den Hals brechen, sondern auch – ehem – mein höchst nützliches kleines Versteck verraten.«

Sie hörten, wie seine Fußtritte auf der steilen Treppe verklangen und wie Kisten und Kasten wieder vor die Öffnung geschoben wurden.

Als sie allein waren, sprachen sie nicht über ihre Lage, denn eigentlich gab es da nichts zu besprechen, und wenn es etwas gegeben hätte, hinderte ihre furchtbare Müdigkeit sie daran, auch nur ein Wort zu sagen. Sie taten, was ihr Gastgeber ihnen gesagt hatte, tasteten sich zu dem Deckenhaufen, krochen hinein und schliefen ein wie zwei müde Hunde.

Als Justin mit einem Schlage wach wurde, sah er das erste Grau des Morgens durch eine Fensterritze hoch über seinem Kopf hereinsickern, hörte Fußtritte auf der Treppe und konnte sich einen Augenblick nicht darauf besinnen, wo er war. Dann wühlten Flavius und er sich aus den Decken und wischten sich den Schlaf aus den Augen, als ihr Gastgeber in der Tür auftauchte.

»Ich hoffe, ich habe euch nicht gestört«, sagte er beim Kommen und setzte etwas, das er mitgebracht hatte, auf die Bank unter dem Fenster. »Hier bringe ich euch euer Frühstück – nur Brot und Käse und Eier leider.« Er stieß das kleine, entschuldigende Hüsteln aus, das sie nun schon an ihm kannten. »Auch etwas aus meiner Bibliothek, womit ihr euch die Zeit vertreiben könnt, nur die erste Pergamentrolle von meinem ›Hippolytos‹. – Ich glaube, ich erwähnte gestern abend Euripides, und ich hatte den Eindruck, daß ihr ihn beide noch nicht gelesen habt. – Ich glaube, man schätzt eine Sache immer mehr, wenn man – ehem – gewisse Opfer dafür bringen mußte. Der ›Hippolytos‹ hat mich manch eine Mahlzeit und manch einen Gang zu den Spielen gekostet, als ich noch einer von Carausius' Untersekretären war und – ehem - nicht gerade sehr gut bezahlt wurde. Ich weiß, daß ich euch nicht bitten muß, ihn gut zu behandeln.«

»Vielen Dank, daß du ihn uns anvertraust«, sagte Justin.

Und im selben Augenblick fragte Flavius rasch: »Du warst also einer von Carausius' Sekretären?«

»Ja, das war, als er – ehem – Kaiser wurde. Es war nur eine vorübergehende Sache, aber es kam uns damals beiden gelegen.«

Flavius nickte und fragte dann: »Was wurde aus diesem Narren im ›Delphin‹?«

»Aus unserm unbesonnenen Freund? Wir haben uns um ihn gekümmert, bevor der Wachtposten zugreifen konnte. Der Wirt ist zum Glück mit mir befreundet. Allectus schätzt solche wilden Reden wenig.« Sie hörten ihn auflachen. »Unser Freund ist heute morgen wieder nüchtern, hat furchtbare Angst und brennt darauf, so schnell wie möglich nach Gallien zu kommen.«

»Wo steckt er jetzt?« fragte Flavius.

»In Sicherheit. Es gibt in Portus Adurni mehr als ein Versteck, darum haben wir ihn nicht hierher gebracht. Habt ihr alles, was ihr braucht? Dann bis heute abend.«

Sie waren sehr hungrig und aßen alles bis auf den letzten Krümel auf, während das Tageslicht langsam zunahm und Portus Adurni unter ihnen aufwachte. In dem wachsenden kalten Licht, das durch die Fensterspalten hereinsickerte, erkannten sie, daß sie in einer engen Kammer saßen, in der die Dachsparren hoch über dem Fenster anfingen und auf der anderen Seite fast bis auf den unebenen Boden hinabreichten. Als sie ihre Umgebung ein bißchen näher untersuchten, stellten sie fest, daß sie von der Bank aus durch das Fenster sehen konnten, und ihr Blick fiel durch die welkenden Blätter des wilden Weins auf den schmucken, weißgetünchten Hofplatz, auf dem der beste kleine Apfelbaum im ganzen Römischen Reich wuchs. Und wenn sie sich auf der anderen Seite flach auf den Boden legten und ein Auge zukniffen, konnten sie durch ein Loch im Ziegeldach ein Stückchen von den eleganten alten Trümmern des Theaters und die ärmlichen Torfdächer der Elendshütten sehen, die sich zwischen die umgestürzten Säulen gedrängt hatten.

Sie schienen zwischen zwei Welten zu schweben. Die merkwürdige Kammer war ebenso phantastisch wie ihre Lage, verlassen, halb verfallen, die unebenen Fußbodenbretter von bläulichem Schimmel überzogen, wo der Regen eingedrungen war, die Ecken grau von herunterhängenden Spinnweben, durch die der Wind ging und in die toten Weinblätter am Boden fuhr. Dennoch saßen auf einer Wand noch Reste von früheren Fresken, verblichene Schatten von Kränzen an gemalten Säulen, die längst abgeblättert waren, sogar noch ein kleiner Eros mit azurblauen Flügeln.

Justin verbrachte den ganzen Tag damit, daß er versuchte, Euripides zu lesen – hauptsächlich aus dem Gefühl, daß er selber verletzt sein würde, wenn er jemandem etwas geliehen hätte, das er so liebte wie ihr beleibter Gastgeber seinen Euripides, und der Betreffende würde es nicht lesen. Aber er schaffte nicht viel. Er hatte schon immer eine Abneigung dagegen gehabt und sich davor gefürchtet, an einem Platz eingeschlossen zu sein, den er nicht nach eigenem Belieben wieder verlassen konnte. Das war seit dem Tag so, als in seiner Kindheit einmal die Tür des Weinkellers hinter ihm zugefallen war und er viele Stunden lang gefangensaß, ehe jemand ihn hörte. Letzte Nacht war er so taumelig vor Müdigkeit gewesen, daß nichts ihn vom Schlafen hätte abhalten können. Aber jetzt schob sich das Bewußtsein, daß er in einer engen Kammer wie in einem Käfig saß und daß die aufgestapelten Körbe vor dem Eingangsloch wie eine verschlossene Tür waren, zwischen sein Denken und die Geschichte von Hippolytos und nahm ihr alle Kraft und alle Schönheit.

Am Abend kam ihr Gastgeber wieder und bat sie, ihm das Vergnügen ihrer Gesellschaft beim Abendessen zu machen, denn jetzt sei es dunkel, und es sei unwahrscheinlich, daß sie gestört würden. Von da an aßen sie jeden Abend mit dem Steuereinnehmer hinter verschlossenen Fensterläden in dem kleinen Haus, das mit der Rückseite an das alte Theater angebaut war. Nur ein einziges Mal brachte ein Junge mit einem sehr aufgeweckten Gesicht, dem zwei Vorderzähne fehlten, schon früh ihr Abendessen. Er hatte sich als »Myron, der für alles sorgt«, vorgestellt.

Diese Winterabende in dem hellen, gemütlichen Raum mit Paulinus, wie ihr Gastgeber hieß, waren vollkommen unwirklich, aber sehr angenehm. Und Justin fühlte sich während dieser Stunden aus seinem Käfig erlöst.

Denn er konnte die geheime kleine Kammer mit der Zeit immer schwerer ertragen. Er lag ständig auf der Lauer nach Stimmen im Hof und Schlägen gegen die Haustür. Sogar bei Nacht, wenn Flavius friedlich mit dem Kopf auf dem Arm schlief, lag er wach und starrte mit brennenden Augen in die Dunkelheit, horchte und fühlte sich in den Wänden eingeschlossen wie in einer Falle.

Das einzige, was seine Lage erträglich machte, war die Gewißheit, daß nun bald – bestimmt sehr bald – Gallien vor ihnen liegen würde wie Tageslicht und wie eine vertraute Welt am Ende eines unbekannten, dunklen Tunnels.

Endlich, am fünften Abend, als sie wieder in dem gemütlichen Raum hinter verschlossenen Läden saßen, sagte Paulinus: »Mond und Flut sind günstig, und ich bin sehr glücklich, daß ihr nun fahren könnt.«

Darauf hatten sie so lange gewartet, daß sie es gar nicht gleich begriffen. Dann fragte Flavius: »Wann fahren wir ab?«

»Heute abend. Wenn wir gegessen haben, gehen wir los, und auf einem verabredeten Platz wird unser Freund aus dem ›Delphin‹ zu uns stoßen. Die ›Berenice‹, die mit einer Ladung Wolle nach Gallien fährt, wartet bei Monduntergang zwei Meilen westlich von hier an der Küste.«

»So einfach ist das.« Flavius lächelte. »Wir sind dir sehr

dankbar, Paulinus. Ich weiß nicht, was wir dir sonst noch sagen sollen.«

»Hm.« Paulinus nahm einen kleinen Brotlaib aus der Schüssel, die auf dem Tisch stand, betrachtete ihn, als ob er noch nie so etwas gesehen hätte, und legte ihn wieder zurück. »Ich habe – ehem – etwas auf dem Herzen, was ich euch sehr gern fragen möchte.«

»Wenn wir etwas für dich tun können, tun wir es bestimmt gern«, sagte Flavius.

»Bestimmt? Wollt ihr beide – denn ihr gehört doch wohl zusammen – nicht unsern Freund aus dem ›Delphin‹ allein auf der ›Berenice‹ nach Gallien fahren lassen?«

Einen Augenblick glaubte Justin, er hätte nicht recht gehört. Dann hörte er Flavius fragen: »Du meinst, wir sollen hier in Britannien bleiben? Wozu denn das?«

»Um mit mir zu arbeiten«, antwortete Paulinus.

»Wir? Roma Dea! Wozu können wir denn nütze sein?«

»Ich glaube, daß ihr zu einer ganzen Menge nütze sein könntet«, erwiderte Paulinus. »Ich habe mir Zeit gelassen, um ganz sicher zu sein, und deshalb müßt ihr euch nun so schnell entscheiden. – Ich brauche jemanden, der die Führung übernimmt, wenn mir etwas zustoßen sollte. Keiner von denen, die mit mir zusammen diese – ehem – Geschäfte betreiben, wäre dazu imstande.« Er sah lächelnd in die rote Glut des Kohlenbeckens. »Wir tun wirklich etwas sehr Nützliches. In den letzten Wochen haben wir mehr als einen verfolgten Mann aus Britannien geschifft; wir können im feindlichen Lager erfahren, was Rom wissen möchte, und wenn Caesar Constantius kommt, was ich ganz fest glaube, dann wird es für ihn gut sein, wenn er – ehem – Freunde in den Toren hat. Es wäre traurig, wenn das alles in die Brüche gehen sollte, weil ein Mann stirbt und kein Ersatz für ihn da ist.«

Justin, der in die Lichtflamme starrte, kam das alles sehr bitter vor. Gallien und das helle Tageslicht und alles, was ihnen lieb war, war so nah, zum Greifen nah, und dieser dicke, kleine Mann verlangte von ihm, daß er ins Dunkel zurückkehren sollte. Ihr Schweigen zog sich quälend in die Länge. Draußen in der nächtlichen Stille erklangen Tritte von beschlagenen Sandalen, kamen die Straße herauf, näher, näher: die Wache auf ihrem Rundgang. Jeden Abend um diese Zeit kam der Soldat vorbei, jeden Abend bei seinem Kommen klammerte sich etwas um Justins Leib. Es umklammerte ihn jetzt, der ganze helle Raum umklammerte ihn nun, und er wußte, ohne hinzusehen, daß der gleiche Druck auf den beiden anderen lastete. Die Klammer schloß sich fester und fester und wurde mit einemmal lockerer, als die Fußtritte vorbeigingen, ohne anzuhalten. Und immer würde es das gleiche sein, Tag und Nacht. Eine Hand konnte einen jeden Augenblick bei der Schulter packen, Fußtritte konnten sich nahen – und bei ihnen anhalten. Und er konnte das nicht mehr aushalten.

Er hörte Flavius sagen: »Sieh dich nach jemand anderem um, Herr, jemand, der besser für die Aufgabe taugt. Justin ist Arzt, und ich bin Soldat, wir gehören in unsere eigene Welt. Wir haben nicht das rechte Rüstzeug für deine Geschäfte mitbekommen. Wir haben nicht den rechten Mut. Vielleicht verstehst du das besser.«

»Ich bin anderer Meinung«, sagte Paulinus und fügte dann nach einer kleinen Pause hinzu: »Ich habe das Gefühl, daß ihr hier mehr für diese Sache tun könnt, wenn Caesar Constantius kommt, als wenn ihr zu den Legionen zurückgeht.«

»Du bist der Meinung? Wie kannst du das beurteilen?« drang Flavius in ihn. »Du hast kaum mit uns gesprochen, nur vier oder fünf Abende. Mehr nicht.«

»Ich habe – ehem – ein ziemlich feines Gefühl für so etwas. Ich habe mich bisher nur selten in meinem Urteil getäuscht.«

Justin schüttelte ganz unglücklich den Kopf. »Das wird nichts.«

Und im selben Augenblick fiel ihm Flavius ins Wort: »Es hat keinen Sinn, Herr. Wir – müssen gehen.«

Der Steuereinnehmer deutete mit einer kleinen Geste an, daß er sich geschlagen gebe, aber sein schwammiges rosa Gesicht hatte nichts von seiner Freundlichkeit verloren. »Ich bin auch traurig ... Gut, wir wollen das vergessen. Es war nicht richtig von mir, euch vor eine solche Wahl zu stellen. Eßt nun, denn die Zeit verstreicht, und ihr müßt etwas essen, bevor ihr geht.«

Justin aber schmeckte das Essen, das ihm eigentlich den Geschmack der Freiheit bringen sollte, wie Asche, und jeder Mundvoll blieb ihm in der Kehle stecken und drohte ihn zu ersticken.

Etwa zwei Stunden später standen Justin und Flavius, der Steuereinnehmer und der Matrose aus dem »Delphin« am Rande einiger windgepeitschter Dornbüsche, die Gesichter der See zugewandt und dem kleinen Schiff, das vorsichtig herangerudert wurde. Der Mond war fast untergegangen, aber das Wasser unter den dunklen Dünen war noch hell. Ein leichter kalter Wind pfiff über das dunkle, weite Marschenland und das niedrige Küstengras und klang in den kahlen, verkrümmten Zweigen der Dornbüsche wie eine leise Äolsharfe. Ein schmaler Lichtstrahl zeigte sich tief unten am Bauch des Schiffes, Ringelblumengold in einer Welt aus Schwarz und Silber und Rauchgrau, und sie atmeten alle erleichtert auf.

»Aha, es ist also wirklich die ›Berenice‹«, sagte Paulinus.

Und nun mußten sie gehen.

Der Matrose, der bedrückt und ganz still gewesen war, seit sie ihn an dem vereinbarten Platz getroffen hatten, wandte sich rasch um und sagte voll Reue: »Ich weiß nicht, warum ihr euch meinetwegen so große Mühe gemacht habt, aber ich danke euch. Ich – ich weiß nicht, was ich sagen soll . . .«

»Dann laß es nur ganz bleiben. Geh los, Mann. Sieh zu, daß du loskommst«, sagte Paulinus.

»Danke, Herr.« Der Matrose warf seinen Kopf zum Abschiedsgruß zurück, wandte sich um und ging aufs Ufer zu.

Flavius sagte unvermittelt: »Darf ich dich etwas fragen, Herr?«

»Wenn du nicht viel Zeit dabei verlierst.«

»Machst du dies aus Abenteuerlust?«

»Aus Abenteuerlust?« Paulinus' Stimme kam ganz entsetzt aus dem Dunkel. »Ach du liebe Zeit, nein, nein, nein! In mir steckt nicht viel Abenteuerlust, ich bin – ehem – zum Beispiel viel zu ängstlich von Natur. Nun geht schnell. Ihr dürft das Schiff nicht warten lassen, die Ebbe setzt schon ein.«

»Nein. Lebewohl denn, Herr, und danke für alles.«

Justin, eine Hand wie üblich auf seiner Instrumententasche, murmelte etwas, was sogar für seine eigenen Ohren vollkommen unverständlich war, und wandte sich hinter Flavius der Küste zu.

Sie holten den Matrosen aus dem »Delphin« ein und gelangten zusammen durch die Dünen auf den weichen, wellengemusterten Strand. Das Schiff wartete, still wie ein Seevogel im Schlaf. Am Wasser blieb Justin stehen und schaute zurück. Er wußte, daß er verloren war, wenn er rückwärts schaute, aber er konnte nicht anders. Im letzten Schimmer des Mondes sah er die gedrungene kleine Gestalt von Paulinus einsam zwischen den Dornbüschen stehen. Und hinter ihm dehnten sich leer und öde die Marschen.

»Flavius«, brach es aus ihm heraus, »ich gehe nicht.«

Nach einer kleinen Stille sagte Flavius: »Dann gehe ich auch nicht.« Er lachte auf: »Hat Paulinus nicht gesagt, daß wir in diesem Spiel zusammengehören?«

Der Matrose, der schon mit den Füßen im Wasser war, sah sich um. »Wir müssen schnell machen.«

»Hör mal«, sagte Flavius. »Wir kommen doch nicht. Sag an Bord, daß die beiden anderen nicht kommen. Sie werden das verstehen, denke ich.«

»Gut, ihr müßt wissen, was ihr tut . . .«, fing der andere an.

»Ja, wir wissen, was wir tun. Viel Glück, und mach schnell«, sagte Flavius zu ihm.

In der Stille stiegen leise, glucksende Laute aus dem verebbenden Wasser zu ihren Füßen. Sie sahen den Matrosen ins Wasser gehen, sahen ihn tiefer und tiefer hineinwaten, bis er, bei dem wartenden Schiff angelangt, fast keinen Grund mehr bekam. Im Licht der Laterne erkannten sie, wie er an Bord gezogen wurde. Dann erlosch die Laterne, die Segel wurden lautlos gesetzt, und das kleine Schiff kam frei und fuhr geistergleich aufs offene Meer hinaus.

Justin nahm plötzlich in übergroßer Schärfe wahr, was um ihn war: das Plätschern und Gurgeln des verebbenden Wassers und die windige, leere Dunkelheit der Marschen hinter ihm. Er fühlte sich sehr klein und schutzlos, und die Kälte stieg an ihm hoch. Jetzt hätten sie auf die See entkommen können, er und Flavius, hätten beim Morgengrauen in Gesoriacum sein können, hätten wieder im Tageslicht gelebt, unter Menschen ihrer Art. Und statt dessen . . .

Flavius löste sich plötzlich neben ihm aus seiner Starre, und sie wandten sich ohne ein Wort um und gingen langsam durch den weichen Dünensand auf die Gestalt zu, die bei den Dornbüschen wartete.

Der Schatten

Sie gaben Paulinus einen von Tante Honorias Opal-Armreifen, weil er den vielleicht würde brauchen können. Eigentlich wollten sie ihm beide geben, aber er sagte, sie sollten den anderen für den Notfall aufheben. Flavius nahm den abgenutzten Siegelring ab und hängte ihn sich um den Hals, an einer Schnur, die unter seiner Tunika verborgen war, denn von nun an spielten sie eine Rolle, zu der ein Siegelring nicht paßte. Und ein oder zwei Abende später bat Justin Paulinus um Erlaubnis, einen Brief an seinen Vater schreiben zu dürfen. »Ich möchte ihm gern ein einziges Mal schreiben und ihm sagen, daß er nun eine ganze Weile nichts mehr von mir hören wird. – Ich gebe dir den Brief zum Lesen, damit du s-sicher bist, daß ich nichts verraten habe.«

Paulinus überlegte einen Augenblick und nickte dann kurz. »Ja, das ist klug von dir. Das könnte – ehem – uns lästige Untersuchungen ersparen.«

Also schrieb Justin seinen Brief, und das fiel ihm unerwartet schwer. Er wußte, daß es sehr gut der letzte Brief sein könnte, den er seinem Vater schrieb, und darum gab es so vieles, was er sagen wollte. Aber er wußte nicht, wie. »Wenn dir zu Ohren kommen sollte, daß ich meinen Posten in Magnis verlassen habe«, schrieb er schließlich nach einer knappen Einleitung, »und wenn diese Nachricht und dieser Brief das letzte sein sollte, was du von mir hörst, schäme dich bitte nicht um meinetwillen, Vater. Ich habe nichts getan, dessen du dich schämen mußt, das schwöre ich dir.« Und das war schon alles.

Er reichte Paulinus die offene Schreibtafel hin, wie er versprochen hatte. Paulinus warf einen flüchtigen Blick darauf und gab sie ihm zurück. Zu gegebener Zeit nahm ein nachts hinüberfahrender Händler den Brief mit, und Justin fühlte, daß er nun das letzte Band zerschnitten hatte, das ihn an seine vertraute Welt band. So hatte er, wie Flavius, den Blick frei für das andere, fremdartige Leben, das nun für sie begonnen hatte.

Ein seltsames Leben war es wirklich in einer seltsam gemischten Gesellschaft. Da war Cerdic, der Bootsbauer, und der junge Myron, den Paulinus ursprünglich dabei erwischt hatte, wie er seine Geldbörse stehlen wollte, und Phaedrus von der »Berenice« mit dem blauen Fayenceknopf im Ohr. Da war ein Regierungsschreiber aus dem Kornamt in Regnum und eine alte Frau, die vor dem Tempel des Mars in Clausentium Blumen verkaufte, und viele andere. Sie erkannten sich untereinander durch nichts weiter als einen Liedfetzen, der in der Dunkelheit gepfiffen wurde, oder durch einen Roggenhalm, der in einer Mantelspange oder in einem Gürtel steckte. Viele von ihnen, sogar von denen, die in Portus Adurni wohnten, kannten weder das geheime Loch hinter dem Gerümpel in Paulinus' Vorratskammer noch den anderen Gang, den Paulinus das ›Spatzenloch‹ nannte, als er ihn Justin und Flavius zeigte. Er ging von der Rückseite einer niedrigen Mauer am Haupteingang des alten Theaters bis zu den losen Brettern des Raumes mit dem gemalten Eros. Trotz alledem bildeten sie auf seltsame Weise eine Bruderschaft.

Justin und Flavius hausten mit Cerdic, dem Bootsbauer, zusammen und verdienten sich ihren Lebensunterhalt mit allerlei Gelegenheitsarbeiten in der Stadt und auf den Bootswerften. Das heißt, wenn sie in Portus Adurni waren, denn sehr oft waren sie in diesem Winter in Regnum, in Venta oder in Clausentium. Justin kam sogar mehrmals nach Norden bis Calleva, was Flavius nicht wagen konnte, da er auch in seiner augenblicklichen Verkleidung zu leicht erkannt werden konnte. Fünf große Straßen liefen in Calleva zusammen, und die Kohorten der Adler zogen ständig durch das Durchgangslager draußen vor den Wällen von Calleva. So konnte es keinen besseren Platz in der römischen Provinz Britannien geben, um Augen und Ohren offenzuhalten.

Der Winter ging vorüber, und Paulinus' Apfelbaum stand in Blüte. Mehr als zwanzig Männer waren sicher übers Meer geschifft worden, Männer, die im »Delphin« oder an einem anderen Treffpunkt auftauchten, einen Roggenhalm angesteckt hatten und sagten: »Man hat mich geschickt.«

Der Frühling ging in den Sommer über, und der beste Apfelbaum im Römischen Reich streute seine rosa gesäumten Blütenblätter in das dunkle Wasser des Brunnens im Hof. Kaiser Allectus saß in seiner Hauptstadt Londinium, und man begann, seine Hand zu spüren. Die Steuern auf Korn und Land, die schon zu Carausius' Zeiten schwer gewesen waren, wurden immer schwerer, obwohl jeder gehofft hatte, daß sie unter Allectus leichter würden. Sie wurden ohne Gnade für seinen privaten Gebrauch verwendet. Und noch vor Mittsommer lief von einem Ende Britanniens bis zum anderen die Nachricht, daß Allectus fränkische und sächsische Söldner, Schwertbrüder der Seewölfe, ins Land hole, um seine Macht im Königreich zu stützen. Er verriet Britannien wahrhaftig! Die Menschen sagten wenig – denn es war gefährlich, zu viel zu sagen –, aber sie blickten sich mit brennenden und zornigen Augen an, und die Zahl der Männer, die mit einem Roggenhalm in den »Delphin« kamen, nahm im Laufe der nächsten Wochen immer mehr zu.

In Portus Adurni sah man die verhaßten Söldner zum erstenmal, als Allectus an einem Julitag kam, um Soldaten und Befestigungen zu besichtigen.

Die ganze Stadt Adurni drängte sich an der breiten, gepflasterten Straße, die zum Prätorianischen Tor führte, teils aus Neugier und dem Wunsch, den Kaiser zu sehen, wenn sie ihn auch langsam zu hassen begannen, teils aus Furcht, den Zorn des Kaisers zu erregen, wenn sie ihre Freude über sein Kommen nicht deutlich genug zeigten.

Justin und Flavius hatten einen guten Platz direkt an den Stufen des kleinen Jupitertempels gefunden, wo der Kaiser ein Opfer bringen wollte, bevor er in die Festung ging. In der Julisonne zitterte die Hitze wie ein Mückenschwarm über den Köpfen der Menge – einer großen Zahl von Menschen, alle in ihren besten Kleidern und hellsten Farben. Die Läden waren zum Zeichen der Freude mit reichen Stoffen und vergoldeten Zweigen geschmückt, die Säulen des Tempels mit Girlanden aus Eichen und Spierstauden umwunden, und der Duft der Blüten, die schon zu welken begannen, mischte seine Honigsüße mit dem herben Duft der Ringelblumen und dem säuerlichen Geruch, der aus der enggedrängten Menge aufstieg.

Aber über dem Ganzen lag trotz den festlichen Kleidern, den hellen Farben und den Girlanden eine Freudlosigkeit, die alles hohl und leer erscheinen ließ.

Die beiden Vettern standen unmittelbar neben den Soldaten, die die Straße absperrten, so dicht bei dem kommandierenden jungen Centurio, daß sie hören konnten, wie die roten Roßhaare seines Helmschmucks auf seinen gepanzerten Schultern kratzten, wenn er den Kopf drehte. Es war ein dunkler, grobknochiger Bursche mit einer Nase, die wie der Bug einer Galeere aussah, und einem großen, harten Mund. Und aus irgendeinem Grunde, vielleicht weil er einer von ihrem Schlage war, beobachtete Justin ihn besonders genau.

Aber nun entstand weit unten in der Straße nach Venta eine Unruhe, und eine Welle der Erwartung lief durch die Menge vor dem Tempel. Näher und näher wogte eine schwerfällige Welle von Schreien aus rauhen Kehlen auf sie zu. Alle Köpfe drehten sich nach einer Seite. Justin, der gegen einen besonders fest stehenden Soldaten gedrängt wurde und den Atem einer dicken Frau im Nacken spürte, sah in der Ferne den Reiteraufzug, der nun jeden Augenblick größer zu werden schien. Er sah die große, schöne Gestalt des neuen Kaisers an der Spitze, umgeben von seinen Ministern, seinem Stab und den höheren Offizieren der Festung, und dahinter die Sachsen der kaiserlichen Leibwache.

Allectus, der Verräter, war jetzt nur wenige Fuß von ihnen entfernt, hoch zu Pferd in der wogenden Menge, ein ruhiger, bleicher Mann, dessen Augen und Haut im Sonnenlicht noch heller wirkten, weil das tiefe Rot des kaiserlichen Purpurs, das ihm von den Schultern über die vergoldete Bronze seiner Rüstung fiel, seine Blasse noch mehr hervorhob. Er wandte sich mit seinem alten bezaubernden Lächeln dem Lagerkommandanten an seiner Seite zu und sprach mit ihm; er beobachtete alles mit Interesse. Den Rufen der Menge dankte er mit einem Kopfneigen und einer Geste seiner großen, weißen Hand, und er schien nicht zu bemerken, wie hohl das Beifallsgeschrei klang. Hinter ihm drängten sich die Sachsen seiner Leibwache, große, blauäugige, gelbhaarige Männer aus dem barbarischen Germanien, die in ihren zurückgeworfenen Umhängen aus Wolfsfell schwitzten, Gold und Korallen um den Hals trugen und Schlangen aus rotem Gold um den Oberarm, die lachten und sich beim Reiten in kehligen Lauten unterhielten.

Nun saßen sie vor dem Säuleneingang des Tempels ab, wobei die Pferde hin und her tänzelten und Verwirrung in der dichtgedrängten Menge schufen. Über die Schulter des Legionssoldaten sah Justin, wie die große Gestalt im Purpur sich mit der Geste eines Schauspielers auf der blumenbestreuten Treppe dem Volk zuwandte, und er wurde von einem derartigen blinden Zorn gepackt, daß er kaum wahrnahm, was nun geschah, bis es schon fast vorüber war.

Eine alte Frau war irgendwie durch die Sperre der Soldaten geschlüpft, rannte mit ausgestreckten Armen auf den Kaiser zu und warf sich ihm bittend zu Füßen. Worum sie ihn eigentlich anflehte, erfuhr niemand. Einer von den Sachsen bückte sich, packte sie beim Haar und zerrte sie zurück. Sie fiel mit einem Schrei nieder, und die Sachsen umringten sie. Sie brachten sie mit den Spitzen ihrer Kurzschwerte wieder auf die Beine und hatten ihren Spaß daran, wie sie zu entkommen suchte. Ein bestürztes Schweigen hatte sich über die Menge gelegt. Als die alte Frau stolperte und beinah wieder hinfiel, trat der Centurio mit gezogenem Schwert vor und stellte sich zwischen sie und ihre Peiniger. In der plötzlichen Stille hörte Justin ganz deutlich, wie er sagte: »Schnell zurück, alte Mutter.« Dann wandte er sich zu den Sachsen um, die für einen Augenblick durch sein Autorität ausstrahlendes Wesen eingeschüchtert schienen, und sagte: »Das Spiel ist aus.«

Allectus, der sich auf den Stufen wieder umgewandt hatte, um zu sehen, was los war, winkte einen Offizier seines Stabes heran. Irgendwie wurde die Sache erledigt, die Sachsen wurden wie Hunde zurückgepfiffen, und die alte Frau raffte sich auf und flüchtete weinend, nachdem die Soldaten ihre gekreuzten Speere gehoben hatten, um sie durchzulassen.

Justin hatte die alte Frau beobachtet, und als er sich wieder umblickte, stand der junge Centurio auf den Tempelstufen vor Allectus. Justin war nur eine Speerlänge von ihnen entfernt und durch eine girlandengeschmückte Säule halb versteckt. So hörte er Allectus sehr verbindlich sagen: »Centurio, niemand mischt sich in Angelegenheiten meiner Leibwache.«

Der Centurio ballte die Hände an seiner Seite zu Fäusten. Er war sehr bleich, und sein Atem ging rasch. Er sagte in einem ebenso verbindlichen Ton wie Allectus: »Nicht einmal, wenn sie zu ihrem Vergnügen die Dolche gegen eine alte Frau richten, Caesar?«

»Nein«, antwortete Allectus noch einen Ton verbindlicher. »Nicht einmal dann. Geh wieder und tu, was deine Pflicht ist, und denk ein andermal daran, daß du nicht darüber hinauszugehen hast.«

Der Centurio nahm Haltung an und grüßte, wandte sich dann um und marschierte auf seinen Platz zurück, und sein Gesicht sah aus wie aus Stein gehauen. Allectus drehte sich mit seinem allerbezauberndsten Lächeln um und ging, von seinen höchsten Offizieren umgeben, in den Tempel.

Das Ganze war so schnell vorüber, daß die meisten gar nicht begriffen, was eigentlich passiert war. Aber Justin und Flavius sollten später noch daran erinnert werden. Sie sollten noch an das schmale, spitze Gesicht von Serapion, dem Ägypter, erinnert werden, das zu ihrer Überraschung in dem Gefolge des Kaisers auftauchte und dem jungen Centurio einen finsteren, durchdringenden Blick zuwarf.

An jenem Abend boten die Räume des Kommandanten in der großen Festung, die für den Besuch des Kaisers hergerichtet waren, einen sehr ungewohnten Anblick. Weiche Teppiche aus dem Orient und Stickereien in zarten Farben aus dem Gepäck des Kaisers ließen die Räume eher aussehen wie die Zimmerflucht einer Königin. Die Luft war schwer von der Süßigkeit des duftenden Öls, das in einer silbernen Lampe neben der Liege brannte, auf der Allectus ruhte. Sein Kranz aus weißen Rosen, den er eben abgenommen hatte, lag welkend neben ihm, und der

Kaiser vergnügte sich damit, die Blüten auseinanderzuzupfen. Sein etwas gedunsenes Gesicht war zufrieden wie das Gesicht einer großen weißen Katze, als er den Ägypter anlächelte, der auf einem Hocker zu seinen Füßen saß.

»Caesar sollte auf den jungen Centurio achten«, sagte Serapion. »Er sah heute morgen so aus, als ob er Caesar für einen Denar erstechen würde, und heute abend hat er sich für das Bankett zu Caesars Ehren entschuldigt.«

»Bah! Er war wütend, weil er vor allen Leuten zurechtgewiesen wurde, weiter nichts.«

»Nein, ich glaube, es war mehr. Es war bedauerlich, daß Caesars Leibwache es heute morgen für richtig hielt, sich auf solche Weise zu amüsieren.«

Allectus zuckte gleichgültig die Achseln. »Sie sind Barbaren, und sie benehmen sich wie Barbaren, aber sie sind treu, solange ich sie bezahle.«

»Trotzdem war es bedauerlich.«

Allectus' Lächeln verblaßte ein wenig. »Seit wann ist Serapion, der Ägypter, Caesars Ratgeber?«

»Seit Serapion, der Ägypter, dem Caesar genug Nachtschatten verschaffte, um einen Menschen zu töten«, antwortete der andere glattzüngig.

»Hölle und Furien! Wann ist endlich Schluß damit? Habe ich dir noch nicht genug bezahlt? Habe ich dich nicht in mein persönliches Gefolge aufgenommen?«

»Und bin ich nicht ein guter Diener?« fragte Serapion kriecherisch, die dunklen Augen gesenkt. »Nein, aber ich wollte Caesar nicht an – unangenehme Dinge erinnern. Immerhin habe ich Caesar damals gut bedient. Es wäre besser gewesen, wenn Caesar meine Dienste nochmals in Anspruch genommen hätte – für eine größere Sache.«

Der Kaiser lachte leise auf. »Nein, Mann, du setzt mir zu sehr auf Heimlichkeit und Verborgenheit. Heutzutage hat ein Kaiser es nicht nötig, die Hand zu verbergen, die seinen Vorgänger erschlug. Außerdem habe ich die Sachsen aus politischen Gründen in die Sache verwickelt, denn ich wollte sichergehen, daß ich hinterher genügend sächsische Söldner zur Verfügung haben würde.«

Serapion blickte wieder auf. »Caesar denkt an alles! Trotz alledem habe ich im Sinn, ein Auge auf den jungen Centurio und seinen Umgang zu werfen, solange wir hier sind.«

Der große bleiche Mann auf der Liege musterte ihn genauer. »Was heckst du schon wieder aus, kleine Giftkröte?«

»Ich habe gehört, daß in den letzten Monaten von diesem Teil der Küste aus mehr als ein Mann, der keinen Grund hatte, Caesar zu lieben, direkt vor der Nase von Caesars Soldaten – verschwunden ist. Und ich habe das Gefühl, daß man vielleicht herauskriegen könnte, wie, wenn man diesen jungen Centurio ein bißchen beobachtet.«

Am nächsten Abend saß Justin ungefähr um die gleiche Zeit in einer schattigen Ecke im »Delphin«. Es war ein stiller, schwüler Sommerabend, und die alte gestreifte Persenning war zurückgerollt. Über dem engen, laternenerleuchteten Hof und dem Dach aus Weingerank wölbte sich das lichtübersäte Dunkel des Nachthimmels. Die Weinschenke war an diesem Abend nicht sehr voll, und Justin war in der dunklen Ecke allein mit sich und seinen Gedanken.

Er hatte die Nachricht bekommen, die er hier holen sollte, und sobald er mit seinem Becher Wein fertig sein würde – er trank nicht zu schnell, weil er nicht wußte, ob er beobachtet wurde –, wollte er wieder zu Paulinus zurück, um ihm zu berichten, daß der letzte Mann, dem sie zu einer Überfahrt nach Gallien verholfen hatten, gut dort angekommen sei. Flavius würde da sein, und auch Phaedrus würde noch kommen, wenn er mit dem Ausladen des Weines von der »Berenice« fertig wäre. Sie wollten miteinander besprechen, auf welche Weise man einen Mann schneller aus der britannischen Provinz herausschaffen konnte. Das mußte sorgfältig überlegt werden. Justin versuchte, seine Gedanken auf diese Pläne zu richten, aber immer wieder mußte er an den beunruhigenden Augenblick am Tage vorher denken, als sie Serapion, den Ägypter, im persönlichen Gefolge von Allectus gesehen hatten. Warum hatte Allectus den kleinen Parfüm-Verkäufer in sein Gefolge genommen? Eine geheime Stimme in seinem Inneren flüsterte ihm zu, daß zwischen den Dingen, die Serapion verkaufte, und Gift eine enge Verbindung bestand und immer bestanden hatte. Der Seewolf, der zuviel wußte, war an Gift gestorben . . . Nun, was auch an der ganzen Geschichte Wahres sein mochte, so war es für sie, dank den Göttern, nicht weiter bedrohlich, denn Serapion hatte sie nicht gesehen. Und dennoch konnte Justin nicht das unbehagliche Gefühl loswerden, das beinah so etwas war wie eine Vorahnung.

Jemand kam vom Hafen herein. Justin blickte auf und sah

einen jungen Mann in einem rauhen handgewebten Umhang mit zerzaustem Haar über einer pockennarbigen Stirn und einer großen knochigen Hakennase. Der junge Mann zögerte einen Augenblick im Eingang und blickte sich um. Ohne Rüstung und Helm sah er ganz anders aus als am Vortag, aber da Justin seine Gedanken sowieso bei den Ereignissen von gestern hatte, erkannte er ihn sofort.

Der Mann schien nun einen Entschluß gefaßt zu haben. Er winkte den Wirt mit einem Finger herbei und ließ sich nicht weit von Justin nieder. In dem Augenblick bewegte sich ein Schatten im Dunklen draußen vor der Tür. Aber das war nichts Besonderes, denn viele Menschen gingen draußen auf der Straße am Hafen vorüber. Justin beobachtete immer noch den jungen Centurio. Sein Wein wurde gebracht, aber er trank ihn nicht, sondern saß nur vorgebeugt da, die Hände auf den Knien, und drehte spielerisch etwas in seinen Fingern. Und Justin sah, daß es ein Roggenhalm war.

Er nahm seinen eigenen Weinbecher vom Tisch, stand auf und ging zu dem neu Angekommenen. »Na, das ist aber eine freudige Überraschung! Ich grüße dich, Freund«, sagte er und tat dabei so, als ob er zufällig einen alten Bekannten wiedersähe. Er stellte seinen Weinbecher auf den Tisch und setzte sich. Der andere blickte bei seinem Kommen rasch auf und musterte ihn vorsichtig mit verschlossenem Gesichtsausdruck, während Justin ihn seinerseits musterte. Dieser Augenblick war immer bedrohlich, weil stets die Gefahr bestand, daß der Roggenhalm in falsche Hände gelangt war. Aber wegen dieses Mannes hatte Justin keine Zweifel, weil er die Szene vor dem Jupitertempel miterlebt hatte. Außerdem war sein freundliches, grobgeschnittenes Gesicht nicht das Gesicht eines Spions, und es verriet eine gewisse Spannung und Angst.

»Es ist sehr heiß heute abend«, sagte Justin und hob seinen Umhang ein wenig beiseite, so daß ein Roggenhalm zu sehen war, den er in die Bronzespange geschoben hatte, die seine Tunika am Hals zusammenhielt.

Der andere sah den Halm, ein kurzes Aufleuchten zuckte über sein Gesicht und erlosch sogleich wieder. Er beugte sich ein wenig zu Justin vor und sagte leise und rasch: »Ich habe von – jemandem gehört, daß ich mit einem bestimmten Zeichen an mir in diese Weinschenke gehen sollte. Vielleicht würde ich dann die finden, die mir helfen können.«

»So? Das kommt auf die Hilfe an«, murmelte Justin, wobei er beobachtete, wie sich das Laternenlicht und die Blattschatten in seinem Becher mischten.

»Die gleiche Hilfe, die andere vor mir bekommen haben«, sagte der Mann mit einem schnellen, verzerrten Lächeln, das kaum bis in seine Augen gelangte. »Laß uns die Rapiere beiseite legen. Du siehst, du hast mich in der Hand. Ich will nicht länger unter einem Kaiser wie Allectus dienen.«

»Ist das seit gestern?«

»Was weißt du von gestern?«

»Ich war d-dicht dabei, unter den Leuten vor dem Jupitertempel.«

»Gestern«, murmelte der junge Mann, »das war der letzte Strohhalm, der dem Kamel den Rücken bricht. Was sollen wir jetzt tun?«

»Unseren Wein langsam trinken und nicht ganz so wie Ververschwörer aussehen«, sagte Justin mit einem raschen Auflachen.

Sie blieben eine Weile sitzen, tranken ihren Wein, sprachen über die Wetteraussichten für die Ernte und ähnliche Themen, bis Justin endlich den Wirt herbeiwinkte. »Nun wird es wohl Zeit, daß wir gehen.«

Der andere nickte stumm und schob seinen leeren Becher zurück. Sie bezahlten jeder für sich, standen zusammen auf und gingen, Justin voran, der andere dicht neben ihm, hinaus in die stille Sommernacht.

Keiner von denen, die bei Dunkelheit zu dem kleinen Haus oder der geheimen Kammer in dem alten Theater kamen, ging jemals auf geradem Wege dorthin, weil es möglich war, daß er verfolgt wurde. Und weil Justin heute abend ein besonders unbehagliches Gefühl hatte, das er nicht loswerden konnte, seit er Serapion gesehen hatte, führte er seinen Gefährten noch mehr kreuz und quer, als er es gewöhnlich tat. Als sie dann schließlich in dem engen dunklen Gang ankamen, der zu der Hoftür führte, war trotzdem ein Schatten hinter ihnen, der ihnen den ganzen Weg vom »Delphin« her gefolgt war. Justin blieb an der Hoftür stehen und lauschte wie immer, ob ein Geräusch verriet, daß jemand ihnen folgte. Aber es war nichts zu hören, nichts regte sich in den dichten Schatten der Gasse. Doch als er den Riegel wegschob, mit dem jungen Centurio in den Hof schlüpfte und leise wieder zuriegelte, löste sich ein Schatten aus den übrigen und flitzte eidechsenhaft zur Tür hinüber.

Der kleine Hof lang im Dunkel, aber das Licht eines spät aufgegangenen Mondes, der eben wieder im Abnehmen war, lag weiß auf dem Rand der alten Theatermauer über ihnen, und die höchsten Zweige des kleinen Apfelbaums am Brunnen waren von einem silbernen Glanz überzogen, so daß die kleinen Äpfel aussahen wie die Kugeln an Cullens geliebtem silbernem Zweig. Justin blieb wieder stehen und horchte angespannt, weil er sich immer noch nicht von einem unbehaglichen Gefühl befreien konnte. Aber der Schatten in der Gasse war so lautlos wie alle anderen Schatten, und mit einem gemurmelten »hier lang« zog Justin seinen Gefährten zur Haustür hinüber.

Sie war unverriegelt wie die Hoftür, damit Phaedrus noch hereinkonnte. Justin öffnete und ging voran.

Die Hoftür öffnete sich einen Spalt breit und schloß sich dann ebenso lautlos wieder. Nichts regte sich im Hof als ein silberner Nachtfalter in den silbernen Zweigen des Apfelbaums.

Ein Ginsterzweig

Ein Lichtstreifen fiel schlüsselblumenblaß durch die Ritze unter der Tür vor ihnen, und der kleine Raum kam Justin sehr hell vor, als er den Riegel weggeschoben hatte und eintrat. Flavius und Paulinus waren da, und ein Spielbrett auf dem Tisch zwischen ihnen deutete darauf hin, wie sie sich die Zeit vertreiben wollten, bis Phaedrus von der »Berenice« kam.

»Ah, da bist du wieder«, begrüßte Paulinus ihn, und als er merkte, daß Justin noch jemanden hinter sich hatte, fügte er hinzu: »Und wen bringst du da mit?«

»Einen, der den üblichen Weg gehen will«, antwortete Justin.

»So? Gut, wir wollen sehen, was wir tun können.« Paulinus tat seinen nächsten Zug etwas geistesabwesend. »Was ist aus dem letzten geworden?«

»Sicher gelandet.«

Flavius musterte den neu Angekommenen. »Du warst es doch, der gestern vorm Jupitertempel einen Zusammenstoß mit dem

Göttlichen Allectus hatte?« fragte er plötzlich, wobei er so heftig auf die Füße sprang, daß er das Spielbrett anstieß und Paulinus einen Augenblick ein ganz unglückliches Gesicht machte.

Der Neugekommene lächelte sein flüchtiges, etwas zögernd kommendes Lächeln. »Du warst auch unter der Menge?«

»Ja, ich war auch da«, sagte Flavius. »Ich hoffe, ich hätte den gleichen Mut aufgebracht wie du, wenn meine Kohorte gestern Dienst gehabt hätte.«

Einen Moment standen sie beide da und blickten sich über die Tischlampe hinweg an, Flavius in seinen derben Arbeitskleidern, ruppig und nicht allzu sauber. Und dennoch sagte der Neue mit nur leichtem Zweifel im Ton: »Du sprichst, finde ich, wie einer der unsrigen.«

»Letztes Jahr um diese Zeit kommandierte ich eine Kohorte am Wall.«

Paulinus, der den Neuen beobachtet hatte, brummte zustimmend. »Ich habe die Geschichte von dieser Gemeinheit des Kaisers gehört. Unklug, mein lieber junger Mann, aber trotzdem – ehem – sehr achtbar. Und nun meinst du, daß du in Gallien besser aufgehoben bist als in Britannien?«

»Kannst du mir dabei helfen?«

»Ich kann dir helfen«, sagte Paulinus ruhig, »wenn du ein paar Tage, während derer du mein Gast sein kannst, Geduld hast, wenn auch die Unterkunft ein bißchen – ehem – beengt ist.« Und während er das sagte, kam er schwerfällig auf die Beine und fing wieder an, geschäftig wie eine Henne umherzulaufen. »Aber warum lasse ich euch denn alle stehen? Setzt euch doch, setzt euch. Es wird gleich noch einer kommen, und wenn er kommt, werde ich dich, wenn du erlaubst, in dein etwas beengtes Quartier bringen. Bei dieser Sache ist es am besten, wenn niemand mehr weiß als unbedingt nötig. Das ist besser. Wie ist es, habt ihr etwas gegessen? Einen Becher Wein denn? – Und bitte, setzt euch doch!«

Der Neue wollte weder Wein noch etwas zu essen, aber er setzte sich. Sie saßen alle um den runden Tisch, und nach einer Weile sagte er: »Ich habe das Gefühl, daß man am besten keine Fragen stellt, und ich werde also keine stellen. – Wollt ihr nicht mit eurem Spiel fortfahren?«

Paulinus strahlte ihn an. »O ja, wenn du uns dann nicht für unhöflich hältst. Wir werden keine Zeit mehr zum Brettspielen haben, wenn unser – ehem – Freund kommt, und ich gestehe, daß ich sehr ungern ein Spiel vorzeitig beende, besonders wenn ich am Gewinnen bin. Flavius, ich glaube, du bist am Zuge.«

Es war sehr heiß in dem hellen kleinen Raum mit den verschlossenen Läden, und es war sehr still. Nur eine Fliege summte unter den Deckenbalken, und die Spielfiguren machten beim Vorrücken ein leises »Klick« auf dem Brett. Der junge Centurio hatte die Hände auf den Knien gekreuzt und sah ruhig vor sich hin. Justin beobachtete das Spiel und wurde langsam sehr schläfrig, so daß die Figuren auf dem verschwommenen Spielbrett ein bißchen zu tanzen anfingen und das Klicken der Figuren beim Aufsetzen immer ferner und ferner wurde ...

Aber diese Partie sollte nie zu Ende gespielt werden.

Plötzlich war Justin wieder hellwach, denn im Vorratsraum wurden Kisten beiseite geworfen, und im nächsten Augenblick kam Phaedrus, der Schiffer, hereingestürzt, verzweifelt und gehetzt, und brachte den Geruch von tödlicher Gefahr mit sich, so daß sie alle auf den Beinen waren, ehe er noch ein Wort herausgebracht hatte.

»Die Barbaren haben das Haus umzingelt. Die Straße und der Hof sind voll von ihnen. Ich bin ihnen fast in die Arme gelaufen, aber dank den Göttern sah ich sie noch rechtzeitig und konnte zum Spatzenloch zurückkommen.«

Die kleine Stille, die seinen Worten folgte, konnte nicht länger gedauert haben als ein Herzschlag, aber Justin hatte das Gefühl, daß die Stille schwoll und schwoll wie eine riesige Blase, eine Blase aus vollkommener Stille. Und aus der Stille heraus sagte Paulinus ruhig: »Justin und Flavius, seid doch so gut, die Außentüren zu verbarrikadieren!«

Sie stürzten sofort los und kamen in letzter Sekunde, denn als Justin den Riegel vor die Hoftür schob – es war ein ungewöhnlich schwerer Riegel für ein Privathaus –, fielen heftige Schläge gegen die Tür, unter denen die Balken in seiner Hand bebten, und ein Geschrei aus kehligen Lauten erhob sich draußen. »Aufmachen! Aufmachen, oder wir schlagen die Tür ein! Mach auf, Mann mit den Verrätern im Haus, oder wir setzen dir Feuer aufs Dach und räuchern dich aus!«

Der Riegel würde eine ganze Weile halten, aber nicht für immer. Sie rannten zurück in den Wohnraum, in dem es noch hell und behaglich war, in dem das halb gespielte Brettspiel noch auf dem Tisch stand und die bemalten Hausgötter noch in ihren Nischen waren, und Justin hörte gerade, wie der Centurio sagte:

»Das ist meine Schuld. Es muß mir jemand gefolgt sein. Ich gehe zu ihnen hinaus, Herr.«

Und Paulinus antwortete: »Nein, das konnte jederzeit passieren. Und wenn du zu ihnen hinausgingest – glaubst du denn wirklich, mein lieber Junge, daß sie mit dir zufrieden wären?«

Justin schloß die Zimmertür und stellte sich mit dem Rücken dagegen, Flavius stand mit dem Rücken gegen die Tür zur Straße, und auch hinter ihm heulte das Wolfsrudel auf. Paulinus warf seinen Gefährten der Reihe nach einen raschen Blick zu und nickte dann. »Ja, ihr seid alle schlank und wendig – gut, daß du es bist, Phaedrus, und nicht der Riese Cerdic. Raus durchs Spatzenloch mit euch, und dann seht zu, daß ihr zu Cerdics Bootsschuppen kommt.«

»Und du?« fuhr Flavius dazwischen.

»Habe ich eine Figur für das Spatzenloch? Geht jetzt und wartet im Bootsschuppen auf mich. Da komme ich hin, wenn ich kann.«

»Wie?« fragte Justin kurz und rührte sich nicht vom Fleck, die Hand am Dolch in seinem Gürtel. »Ich denke, wir bleiben bei dir, Herr, und fechten das Ganze z-zusammen aus.«

Die Schläge fielen nun auch gegen die Fensterläden, und das Geheul des Wolfsrudels auf der Straße und im Hof wuchs an. »Ich habe einen andern Ausweg«, gab Paulinus rasch zurück, »einen, den ich mir immer offengehalten habe, weil ich für den andern zu dick und zu alt bin. Aber ich kann ihn nur allein benutzen. Wollt ihr alle euer Leben aufs Spiel setzen?«

»Ist das die Wahrheit?« fragte Flavius.

»Die Wahrheit. Hört – die Tür kann jetzt jeden Augenblick nachgeben. Geht! Das ist ein Befehl!«

»Gut, Herr«, sagte Flavius und grüßte ihn wie einen Vorgesetzten, dann drehte er sich zur Küchentür um, vor der Justin stand. Justin, der als letzter der vier ging, blickte sich noch einmal um und sah Paulinus neben seinem unvollendeten Brettspiel stehen. Sein Gesicht war in der Hitze sehr rot, und er sah, wie immer, ein klein wenig lächerlich aus, als er ihnen nachschaute: ein dicklicher, kleiner, ganz gewöhnlicher Mann in einem kleinen, gewöhnlichen Raum. Wenn Justin später an diesen Augenblick zurückdachte, konnte er nie recht begreifen, daß Paulinus immer noch lächerlich wirkte. Er hätte aussehen müssen wie – ja, wie eigentlich? – aber ganz bestimmt nicht lächerlich, fand Justin. Und ein Glanz hätte ihn umgeben müssen, der nicht von der Lampe herrührte.

Das Donnern der Schläge und die kehligen Laute klangen ihnen noch in den Ohren, als sie in die dichte Dunkelheit des Vorratsraumes gelangten. »Geh du voran, du kennst den Weg am besten«, flüsterte Flavius dem kleinen Seemann zu. »Ich gehe als letzter.«

»Gut«, flüsterte es aus dem Dunkeln zurück, und einer nach dem anderen kamen sie geduckt auf die Treppe. Justin hörte, wie Flavius hinter sich ein paar Körbe vor das Loch schob – viel Sinn hatte das wohl nicht, wenn die Barbaren hereinfluteten. In dem dunklen Treppenschacht klang der bedrohliche Aufruhr etwas gedämpfter, aber als sie in der oberen Kammer anlangten, schlug er mit voller Kraft über ihnen zusammen. Justin sah, wie der rote Schein von Fackeln sich mit dem weißen Licht des Mondes vermischte, als er auf dem Bauch hinter dem jungen Centurio her durch das Loch in der Wand kroch.

Sie hielten an, und Flavius setzte die losen Bretter, die man von beiden Seiten herausnehmen konnte, wieder ein, und dann ging es weiter. Der Weg durch das Spatzenloch war nie angenehm, und für Justin, der leicht schwindelig wurde, war es einfach schlimm. Er wäre schon schlimm genug gewesen, wenn er ihn nicht über den Köpfen einer Meute von schreienden, sächsischen Söldnern hätte machen müssen, über vorstehende Kanten, auf denen sich das Fackellicht widerspiegelte, wo man durch einen unsicheren Griff oder das Ausgleiten eines Fußes auf einem abschüssigen Dach jeden Augenblick seine Verfolger auf sich ziehen konnte.

Aber sie schafften es, und nach einer, wie ihnen schien, sehr langen Zeit schwangen sie sich über die letzte niedrige Brüstung und landeten sanft auf einem Abfallhaufen hinter dem verfallenen Eingang des Theaters.

Später lauerten die vier mit Cerdic, dem Bootsbauer, in der Mitte im Eingang der mit Rasenstücken gedeckten Hütte dicht vor der Stadt, wo Justin und Flavius all die Monate gewohnt hatten.

Sie waren ganz still und von der Plötzlichkeit der Ereignisse wie betäubt. Voll Schrecken starrten sie auf den roten Schein, der über Portus Adurni aufschimmerte. Justin zitterte in der kühlen Seeluft. Hatten die Sachsen das Haus in Brand gesetzt? Oder hatte der rote Schein etwas mit Paulinus' Fluchtweg zu tun? Wie lange würde es noch dauern, bis Paulinus kam? – Oder – kam er nie? Nein, das durfte er nicht denken; er schob den Gedanken hastig beiseite. Paulinus hatte geschworen, daß es noch einen Ausweg gab . . .

Flavius, der mit gerunzelter Stirn ins Mondlicht sah, sagte plötzlich: »Phaedrus, hast du vorher jemals was von diesem andern Ausweg gehört? Von diesem Weg, den man nur allein gehen kann?«

Der Seemann schüttelte den Kopf. »Nein – aber er sagte, daß er diesen Weg für sich offengehalten hat. Es kann schon möglich sein, daß keiner von uns ihn kennt.«

»Ich hoffe, du hast recht«, sagte Flavius. »Bei den Göttern, ich hoffe, du hast recht.«

Er hatte noch nicht ganz ausgesprochen, als sich im Schatten der Dünen etwas bewegte, und Justins Herz tat einen freudigen Sprung. »Da kommt er!«

Und als dann der Schatten im Mondlicht auftauchte und in dem weichen, vom Winde verwehten Sand stolperte, sahen sie, daß es nicht Paulinus, sondern nur der junge Myron war.

Flavius pfiff leise, der Junge blickte auf, sah sie und beschleunigte seinen Lauf. Und als er näherkam, hörten sie, daß er vom Rennen keuchte und ein Schluchzen unterdrückte.

»Beim Donnerer! Was ist los?« fragte Flavius leise und ging ihm entgegen.

Inzwischen waren sie alle im Dünensand, und in ihrer Mitte stand der junge Myron und brachte keuchend wirre Brocken hervor, die sie zuerst kaum verstehen konnten. »Oh, Dank den Göttern, daß ihr hier seid! Die ganze Stadt ist voll von diesen Teufeln, und ich konnte nichts tun – ich – ich ...« Und er fing hemmungslos an zu schluchzen.

Flavius packte ihn bei beiden Schultern. »Zum Weinen ist immer noch Zeit. Sag uns, was geschehen ist.«

»Paulinus!« Der Junge zog schaudernd den Atem ein. »Sie haben Paulinus getötet – ich habe es gesehen.«

Justin konnte nicht sprechen. Er hörte Phaedrus einen rauhen Laut ausstoßen, und dann fragte Flavius mit fester, tonloser Stimme: »Was hast du gesehen?«

»Ich ging früh zurück, weil ich vergessen hatte, die Lampen nachzufüllen, und er mochte es nicht, wenn das Öl mitten am Abend ausging. Und als ich fast da war, hörte ich das Schreien und sah die Flammen. Und ich kroch näher, um etwas zu sehen – bis an die Hoftür –; der Hof war voll von diesen sächsischen Teufeln mit Fackeln, und das Dach brannte und alles – und grad' als ich kam, öffnete sich die Haustür und – Paulinus ging hinaus – ging einfach mitten unter sie, und sie töteten ihn – wie man einen Dachs tötet.«

Eine lange, lange Stille folgte seinen Worten. Kein Laut war in der Welt als die seufzende, singende, winddurchsauste Stille der Marschen im Mondlicht. Nicht einmal ein Vogel schrie. Dann sagte Flavius: »Es gab also doch keinen andern Ausweg – oder wenn es einen gab, ging etwas verkehrt, und er konnte ihn nicht benutzen.«

»Es gab einen andern Ausweg – und er ist ihn gegangen«, sagte Justin langsam.

Der junge Centurio, der die ganze Zeit geschwiegen hatte, sagte ganz leise, wie zu sich selbst: »Niemand hat größere Liebe . . .«, und Justin kam es vor, als ob er etwas zitiere.

Der junge Myron weinte verzweifelt und wiederholte unter Aufschluchzen wieder und wieder: »Ich konnte nichts tun – ich konnte . . .«

»Nein, das konntest du nicht.« Justin legte ihm einen Arm um die Schulter und fügte hinzu: »Wir waren es, die ihn verließen.«

Flavius fegte diesen Zweifel mit einer energischen Handbewegung hinweg. »Wir haben ihn nicht verlassen. Er gab uns den Befehl zu gehen, damit wir das Werk nach ihm weiterführen können. Darum hat er uns ja ursprünglich hierbehalten. Und nun müssen wir das Werk übernehmen.« Dann wurde ihm bewußt, daß noch ein Fremder bei ihnen war. »Es tut mir leid, aber aus deinem Ausflug nach Gallien wird erst einmal nichts.«

Der junge Centurio hatte sich der See zugewandt, den Kopf in den leichten Nachtwind gehoben. »Kann ich meine Pläne mit Gallien ändern?«

»Es ist zu spät, zur Legion zurückzugehen«, sagte Flavius.

»Ich will nicht zurück. Ich möchte gern mit euch zusammenarbeiten.«

»Warum?« fragte Flavius überrascht nach einer kleinen Pause.

»Es geht mir nicht darum, eine Schuld abzutragen – es gibt Schuld, die man nie abtragen kann. Aber ich möchte zu euch gehören, weil eure Sache das wert ist.«

Als der Morgen anbrach, war Paulinus' schmuckes kleines Haus eine ausgebrannte Ruine. In die geheime Kammer schaute der Himmel, und der Apfelbaum im Hof war aus reiner Zerstörungswut zerhackt. Die Barbaren des Allectus durchstöberten wie Jagdhunde alle Winkel von Portus Adurni und wußten kaum noch, was sie eigentlich suchten.

Und während die Freunde im Schutz von Cerdics Bootsschuppen zusammenhockten, der leichte Nebel sie einhüllte und die Nacht in den Morgen überging, sprach Flavius zu denen von der Schar, die sie aufgetrieben hatten. Er hatte beim Sprechen seinen Arm um Justins Schulter gelegt, um zu zeigen, daß Justin und er gemeinsam die Führung übernommen hatten, die ihnen durch Paulinus' Tod zugefallen war. »Ihr alle wißt, was geschehen ist. Durch Reden wird es nicht anders. Wir müssen nun Pläne machen, wie wir die Arbeit in Zukunft weiter durchführen können.«

Zustimmendes Gemurmel kam von den dunklen, zusammengekauerten Gestalten, und der Wirt vom »Delphin« sagte: »Ja, und das erste, was wir brauchen, ist ein neues Hauptquartier. Und nach dem, was heute nacht geschehen ist, ist Portus Adurni nicht mehr der Platz dafür und wird es auch eine ganze Weile nicht sein können.«

»Ein bißchen weiter landeinwärts«, schlug ein anderer vor.

Flavius sah sie alle im Licht des tiefstehenden Mondes an. »Das gleiche habe ich auch im Sinn«, stimmte er zu.

»Hat jemand einen Vorschlag?« fragte Phaedrus, der vorgebeugt dasaß, die Arme um die hochgezogenen Knie geschlungen.

»Ja«, sagte Flavius, und Justin fühlte den Griff um seine Schulter etwas fester werden. »Da Paulinus sein eigenes Heim zur Verfügung stellte, habe ich im Sinn – wenn nicht einer von euch etwas gegen diesen Plan hat –, nun meins zu benutzen.«

Für Justin war die Idee neu, aber er wußte sofort, daß sie gut war, daß das ein guter und durchführbarer Plan war.

»Und wo ist dein Heim?« fragte Cerdic, der Bootsbauer, mit einer tiefen, polternden Stimme, die immer ganz unten aus seinem gewaltigen Brustkasten zu kommen schien.

»Hinter den Kreidebergen, zehn oder zwölf Meilen nordöstlich von hier. Es liegt strategisch günstig, ungefähr so weit von Clausentium entfernt, wie wir es hier sind, und näher an Regnum und Venta. Über die Downs oder über die alte Straße von Venta ist es leicht zu erreichen, und der Wald bietet für den Notfall Schutz.«

Mit leisen Stimmen besprachen sie das Für und Wider des Plans, bevor sie sich einig waren, aber keiner von den versammelten Männern hatte irgendwelche triftigen Gründe dagegen vorzubringen, und nach einigem Hin und Her stimmten sie alle zu. Das Haus am Theater war nie ein richtiger Treffpunkt gewesen, es war eher so etwas gewesen wie der Punkt, an dem alle Fäden zusammenliefen. Und solange die Fäden an einer Stelle zusammenliefen, die einigermaßen in der Mitte des Gewebes lag, war es nicht allzu wichtig, wo sie lag.

»Also: es ist ein guter Plan, und wir wollen uns an ihn halten«, sagte Phaedrus schließlich. »Zeige uns nun, wie wir diesen Ort finden können.«

Und so machte Flavius in dem verschwommenen Licht des Mondes und dem ersten spinnwebrigen Grau des Morgens im Sand eine Reliefkarte, damit sie den Weg finden konnten. Er formte die geschwungene Kette der Downs, die sich eine Handbreit hoch im Strandgras erhoben, und das Mondlicht ließ durch seinen sanften Schatten die winzigen Täler deutlich werden. Flavius zog mit dem Finger Spuren in den Sand, das waren die großen Straßen und die Handelswege, die schon alt waren, ehe es die Straßen überhaupt gab. Und zur Kennzeichnung des Hofes nahm er einen Ginsterzweig mit Sand auf den Blättern und mit einem einzigen Blütenfunkeln. Und als sie sich alle die Karte genau eingeprägt hatten, wischte Flavius sie wieder weg. »So, das wäre es. Justin und ich gehen hin, um alles vorzubereiten, aber wir sind in spätestens zwei Tagen zurück. Unser neuer Freund kommt mit uns, denke ich. Er ist in dieser Gegend jetzt zu bekannt.«

Justin warf einen raschen Blick auf eine kleine verlassene Gestalt, die an der Wand des Bootsschuppens hockte, und sagte schnell mit verhaltener Stimme: »Myron auch. Er weiß nicht mehr, wohin und zu wem er in Portus Adurni gehen soll – und in diesem Zustand dürfen unsere Feinde ihn nicht sehen.«

Flavius nickte. »Ja, du hast recht. Wir können ihn nicht hier lassen. Myron also auch.«

Das Licht nahm zu, und es war Zeit aufzubrechen, aber im letzten Augenblick hielt Flavius sie zurück. »Wartet, da ist noch was. Es ist besser, daß wir jetzt das Erkennungszeichen ändern. Es kann sein, daß nun auch andere nach dem Roggenhalm Ausschau halten, die nicht zu uns gehören.«

»Was wollen wir denn nehmen?« fragte Phaedrus.

Justin, der sich gerade umdrehte, um seine geliebte Instrumententasche aus der Hütte zu holen, nahm den Ginsterzweig auf, der die Lage des Hofes gezeigt hatte, und schüttelte den Sand ab. »Wie ist es hiermit? Man kann ihn sich leicht verschaffen, und jeder kennt ihn.«

»Gut, das geht«, sagte Flavius. »Sorg dafür, Phaedrus, daß die Nachricht an der Küste verbreitet wird.«

Hoch oben in den Downs ließ Flavius sie um die Mittagszeit für ein paar Stunden anhalten, weil er nicht wollte, daß sie bei vollem Tageslicht und ohne Ankündigung auf den Hof zogen, wo man ihn und Justin in Gallien vermutete.

In dem lohfarbenen Dünengras wuchsen wilde Hyazinthen, und die blauen Schmetterlinge des Kreidelandes tanzten im Sonnenschein. Das Gras fühlte sich warm an und duftete nach Thymian. Justin konnte nicht fassen, daß das alles so sein konnte nach der letzten Nacht – nach Paulinus' Tod. Er wußte, daß sie alle ihre Gedanken bei Paulinus hatten – bei dem furchtsamen kleinen Mann, der seine Mitbrüder in Sicherheit gebracht hatte und dann still seinem eigenen Tod entgegengegangen war – aber sie sprachen nicht davon. Es war, wie Flavius gesagt hatte: »Ihr alle wißt, was geschehen ist. Durch Reden wird es nicht anders.« Sie sprachen über gar nichts. Als sie noch auf dem Marsch waren, merkten sie nicht, daß sie müde waren, aber nun, nachdem sie angehalten hatten, waren sie erschöpft bis in die Knochen. Der junge Myron, der immer noch wie betäubt war, ließ sich einfach auf dem Fleck fallen und schlief schon fast, ehe er am Boden lag. Und die anderen drei, die abwechselnd Wache halten wollten, folgten seinem Beispiel.

Justin hatte die letzte Wache, und als sie herankam, war die warme Mittagszeit längst vorbei, und die Sonne schimmerte bernsteingelb über die Hügel. Nachdem er eine Weile geschlafen hatte, war der schwere Alpdruck der letzten Nacht ein wenig leichter geworden, und er konnte das Schuldgefühl in seinem Innern etwas besänftigen. Nein, ich war so vorsichtig wie nur möglich, damit niemand mich verfolgen konnte. Wer das getan hat, war schlauer als ich. Das ist alles. Und er wußte, daß das wirklich stimmte. Aber in seinem Innern bohrte es trotzdem weiter, und seine Gedanken wanderten immerzu im Kreis herum, bis es ihm im Kopf ebenso weh tat wie in seinem Herzen. Weil er nicht von diesen Gedanken loskommen konnte, suchte er schließlich verzweifelt nach irgendeiner Beschäftigung für seine Hände, und so ließ er den abgescheuerten Riemen von seiner Schulter gleiten, an dem seine Instrumententasche hing, legte den Inhalt der Tasche ins Gras neben sich und machte sich daran, die Werkzeuge seiner Zunft mit dem weichen Tuch zu polieren, in dem sie eingewickelt waren. Sie hatten das Polieren eigentlich nicht nötig, denn er hatte sie all die Monate blankgehalten wie Glas, weil er dadurch immer das Gefühl hatte, daß er einem Teil seines Innern die Treue hielt – jenem Teil, der heilte und aufbaute und wieder zusammenfügte in einer Welt, die scheinbar zum Zerstören da war.

Plötzlich merkte er, daß Anthonius, der junge Centurio, nicht mehr schlief, sondern mit dem Kopf auf den Armen dalag und ihn beobachtete. »Ist es ein Rostfleck, den du so heftig reibst?« fragte der Centurio, als ihre Augen sich begegneten.

Von Justin kam es langsam zurück: »Ich glaube, ich versuche den Gedanken wegzureiben, daß – ich es war, der die Wölfe gestern abend vor P-paulinus' Tür führte.«

»Sehr viel wahrscheinlicher ist, daß ich es war. Nach dem Erlebnis auf den Tempelstufen habe ich mehr als einmal bemerkt, daß Allectus' kleiner ägyptischer Schatten hinter mir her war. Das hätte mir eine Warnung sein sollen.«

Der ägyptische Schatten, dachte Justin, ja, das traf wirklich auf Serapion zu. Er hatte mit Recht Gefahr gewittert, als er die Kreatur im Gefolge von Allectus sah. Gefahr und Tod, sie waren schnell gekommen. Aber ob sie nun ihm oder mir gefolgt sind, ich habe doch den Weg gewiesen, sagte er sich unglücklich und konnte sich nicht von der Schuld freisprechen und sie dem anderen aufbürden.

»Paulinus hat keinem von uns die Schuld gegeben«, sagte Anthonius ruhig. »Er wußte, daß das jeden Tag geschehen konnte – ohne eine Schuld von einem aus seiner Mannschaft. Er hat das Wagnis auf sich genommen, genau wie – du es von nun an tust.«

Und irgendwie waren diese letzten, höchst untröstlichen Worte für Justin ein gewisser Trost. Er legte das Instrument hin, das er die ganze Zeit poliert hatte, und nahm ein anderes auf.

Der junge Centurio sah ihm eine Weile still zu und sagte dann: »Ich habe mir schon überlegt, was du wohl so sorgfältig in dieser Tasche mit dir herumträgst.«

»Die Werkzeuge meiner Zunft.«

»So bist du also Arzt?«

Justin blickte seine Hände an und sah, daß sie nach neun Monaten Arbeit in den Werkstätten der Bootsbauer und den Seilereien von Adurni rauh und voller Schwielen und Risse waren, in denen das Pech sich festgefressen hatte, und er merkte, daß er in den Fingerspitzen nicht mehr so ein feines Gefühl hatte wie früher. »Ich – war Arzt, als Flavius K-Kohortenführer war«, sagte er.

Anthonius nahm eins von den glänzenden kleinen Instrumenten auf, betrachtete es und legte es dann wieder auf den Zwergthymian. »Du hast Glück«, sagte er. »Du hast sehr großes Glück. Die meisten von uns können nur zerstören.«

In diesem Augenblick wachte Flavius auf, und während die Sonne hinter Vectis versank, weckte er auch Myron, der die ganze Zeit geschlafen hatte, ohne sich zu rühren, und brachte sie alle wieder auf die Beine. »Wenn wir jetzt aufbrechen, kommen wir gerade in der Dämmerung auf den Hof. – Seht mal, wie die Insel aus der See steigt. Es wird endlich Regen geben.«

Der Regen kam, und als sie in dieser Nacht im Atrium des alten Bauernhauses saßen, hörten sie ihn aufs Dach und auf die breiten Blätter des Feigenbaums draußen prasseln und klatschen. Und der leise Lufthauch, der durch die offene Tür hereinkam und die Flamme der Lampe auf dem Tisch kaum bewegte, trug den schönsten aller Düfte herein, den bewegenden und erregenden Duft von Regen, der auf eine heiße und durstige Erde fällt.

Sie hatten sich die leeren Bäuche mit Quark und Gerstenbrot und gebratenem Fleisch von Dünenschafen gefüllt, hatten Myron im Quartier des Verwalters gelassen, wo er wieder vor dem niedrigen Feuer eingeschlafen war, und hatten sich nun mit allen Leuten vom Hof, die Flavius zusammengerufen hatte, in dem alten Atrium versammelt. Justin blickte die versammelten Männer bei dem schwachen Schein der Lampe an und fand, daß sie sich kaum verändert hatten, seit er vor anderthalb Jahren seinen Urlaub hier verbracht hatte. Da war zuerst einmal Servius, der auf Grund seiner Stellung als Verwalter auf dem einzigen Hocker saß; dann war da Kyndylan mit seinem breiten, freundlichen Gesicht, das nur halb hinter dem goldenen Gewirr seines Bartes zu sehen war, und Buic, der alte Schäfer, mit Krähenfüßen um die Augen, weil er sein Leben lang in der Ferne nach Schafen Ausschau gehalten hatte, Buic mit seinem Hirtenstab und seinem triefäugigen Schäferhund zu Füßen, und Flann, der Pflüger, und die anderen, alle behaglich auf die Vorratstruhen und die Wollballen von der letzten Schur gehockt. Es waren auch ein oder zwei Frauen da, die mit Cutha in der Nähe der Tür saßen. Die erste Unruhe, die beim Kommen entstanden war, hatte sich gelegt, und alle blickten in gelassener Erwartung auf den Herrn des Hauses.

Ihre stille Aufmerksamkeit schien unlösbar mit der unveränderlichen Stille der Downs verbunden zu sein.

Flavius saß neben der Lampe auf der Tischkante, schwenkte sein matschbespitztes Bein und sah sie alle dabei an. Er sagte: »Ihr wundert euch wohl, was dies alles soll und warum Justin und ich nicht in Gallien sind, und ich kann es euch nicht sagen. Wenigstens kann ich es euch vorläufig nicht sagen. Aber ich brauche eure Hilfe. Ihr habt immer alle zu mir gehalten, und ich vertraue darauf, daß ihr auch jetzt zu mir halten werdet, und ihr müßt mir auch trauen. Es wird manchmal seltsam zugehen auf dem Hof, Fremde werden kommen und gehen. Meistens werden sie irgendwo einen Ginsterzweig stecken haben wie den hier –« Er schlug seinen groben Mantel zurück und zeigte ihnen den kleinen grünen Zweig mit dem einen Blütenstern, den er in seiner Schulterspange stecken hatte. »Justin und ich werden auch kommen und gehen, und von all diesen Dingen darf außerhalb des Hofes kein Wort gesprochen werden – nicht ein einziges Wort. Es geht um Leben und Tod. Ich hänge von euch und eurer Treue ab, und Justin auch, denn wir sind eins in dieser Sache.« Er sah mit einem Lächeln ringsum. »Das ist alles, was ich euch sagen wollte.«

Es entstand eine lange Stille, in der die Leute vom Hof über seine Worte nachdachten. Man hörte nun den Regen rauschen. Justin dachte, Servius würde mit dem gleichen Recht für alle sprechen, mit dem er den einzigen Hocker beanspruchte, aber es war Buic, der Schäfer, der mit dem Vorrecht seines Alters für seine Gefährten sprach. Er sprach in den weichen Lauten seines eigenen Volkes, die seiner Zunge geläufiger waren als Latein. »Wir kannten deinen Vater, mein Lieber, und wir kannten dich von deinem dritten Lebenstag an, und ich kannte auch deinen Großvater noch ganz gut. Darum glaube ich, wir können dir trauen, und wir wollen nichts fragen, und ich meine, du kannst dich auf uns verlassen.«

Als der Verwalter und die Leute vom Hof gegangen waren und die drei in dem rauchgeschwärzten Atrium allein waren, rückten sie an das kleine Feuer, das Cutha im Kamin für sie angezündet hatte, weil der regnerische Abend kühl wurde. Anthonius, der noch stand und ruhig auf sie niederblickte, sagte plötzlich: »Du hast es gut, daß du deinen Leuten so restlos vertrauen kannst«, und nach einem Augenblick fügte er hinzu: »Sie sind wohl alle keine Sklaven mehr?«

Flavius blickte ihn überrascht an. »Sklaven? O nein, es gibt keine Sklaven auf dem Hof, es gab nie welche. Sie sind alle freie Männer und Frauen und – gute Freunde.«

»So? Ich fühle im Herzen, daß dies ein sehr glücklicher Ort ist«, sagte Anthonius. Er sah vom einen zum anderen, ein wenig seitwärts geneigt, und seine rechte Hand, die locker auf seinem Knie lag, zeichnete etwas in die weiße Asche im Kamin.

Justin beobachtete ihn dabei und sah, daß die Figur, die er zeichnete, ein Fisch war.

Er hatte dieses Zeichen schon früher in Judäa gesehen. Es hatte etwas zu tun mit einem Mann, den sie Christos nannten – einem Mann, der vor mehr als zweihundert Jahren hingerichtet worden war. Aber er schien immer noch Gefolgsleute zu haben. Man mußte schon ein guter Führer sein, durchzuckte es Justin plötzlich, wenn einem nach zweihundert Jahren noch immer Menschen anhingen, nicht nur Priester, die jedem nachjagten, oder dumme Weiber, sondern Männer wie Anthonius.

Der Blick des jungen Centurio blieb mit einer leisen Frage einen Augenblick an seinem haften, wanderte dann zu Flavius, der gerade seine Schulterspange in Ordnung brachte und von dem Ganzen anscheinend gar nichts gemerkt hatte. Dann fuhr Anthonius mit der Hand über die Asche, und der Fisch war weg.

Der silberne Zweig

In diesem Sommer kamen viele Seewölfe an dem gelockerten Küstenschutz der Galeeren vorbei, machten ihre Beutezüge weit in die Flüsse an der Südküste hinein und zogen brennend und plündernd tief in die Downs und den Weald*. Es war wie in den Zeiten, bevor Carausius kam, es war sogar schlimmer, weil außerdem noch die sächsischen Söldner das Land durchstreiften. Piraten und Sachsen lieferten sich erbitterte Kämpfe, wo immer sie aufeinandertrafen, wie zwei Wolfsrudel in dem gleichen Jagdgrund. Aber für die Gejagten war es oft genug kaum ein Unterschied, welche Meute hinter ihnen her war.

* Damals bewaldeter Bezirk in Südengland

Der Hof, der einsam in einem Dünental lag, blieb seltsamerweise verschont. Der Sommer ging zu Ende, und sie ernteten das Korn in den Tälern der Downs, und das Werk, für das Paulinus gestorben war, ging weiter. Aber als der Herbst den Sommer ablöste, wurde der Ginsterzweig zu einem Zeichen, das mehr bedeutete als ursprünglich.

Das fing mit den drei jungen Brüdern von der Otterfurt an, denen eine Bande von betrunkenen Söldnern das Dach über dem Kopf angesteckt hatte und die bei Flavius Schutz suchten und hofften, Allectus nach und nach seine Schuld heimzahlen zu können.

»Wenn du sie aufnimmst«, sagte Servius mit einem warnenden Klang in der Stimme, »dann wirst du eine Legion haben, ehe du dich versiehst.«

Und Flavius antwortete mit freudig hochgezogenen roten Brauen: »Dann soll es so kommen! Wir werden eine Legion haben!«

Um die Zeit, als sie das Fleisch für den Winter einsalzten, bestand die Legion aus mehr als zwanzig Männern, einschließlich Myron. Es waren von ihrem Besitz vertriebene Männer, Männer, die ein Unrecht zu rächen hatten, ein paar ausgerissene Legionssoldaten zur Verstärkung der Gruppe, die alle ihre Verstecke meilenweit in der Runde im Wald hatten, dem Wald, der von jeher ein Freund für Flüchtige gewesen war. Später kam Kyndylan mit drei jüngeren Leuten vom Hof zu Flavius und sagte: »Herr, mein Vater, der Verwalter, ist nun alt und von alten Wunden zu steif, um dir noch zu nützen. Aber wir vier, wir jungen Männer vom Hof, wollen dir sagen, daß unsere Speere scharf und bereit sind, und wenn du uns brauchst, wollen wir deine Hunde sein.«

Und nur wenige Tage danach fügte Justin einen herrenlosen Gladiator zu der wachsenden Gruppe.

Er fand ihn am Tag der Spiele in Venta, wo er im Schatten des Haupteingangs zum Amphitheater stand, eine magere und zerlumpte Gestalt, von der drängenden Menge beiseite gedrückt, den Kopf der in der Ferne leuchtenden Arena zugewandt. Und sein Gesicht drückte solch eine absolute Hoffnungslosigkeit aus, daß für Justin der ganze Glanz des leuchtenden Herbsttages erlosch.

Unwillkürlich wollte er ihn zuerst fragen: »Was ist denn? Kann ich irgend etwas für dich tun?«, aber etwas an dem Mann hatte ihn gewarnt, so zu fragen. »Ein gutes Programm heute«, sagte er nach einer kleinen Weile. »Einen libyschen Tiger kriegt man hier nicht alle Tage zu sehen. Gehst du hin?«

Der Mann zuckte zusammen und sah sich um. »Nein«, gab er zurück, und ein Ausdruck von Trotz stellte sich wie ein Schild vor die nackte Verzweiflung in seinen Zügen.

Irgendwo unter ihnen, hinter den vergitterten Toren, die zu den Raubtierkäfigen führten, fing ein Wolf an zu heulen, und sein wildes, klagendes Geheul drang durch den Lärm der dichtbesetzten Bänke. Der Mann sagte: »Sogar die Wölfe fühlen es.«

»Fühlen was?«

»Das, was da unten jetzt durch die Käfige läuft. Aber was weißt du schon davon?« Der Mann warf Justin einen verächtlichen Blick zu. »Was kannst du schon verstehen, wie es in den letzten Augenblicken ist, wenn du auf die Trompetensignale wartest. Du prüfst deine Waffen noch mal, obwohl du sie hundert Herzschläge vorher schon geprüft hast, und manchmal wird dir die Schwerthand ein bißchen feucht, und du wischst sie im Sand ab, um eine größere Chance zu haben, am Leben zu bleiben. Du gehst auf deinen Platz in der Reihe, die sich zum Einzug in die Arena aufstellt, und du hörst die Menschen kommen, tausend oder auch zwanzigtausend, was macht das schon aus – so viele, wie der Platz faßt –, und du weißt, daß sie kommen, um *dich* zu sehen. Und das Brot und die Zwiebeln, die du am Morgen ißt, schmecken dir besser als das üppigste Festmahl, das ein Mann ißt, der weiß, daß das nicht sein letztes Mahl ist. Und die Sonne, die durch die Gitterstäbe über deinem Kopf scheint, leuchtet heller für dich als für alle Menschen, die wissen, daß sie sie auch morgen noch aufgehen sehen, denn du weißt, daß du da draußen im Sand der Arena sterben kannst und daß zwanzigtausend Menschen dir dabei zusehen – wenn nicht bei diesem Kampf, dann beim nächsten oder beim hundertsten. Aber man hat immer die Chance, das hölzerne Rapier zu gewinnen.«

»Ave, Caesar, die zum Sterben Bereiten grüßen dich«, sagte Justin ruhig. »Aber d-du hast doch das hölzerne Rapier bekommen.«

Der Mann blickte ihn rasch an, erschrocken, daß er sich so weitgehend preisgegeben hatte. »Ja, sie gaben mir letzten Winter mein hölzernes Rapier, das war bei den Spielen, die zu Ehren des neuen Kaisers veranstaltet wurden – da drüben in Londinium«, erwiderte er nach kurzem Besinnen.

»Und nun bist du also frei.«

»Frei? Ja, ich bin frei. Frei von allem, frei, in einem Graben zu verrecken, frei, meinen eigenen Weg zu gehen. Und alle Wege sind öde und grau.«

Justin schwieg, tief betroffen von diesem schrecklichen »Alle Wege sind öde und grau«, und von seiner eigenen Hilflosigkeit gegenüber diesem Menschen.

Der andere blickte ihn an und brach in ein spöttisches Gelächter aus. »Da hast du's! Nun komm mit deinen Vorschlägen! ›Hier hast du einen Denar, geh und kauf dir was zu essen. Sie brauchen Leute in den Färbereien, warum gehst du nicht hin und fragst nach Arbeit?‹ Ich will deinen Denar nicht, und ich tauge auch nicht für eine ständige Arbeit. Kannst du mir die Arbeit verschaffen, für die ich tauge? Kannst du mir etwas verschaffen, bei dem ich was riskieren muß? Ein Spiel um Leben und Tod, wo jeder Wurf beides bedeuten kann? Wenn du das kannst . . .«

Und plötzlich sah Justin Licht. »Ich weiß nicht genau«, unterbrach er ihn, »aber ich glaube, ich kann das.«

Im Laufe des Frühlings wurde aus den Gerüchten, die den ganzen Winter in Britannien umgelaufen waren, immer mehr eine Gewißheit. Ceasar Constantius stellte in Gesoriacum Truppen zusammen. Kaiser Maximian war selbst nach Norden gekommen, um die Verteidigung am Rhein zu übernehmen! Die Schiffe waren zur Abfahrt bereit – eine große Flotte von Transport- und Begleitgaleeren wartete in Gesoriacum und in der Mündung der Sequana! Und dann gelangte bald nach der Schafschur auf den Wegen der Wildnis die Nachricht nach Süden, daß Allectus mehr als die halbe Besatzung vom Wall abgezogen habe und seine Truppen an der Südostküste, mit Rutupiae als Hauptquartier, konzentrierte.

Die nächste Nachricht kam nur ein paar Abende später. Sie waren in Calleva, Justin und diesmal auch Flavius, um nach Waffen für ihre abgerissene Legion zu sehen. In den letzten paar Wochen waren allerlei Männer dazugekommen, und obwohl einige von ihnen ihre eigenen Waffen mitbrachten, waren doch andere dabei, die nur mit einem leichten Jagdspeer gekommen waren, der in der Schlacht wenig nütze war. Wenn sie auch hin und wieder einen Sachsen aus dem Hinterhalt überfallen und dadurch ihre Ausrüstung ergänzt hatten, fehlte es ihnen immer noch sehr an Waffen, und so hatten sie Tante Honorias zweiten Opalreifen, den sie sich für den Notfall aufgehoben hatten, an einen Juwelier in Clausentium verkauft. In den letzten Tagen hatten mehrere Waffenschmiede in Clausentium, Regnum und Venta und nun auch in Calleva Besuch von zwei Fremden, die hier ein einfaches, aber brauchbares Schwert und da eine schwere Speerspitze kauften. Nun waren sie damit fertig, und Justin und Flavius hatten am späten Nachmittag ihre letzten Einkäufe in Behälter für Lampenöl gepackt, damit sie sie auf die beiden Maultiere laden konnten, die ihnen ein guter, nahe beim Südtor wohnender Freund geliehen hatte. Sie hatten in aller Eile in einem Gasthaus gegessen, das einem einäugigen ehemaligen Legionär gehörte, und wollten gerade ihre Maultiere holen, als ein Mann im Trab an ihnen vorbeirannte und ihnen zurief: »Habt ihr schon gehört? – Constantius' Segel sind vor Tanatis!«, woraufhin er weiterrannte, um seine Neuigkeit zu verbreiten.

»Es sieht so aus, als hätten wir unser Lampenöl nicht zu früh besorgt«, sagte Flavius, als der Mann verschwunden war, und fügte dann hinzu: »Ich bin froh, daß Tante Honoria in Aquae Sulis in Sicherheit ist – denn dort wird auf keinen Fall etwas passieren.« Sie waren nämlich vorhin am Aquilaschen Haus vorbeigekommen und hatten gesehen, daß alle Läden geschlossen waren und das Haus offensichtlich leer stand.

Auf der breiten Straße, die geradlinig wie ein Speerschaft vom Forum zum Südtor lief, waren trotz der späten Stunde und des Nieselregens noch ein paar Menschen zu sehen, die in kleinen, halb erwartungsvollen, halb ängstlichen Gruppen in den Ladeneingängen und an den Straßenecken zusammenstanden und alle aussahen, als ob sie auf etwas warteten – wie Menschen vor dem Ausbruch eines Sturms.

Sie waren etwa in der Mitte der Straße, als plötzlich Schreie und flüchtende Schritte zu hören waren und aus einer dunklen Nebenstraße direkt vor ihnen eine kleine, wunderliche Gestalt hervorgesprungen kam, der ein Haufen brüllender Sachsen auf den Fersen war. Der Flüchtige war flink und geschmeidig wie eine Katze, aber seine Verfolger hatten ihn schon fast erreicht, und in dem Augenblick, da er in der Straße ankam, packte der erste der Sachsen ihn mit einem gellenden Triumphschrei beim Kragen und riß ihn halb zu Boden, und in derselben Sekunde umringten sie ihn von allen Seiten. Flüchtig erblickte Justin das nach oben gewendete, verzweifelte Gesicht des kleinen Mannes im Licht einer Laterne über einem Ladeneingang, als sie ihn niederstießen – ein schmales, bartloses Gesicht mit übergroßen Augen. Zugleich hörte er Flavius ausrufen: »Es ist Cullen!«

Schon rannten sie los. »Halt durch, Cullen, wir kommen!« schrie Flavius, und im nächsten Augenblick hatten sie sich in den Kampf gestürzt. Die Sachsen waren zu viert, aber die Überraschung kam den Rettern zu Hilfe, und Cullen kämpfte wild wie eine Bergkatze. Flavius warf einen Mann mit einem Hüftschwung um – ein Griff, den er beim Sport gelernt hatte –, und der Mann kam krachend zu Fall und riß einen zweiten mit. Ein Messer blitzte im Laternenlicht auf, und Justin spürte den Lufthauch auf seiner Wange, als es sausend niederfuhr, ehe er zur Seite sprang und dem Stoß des Sachsen auswich . . . Und dann waren sie alle drei plötzlich frei – wie sie es geschafft hatten, wußten sie selber nicht – und rannten um ihr Leben die dunkle Seitenstraße hinunter, während ihnen die hämmernden Tritte ihrer Verfolger dicht auf den Fersen blieben.

»Hier rum«, keuchte Flavius, und sie drehten nach rechts ab in einen dunklen Schacht, der sich zwischen zwei Häusern auftat. Sie tauchten in einen engen Gang, kamen durch einen anderen heraus, brachen durch Hecken stiller Gärten, schlugen Haken und Bögen und hatten trotzdem immer das Geschrei und den Lärm der Verfolger hinter sich. Flavius wollte gern in den nördlichen Teil der Stadt gelangen und hoffte, ihre Verfolger abschütteln zu können, damit sie ihre Maultiere und die kostbaren Ölbehälter von der anderen Seite aus wieder erreichten. Aber als sie in eine Straße kamen, die in die richtige Richtung führte, sahen sie dort noch mehr Sachsen mit Fackeln, und als sie in die dunkle Lücke zwischen zwei Läden einschwenkten, verriet ihnen ein verstärktes Gebrüll, daß sie gesehen worden waren.

Nun wurden sie nicht mehr verfolgt, sie wurden gehetzt. Aus allen Ecken von Calleva, schien es, kamen die Sachsen und nahmen an der Hatz teil, einige in tödlichem Ernst, andere zum Spaß, der genausogut in Ernst umschlagen konnte, sie umzingelten sie und trieben sie weiter und weiter in den südöstlichen Winkel der alten Wälle. Und zu ihrem Unglück war der arme kleine Cullen, den sie schon vorher gejagt hatten, am Ende seiner Kräfte. Der dunkle Umriß eines Tempels tauchte verschwommen über ihnen auf. Sie rannten um den Tempel herum und verschwanden in den dichten Schatten unter dem Säulenumgang, und als die Jagd jaulend vorbeizog, kauerten sie für einen prickelnden Augenblick schreckerstarrt am Boden. Dann waren sie wieder auf den Beinen, stützten Cullen von beiden Seiten und strebten auf das dunkle Gebüsch aus Ilex und vernachlässigten Rosensträuchern hinter dem Tempel zu. Sie stürzten sich hinein und krochen auf allen vieren tief ins Innerste des Gestrüpps, wo sie still liegenblieben.

Jeden Moment mußten ihre Verfolger die Fährte wieder aufnehmen, aber für diese kleine Zeitspanne hatten sie Aufschub. Das Jagdgeschrei erstarb in der Ferne, man hörte nur den Wind in den Ilexblättern rascheln. Aus dem alten, trockenen Laub und den Wurzeln, die aus der Erde ragten, stieg ein dumpfer, erdiger Geruch, und nicht einmal der Nieselregen kam durch. Der kleine Cullen lag platt auf dem Bauch, und seine Flanken bebten wie die eines gejagten Tieres. Justin horchte angespannt auf einen Laut, der ihm die Rückkehr der Jagd ankündigte und der das elende Pochen seines eigenen Herzens übertönt hätte. Jeden Augenblick konnten sie kommen ... Immerhin waren sie in guter Deckung, vielleicht kamen sie davon.

Und dann schlugen plötzlich die Hunde wieder an, vor ihnen und hinter ihnen, von allen Seiten zugleich, und Justin richtete sich in dem Ilexgestrüpp ein wenig auf und sah den roten Schein einer Fackel, und dann noch einen, und er hörte, wie Flavius mit rauher Kehle ausstieß: »Rächer und Furien! Sie haben all ihre Freunde geholt, um uns zu jagen!«

So war es also. Justin dachte ganz ruhig: Dies ist wohl das Ende. Es kommt für uns wie für Paulinus – wie für den Kaiser selbst, das Fackellicht und die nackten Sachsenklingen. Wie wird es wirklich sein?

Aber Flavius kroch über sie weg und flüsterte ihnen zu: »Kommt – es gibt noch eine Chance für uns. Los, Cullen, es ist die letzte Runde – du kannst noch, du mußt können!« Und Cullen kam noch einmal mit einem schweren Seufzer hoch, obwohl er vollkommen erschöpft war. Und irgendwie kamen sie wieder weiter, schlängelten sich durch die Büsche auf die alten Wälle zu.

»Wohin?« flüsterte Justin.

»Unser Haus – leer –«, war alles, was Justin verstand, und das übrige verlor sich im Wind in den Ilexzweigen und den Schreien der Sachsen.

Fackeln flammten in der Straße hinter den Häusern auf, und die Verfolger kamen nun auch durch die Gärten des Tempels der Sul Minerva, als das dichte Gebüsch am Ende des Aquilaschen Gartens sie verbarg und sie auf das Haus zustrebten.

Gleich darauf waren sie im Säulenumgang, und der Flügel des dunklen, stillen Hauses trennte sie von den fernen Fackeln. Wie ein schützender Arm reckte er sich vor, wie um die Gefahr abzuhalten und ein wenig Zeit für sie zu gewinnen. »Man kann nach drinnen – durch das Badehaus –, wenn sie den Laden noch nicht heilgemacht haben«, keuchte Flavius, als er im Säulengang voranlief.

»Wenn sie dieses Versteck nach uns durchsuchen – werden sie das Haus auch durchsuchen«, wandte Justin schnell ein.

»Das Gute ist aber, daß sie nicht auf die Fußbodenheizung kommen werden – auf der andern Seite des Rheins heizen sie ihre Häuser nicht auf die Weise. Kommt.«

Dann öffnete sich die Tür zum Atrium, weich flutendes Lampenlicht ließ die weißen Rosen im Innenhof erstrahlen, und Tante Honoria erschien, offenbar von dem näherkommenden Aufruhr angelockt und zur eventuellen Notwehr ausgerüstet, denn in einer Hand hielt sie eine kleine blütenförmige Lampe, in der anderen einen alten ebenso geformten Dolch.

Ihr Blick fiel im Lampenlicht auf die drei zerlumpten und keuchenden Flüchtlinge; sie blieb wie angewurzelt stehen und sah sie mit großen Augen an. Aber Justin hatte sie bei ihrer ersten Begegnung vollkommen richtig eingeschätzt. Sie verschwendete niemals Zeit mit unnützen Fragen. Sie sagte mit ihrer dunklen, aber wie ein Edelstein geschliffenen Stimme: »Aha, meine Großneffen – und noch einer.« Dann machte sie mit ihrer Hand, in der sie den Dolch trug, eine rasche Bewegung, mit der sie auf den Tumult wies, in dem unmißverständlich wieder die Hunde anschlugen: »Gilt das euch?«

Justin nickte wortlos, weil ihm jedes Wort in der Kehle steckenblieb. Flavius sagte: »Ja, Sachsen.«

»Herein mit euch.« Sie ging vor, und im nächsten Augenblick waren sie im Atrium, und die Tür war hinter ihnen verschlossen und verriegelt. »Die Fußbodenheizung«, rief Tante Honoria. »Den Göttern sei Dank, daß Sommer ist und wir kein Feuer haben.«

»Wir beide haben immer die gleichen Gedanken gehabt«, sagte Flavius mit einem kurzen, rauhen Auflachen, den Rücken gegen die Tür, »aber wir dachten, das Haus ist leer. Bring uns lieber durch die Sklavenräume nach hinten und laß uns laufen. Du kommst in Gefahr, wenn wir bleiben.«

»Flavius, mein Lieber, wir haben keine Zeit für edle Gefühle«, widersprach Tante Honoria, und ihre hellen Augen streiften den kleinen Narren, der zwischen den anderen beiden hing. »Außerdem kann einer von euch nicht mehr laufen. Schnell jetzt.« Und noch während sie sprach, hatte sie die drei Flüchtlinge, ohne daß die wußten, wie ihnen geschah, durch eine Tür auf der anderen Seite des Atriums gezogen, führte sie durch einen Gang, dann zu einer Tür hinaus und drei Stufen hinunter in den kleinen, fensterlosen Heizraum. Das Lampenlicht fiel auf Feuerholz und Holzkohle, die an der getünchten Wand aufgestapelt waren, und auf die rechteckige Eisentür der Heizung. Der Lärm ihrer Verfolger war nicht nähergekommen, wahrscheinlich durchstöberten sie noch die Gärten des Tempels oder eins der anderen Häuser. Flavius bückte sich und öffnete die kleine eiserne Tür.

»Du zuerst, Justin.«

Und plötzlich überkam Justin wieder seine alte Angst vor abgesperrten Räumen, aus denen man nicht nach freiem Willen entkommen konnte, und schnürte ihm die Kehle zu. Er mußte seinen ganzen Mut zusammennehmen, um sich auf allen vieren durch dieses dunkle Loch zu zwängen, das wie der Eingang in eine Falle war, wie die Öffnung eines Grabgewölbes.

»Nun du«, sagte Flavius, und Justin hörte den kleinen Cullen hinter sich herkommen und vernahm dann Flavius' Stimme, hastig und leise: »Tante Honoria, ich bleibe draußen und komme dir zu Hilfe, wenn du in Not kommst – vielleicht kann ich dir helfen.«

»Willst du uns wirklich alle umbringen?« wies Tante Honoria ihn zurück. »Kriech hinter den andern her, und kommt ja nicht wieder heraus, bis ich euch hole!«

Und dann hockten die drei in dem engen Loch. Die Eisentür schloß sich, und Justin erlebte zum erstenmal eine vollkommene Finsternis. Eine schwarze Finsternis, die wie ein Wattepolster auf die Augen drückte. Sie vernahmen, daß Tante Honoria Brennholz vor die Tür stapelte. »Kriecht ein bißchen weiter«, flüsterte Flavius.

Justin spürte, daß sie an einen etwas geräumigeren Platz kamen. Hier mußten sie direkt unter dem Fußboden des Atriums sein. Justin streckte eine Hand aus und berührte einen der Pfeiler aus gebrannten Ziegeln, auf denen der Fußboden ruhte; es waren dicke Stützpfeiler, die so kurz waren, daß man mit den Schultern gegen den Fußboden stieß, wenn man versuchte, sich aufzusetzen. Justin versuchte, diese Gedanken zu verscheuchen. Er versuchte, statt dessen zu horchen. Er hörte über sich Tante Honorias Fußtritte und dann irgendwo Frauenstimmen. Er hörte jetzt auch die Verfolger ganz nah. Es war seltsam, so viel zu hören, wenn man das Gefühl hatte, meilenweit unter der Welt der Lebenden zu sein. Die Geräusche mußten wohl durch die Heizungsröhren kommen und die Luft auch. Es kam genug Luft durch die Röhren – Unsinn, sich einzubilden, man bekäme keine Luft! Sei nicht so ein Narr, schalt er sich selbst. Du bekommst Luft genug, du bist ein bißchen außer Atem vom Rennen, das ist alles, und der Fußboden vom Atrium bricht nicht über dir zusammen! Atme langsam – langsam. Du darfst nicht verrückt werden hier, du elender Feigling, für die beiden anderen ist es mindestens ebenso schlimm.

Wie lange er so dalag, während der Schweiß ihm ausbrach und die Finsternis wattig und ekelhaft und erstickend wurde, wußte er selber nicht. Aber es konnte nicht lange gewesen sein, denn Cullen war noch immer nicht ganz zu Atem gekommen, als es über ihnen wütend an eine der Atriumtüren ballerte. Sie gab krachend nach, über ihnen hallten trampelnde Füße, und abgehackte Rufe ertönten, die so vielfältig und kehlig klangen, daß nur ein wirres Gebrüll die drei Versteckten erreichte. Dann hörte man Tante Honorias Stimme, etwas schärfer als gewöhnlich, bestimmt und gebieterisch. »Kann einer von euch mir sagen, was das Ganze hier zu bedeuten hat?«

Eine tiefe, undeutliche, kaum verständliche Stimme antwortete ihr: »Ja, wir suchen drei Männer, die hierher gelaufen sind. Hast du sie hier vielleicht versteckt?«

»Drei Männer?« fragte Tante Honoria kühl. »Hier ist niemand als ich selbst und diese Sklavinnen, vier alte Frauen, wie ihr seht.«

»Das sagst du, alte Frau – du dürre alte Kuh! Jetzt sehen wir selber nach.«

In diesem Augenblick merkte Justin, daß Cullen nicht mehr neben ihm war. Was sollte er anderes tun als beten, daß der kleine Kerl nichts Närrisches tat?

Tante Honorias Stimme ertönte wieder, kühl wie immer. »Seht nur selber nach! Aber ich kann euch schon jetzt sagen, daß ihr woanders suchen müßt, wenn ihr diese Männer finden wollt, wer sie auch sein mögen.«

Brummende Stimmen und rohes Gelächter antworteten ihr, und dann ertönte über ihnen wieder schnelles Getrappel. Im gleichen Augenblick kam aus der Dunkelheit der Heizung ein leises, kratzendes Geräusch, ein Geräusch, dem Justin nur entnehmen konnte, daß irgend etwas verschoben wurde. Was, im Namen Äskulaps, hatte Cullen vor? Er wartete gespannt auf das nächste Geräusch, aber es blieb still im Dunkeln. Eine Frau stieß einen schrillen Schrei aus, und dann waren die Fußtritte überall, und wilde, lachende Stimmen riefen sich in kehligen Lauten etwas zu. Und nach einer Weile spürte Justin, daß Cullen wieder an seine Seite geschlüpft war.

Schritte liefen im Atrium hin und her, drangen als dumpfes und ersticktes Donnergrollen in die enge Höhle unten, verloren sich manchmal, um dann mit Gepolter wiederzukommen, als die Sachsen sich daran machten, alle Ecken des Hauses zu durchstöbern wie Hunde ein dichtes Gebüsch. Einem Krachen folgte ein lautes, brüllendes Gelächter, dann erhoben sich andere Stimmen, laut und verängstigt – das mußten die Sklavinnen sein. Wieder ertönte Tante Honorias Stimme. Aber die drei, die angespannt ins Dunkel horchten, konnten wenig von dem erkennen, was oben geschah.

Und dann war ganz plötzlich alles vorbei.

Das ferne, aufgeregte Geschwätz von Frauenstimmen drang noch schwach zu ihnen, aber die kehligen Laute der Sachsen waren in der Nacht verklungen, und die trampelnden Füße waren verschwunden. Die verängstigten Stimmen der Sklavinnen beruhigten sich nach und nach, und wieder warteten sie.

Dann hörten sie leise durch die Eisentür, wie das Holz beiseite geschoben wurde. Die eiserne Tür öffnete sich, Lampenlicht fiel mit blendendem Glanz herein, und Tante Honorias Stimme sagte: »Es tut mir leid, daß ich euch so lange hier lassen mußte. Es hat eine ganze Weile gedauert, bis ich meine dummen Frauen beruhigen und sie in ihre eigenen Räume bringen konnte.«

Einen Augenblick später standen die drei, mit Asche und Kohlenstaub bedeckt, im Heizungsraum, und Justin zog die Luft in großen Zügen ein wie nach einem Rennen, weil er das herrliche Gefühl genoß, daß über seinem Kopf Raum war und Luft zum Atmen. Flavius fragte rasch: »Ist dir nichts passiert, Tante Honoria?«

»Mir ist nichts passiert. Ich habe ein bißchen Angst ausgestanden, weiter nichts.«

Als sie gleich darauf ins Atrium kamen, konnten sie sehen, daß die Sachsen darin gehaust hatten. Möbel waren zerbrochen, Wandbehänge hingen herunter, Lehm war auf den Terrazzoboden getrampelt, und kreuz und quer zogen sich tiefe Kerben durch die bemalten Stukkaturen auf einer Wand, alles aus reiner Lust am Zerstören. Tante Honoria verschwendete keinen Blick an die Zerstörung, als sie zum Schrein der Hausgötter hinüberging und die Lampe auf den Altar stellte.

»Wie gut, daß unsere Hausgötter nur aus Bronze sind«, sagte sie. »Die Altarlampe war aus Silber.« Dann wandte sie sich zu den zerlumpten und rußigen Gestalten hinter sich um. »Wann seid ihr aus Gallien zurückgekommen?«

»Wir sind gar nicht in Gallien gewesen«, sagte Flavius. »Wir haben deine Armreifen für einen besseren Zweck auf dieser Seite des Meeres verwendet, Tante Honoria.«

Sie musterte sein Gesicht mit ihren wunderschönen Augen, die so strahlend aus den faltigen Lidern und der Lidfarbe herausblickten. »Ihr seid also die ganze Zeit in Britannien gewesen? Ein Jahr und noch ein halbes Jahr? Und hattet keine Gelegenheit, mir ein- oder zweimal eine Nachricht zu senden während der ganzen Zeit?«

Flavius schüttelte den Kopf. »Wir haben zu tun gehabt, Justin und ich und noch ein paar andere. Wir hatten mit einer Sache zu tun, in die man seine Familie nicht gern hineinzieht.«

»Ach so«, sagte Tante Honoria, und ihre Augen wanderten zu dem kleinen Cullen in seinem zerfetzten Narrenkleid, der im Halbdunkel stand. »Ist das auch einer von diesen andern?«

Justin und Flavius blickten auf den kleinen Narren, als merkten sie jetzt erst, daß er wirklich da war. Bisher war ja nach dem ersten ungläubigen Erkennen noch keine Zeit für Überraschung gewesen. Aber nun wurde ihnen mit einem Schlage bewußt, daß etwas Seltsames geschehen war. Daß dies Cullen war, der Narr des Carausius, den sie längst nicht mehr am Leben glaubten, da sein Herr ja tot war.

Cullen selbst fand zuerst die Sprache wieder. »Nein, Herrin, ich bin Cullen, der der Hund von Kaiser Carausius war. Und lange, lange habe ich diese beiden gesucht, aber es stand in all den kreisenden Gestirnen des Himmels, daß ich sie erst heute abend in meiner Not finden sollte.«

»Du hast uns gesucht?« fragte Flavius.

Der kleine Mann nickte heftig. »Gesucht und gesucht, weil mein Herr Curoi es mir geboten hat.«

»Der Kaiser befahl es dir? Wann – was willst du damit sagen?«

»Zwei Jahre vor der letzten Saatzeit schrieb er einen Brief, und als er ihn geschrieben hatte, gab er ihn mir und sagte, ich soll ihn euch bringen, wenn er – sterben müsse. Er gab ihn mir, weil er wußte, daß er mir trauen konnte und daß ich sein treuester Hund war. Aber als er erschlagen wurde« – Cullen bleckte die Zähne wie ein Hund –, »fingen sie mich und ließen mich eine ganze Zeit nicht wieder frei, weil sie über mich lachen wollten. Und als ich ihnen endlich weglief, ging ich nach Norden – mein Herr sagte mir, ich würde euch am Wall finden.« Seine Worte klangen etwas vorwurfsvoll. »Aber ihr wart weg, und ich hörte wieder eine ganze Zeit nichts von euch, bis endlich eine Frau in der Straße vom ›Goldenen Grashüpfer‹ in Magnis mir sagte, daß ihr euch nach Süden auf den Weg nach Gallien gemacht hättet. Da ging ich nach Süden – und heute abend erkannten mich die Leute, bei denen ich vorher in Gefangenschaft war, auf der Straße in Calleva wieder.«

Flavius nickte. »Und der Brief? Hast du den Brief noch?«

»Denkst du, ich komme ohne ihn?« fragte Cullen. Aus der Innentasche seines zerrissenen Narrenkleides zog er etwas Langes, Gebogenes hervor, das in Lumpen gehüllt war, und wickelte es so vorsichtig aus wie eine Mutter ihr Kind aus den Windelbändern: Es war sein silberner Zweig.

Justin staunte, daß der silberne Zweig in Cullens Hand so still blieb, aber dann sah er, daß in der Öffnung der größten Kugel ein Wollbüschel steckte und daß jede Kugel von innen und außen mit Wolle umwickelt war, damit sie keinen Ton geben konnte. »Manches Ding habe ich für Curoi, meinen Herrn, in diesem Versteck getragen. Es ist ein gutes Versteck«, sagte Cullen. Er faßte nach dem emaillierten Handgriff und zog daraus eine Papyrusrolle hervor, die nicht viel dicker war als ein Finger. »Ja, hier ist er, unversehrt, wie er mehr als zwei Jahre darin gesteckt hat.«

Flavius nahm den Brief, rollte ihn sehr vorsichtig auf und trat an die kleine Lampe vor dem Altar. Der Papyrus war so dünn, daß die Flamme rötlich hindurchschimmerte, bis Flavius die Schriftrolle senkte und das Licht auf den Brief fiel. Justin, der ihm über die Schulter blickte, sah Carausius' kühne Schrift schwarz auf dem hauchdünnen Papier stehen.

»Gruß dem Centurio Marcellus Flavius Aquila und Tiberius Lucius Iustinianus, Kohorten-Arzt, von Marcus Aurelius Carausius, Kaiser von Britannien«, las er. »Wenn Ihr dieses je lest, wird es so sein, daß ich vor dem Mann, vor dem Ihr mich warnen wolltet, doch nicht genug auf der Hut war. Und – wenn es auch nichts mehr ändert – möchte ich doch nicht, daß Ihr, falls wir uns in dieser Welt nicht mehr sprechen, denkt, ich hätte Euch im Zorn fortgeschickt. Ihr jungen Narren, wenn ich Euch nicht unter dem Vorwand, keine Verwendung mehr für Euch zu haben, an den Wall geschickt hätte, dann wäret Ihr in drei Tagen tot gewesen. Ich grüße Euch, meine Freunde. Lebt wohl.«

Es entstand eine lange Stille. Nichts als das leise Flüstern des Regens und die fernen nächtlichen Geräusche der Stadt. Der Lärm der Verfolger war völlig verstummt. Justin starrte in die Flamme der Lampe, eine schlanke, speerförmige Flamme, blau im Innern, herrlich. In seiner Kehle saß ein schmerzender kleiner Klumpen und weiter unten eine schmerzende kleine Freude.

»Er hat uns also d-doch geglaubt«, brachte er endlich heraus. »Er wußte es die ganze Zeit.«

»Ein großer Mann, unser kleiner Kaiser«, sagte Flavius mit rauher Kehle und steckte die Papyrusrolle in die Innentasche seiner zerfetzten Tunika.

Ein altes Feldzeichen

In dem Augenblick gab es unter ihren Füßen einen dumpfen Ton, dem ein Rasseln folgte, als ob Mörtel abbröckelte.

»Was ist das?« fragte Flavius nach einem kurzen Erschrecken.

Der kleine Cullen duckte sich wie ein Hund, der weiß, daß er etwas Böses getan hat. »Vielleicht ist es der lose Stein in einem von den Pfeilern, die den Fußboden tragen. Als wir unten waren, bin ich ein bißchen weitergekrochen, damit ich besser horchen konnte, und als ich mit meiner Hand nach vorn ins Dunkle tastete, gab er nach. Vielleicht habe ich etwas kaputtgemacht.«

Das war also das Geräusch in der Dunkelheit im Heizraum gewesen.

»Besser das Haus stürzt ein, als die Sachsen kommen wieder«, sagte Flavius und streckte eine Hand nach der Lampe auf dem Altar aus. »Darf ich die nehmen, Tante Honoria? Es ist wohl besser, ich sehe mal nach, was wirklich passiert ist. Komm, Cullen, zeig mir, wo es ist.«

Tante Honoria, die sich in dem einzigen unzerbrochenen Stuhl niedergelassen hatte, stand auf. »Während ihr unten seid, will ich mich um ein bißchen Essen für euch kümmern.«

Justin ging weder mit seiner Großtante noch mit Flavius, denn er hatte keinen Grund, mit einem von ihnen zu gehen. Und plötzlich überkam ihn eine merkwürdige Ruhe, eine Gewißheit, daß etwas ganz Besonderes ihm bevorstand. Er stellte sich neben den kleinen Altar, um es zu erwarten. Ohne die Lampe war es fast so dunkel wie in der Heizung. Er hörte den Wind und den Regen und die erwartungsvolle Stille in dem armen, verwüsteten Hause. Er hörte die beiden anderen unter dem Fußboden, hörte ein Brummen, das unmißverständlich von Flavius kam, dann ein leises Schurren, als ob etwas herausgezogen würde, darauf einen gedämpften Ausruf, dann bewegten sich die Geräusche auf die Tür zu.

Und dann kamen die beiden wieder. Die Schatten tanzten und kreisten vor der Lampe in Cullens Hand. Flavius trug etwas anderes in der Hand, ein formloses Bündel, und als Cullen die Lampe wieder vor den Altar setzte und das Licht stetig wurde, erkannte Justin mit einem flüchtigen Blick auf seinen Vetter in dessen Gesicht einen Ausdruck mühsam zurückgehaltener Freude.

»Alles in Ordnung?« fragte er.

Flavius nickte. »Das Haus stürzt nicht ein. Eine Seite von einem Heizungspfeiler, in dem ein altes Versteck war, war eingefallen – der Mörtel war wohl zerbröckelt. Und drinnen war – dieses.«

»Was ist das?«

»Ich – weiß noch nicht.« Flavius ging zur Lampe und begann sehr vorsichtig, die dunklen, modrig riechenden Tuchfalten zurückzuschlagen, in die das Ding gewickelt war. »Die Wolle ist dürr wie Zunder«, sagte er. »Aber sieh mal hier innen den Stoff, dort, wo das Licht auf ihn fällt. Sieh mal, Justin, du kannst erkennen, daß er scharlachrot war!«

Justin sah hin und streckte die Hände nach dem zunderdünnen Stoff aus, als die letzte Hülle fiel – scharlachrot: das Scharlachrot eines Soldatenmantels.

Flavius hielt einen Adler aus vergoldeter Bronze hoch. Er war voller Grünspanflecke, wo das Gold abgeblättert war, zerbeult und verstümmelt – denn dort, wo die großen, zurückgeworfenen Flügel sich von seinen Schultern schwingen sollten, waren nur leere Flügellöcher, starr wie blinde Augen. Aber trotzdem war er noch kühn in seinem wilden Stolz, ohne Frage noch immer ein Adler.

Justin tat einen tiefen Atemzug. »Das ist ja ein Adler!« flüsterte er ungläubig. »Ich meine – es ist der Adler einer Legion!«

»Ja, es ist der Adler einer Legion«, sagte Flavius.

»Aber nur *ein* solcher Adler ging jemals in Britannien verloren.«

Sie sahen den Adler schweigend an, während der kleine Cullen mit der Miene eines Menschen, der schließlich doch sehr zufrieden mit sich ist, ihnen zuschaute und mit kleinen, ruckartigen Bewegungen seines Oberkörpers mit seinem Hundeschwanz wackelte. Die verlorene Neunte Legion, die verlorene Spanische Legion, die in den nördlichen Nebel auszog und nie wiederkam ... »Aber wie kann es diese Legion gewesen sein?« flüsterte Justin endlich. »Wer kann den Adler wieder nach Süden gebracht haben? Keiner von ihnen kam doch zurück.«

»Ich weiß nicht«, sagte Flavius. »Aber du weißt doch, Marcus' Vater verschwand mit der Neunten Legion, und man hat sich in der Familie immer die Geschichte von einem Abenteuer im Norden erzählt ... Vielleicht zog er aus, um die Wahrheit herauszufinden und den Adler zurückzubringen. Ein römischer Adler in den Händen des Bemalten Volkes hätte sehr gefährlich werden können. Justin, weißt du noch, wie wir uns einmal gefragt haben, wie Marcus zu dem Hof gekommen ist, warum er wohl diese Abfindung und das Land vom Senat bekam? Merkst du nicht, wie das alles zueinander paßt?«

»Aber – aber wenn er ihn zurückbrachte, warum hat er ihn dann hier versteckt? Warum wurde die L-legion nie wieder aufgestellt?«

»Er war eigentlich nicht versteckt, sondern vor dem Altar begraben«, sagte Flavius. »Vielleicht war Schande über ihn gekommen. Wir werden es nie erfahren. Aber er wird seine Gründe gehabt haben.« In dem Kreis, den die Lampe erhellte, einer zarten gelben Rose aus Licht in dem dunklen Haus, blickten sie sich mit wachsender Freude und Gewißheit an, während der kleine Cullen daneben stand und mit seinem Hundeschwanz wackelte. »Ich wette um alles, was ich habe, daß dieses der verlorene Adler der Neunten Legion ist!«

Tante Honoria, die vor einer kleinen Weile wiedergekommen war, ohne daß einer von ihnen es bemerkt hatte, setzte ein Bündel mit Essen auf einen Tisch in der Nähe und sagte: »Ihr habt also einen verlorenen Adler unter dem Fußboden gefunden. Später werde ich mich mal darüber wundern und werde staunen, aber nun, scheint mir, ist es nicht die rechte Zeit, um verlorene Adler zu entdecken. Hier ist etwas zu essen – die Jagd kann jeden Augenblick wieder losgehen. In einer Stunde wird es dämmerig, und nach dieser Störung wissen die Götter allein, wann Volumnia und die andern sich wieder regen – nehmt es und geht!«

Flavius schien den letzten Teil dieser Rede nicht zu vernehmen. Er hatte den Kopf zurückgeworfen, und seine Augen fingen plötzlich unter den hochgezogenen roten Brauen an zu strahlen. Er preßte den zerbeulten Adler an die Brust. »Aber dies ist eine Zeit wie keine andere, um verlorene Adler zu entdecken! Wir haben unsere zusammengekratzte Legion – und nun senden die Götter uns ein Feldzeichen, dem wir folgen können. Steht es uns zu, eine Gabe der Götter zurückzuweisen?«

»Dann nehmt den Adler also mit. Aber nehmt ihn jetzt und geht!«

Flavius hatte sich dem Schrein zugewandt, den Adler noch gegen die Brust gepreßt, und sah in die kleine Krokusflamme der Lampe oder auf die kleinen Bronzefiguren der Hausgötter in ihren Nischen, Justin war nicht sicher, wohin er eigentlich blickte, vielleicht sogar durch beides hindurch auf etwas dahinter. »Ich stelle ihn wieder in Dienst«, erklärte er.

Und wie als Antwort trug der Wind aus der Ferne leise die langgezogenen, unverkennbaren Töne des Morgensignals aus dem Durchgangslager vor den Wällen herüber.

»Flavius, mein Lieber«, sagte Tante Honoria sehr freundlich, »ich habe eine recht unangenehme Nacht hinter mir, und ich weiß nicht, wie weit es mit meiner Ruhe her ist. Wollt ihr bitte gehen, ehe ich die Beherrschung verliere und euch alle an den Ohren ziehe?«

Und so waren sie wenige Augenblicke später zum Gehen bereit, Flavius mit dem in die Reste eines Soldatenmantels gewickelten Adler, Justin mit dem Essensbündel unter dem Arm. Tante Honoria hatte die Lampe in einen anderen Raum gebracht, damit man nicht ihre Schatten im Eingang erkennen könne. Sie war als erste hinausgeschlüpft, um zu sehen, ob alles still sei, ehe sie die drei hinter sich herwinkte. Im letzten Augenblick, als sie schon in der Tür des Atriums standen und der leise Regen ihnen aufs Gesicht fiel, sagte Flavius: »Hast du gehört, daß Constantus' Segel vor Tanatis gesehen worden sind?«

»Ja, das habe ich gehört. Wer wüßte das nicht?«

»Wir dachten, du wärest in Aquae Sulis in Sicherheit und weit weg von allem.«

»Aber du weißt doch, daß ich nie etwas davon gehalten habe, weit weg zu sein, wenn etwas passiert.«

»Nun wird wohl bald sehr viel passieren«, sagte Flavius und küßte sie ernst auf die Wange. »Mögen die Götter dich behüten, wenn es losgeht, dich und Volumnia.«

Justin, der als letzter hinausging, zögerte, beugte sich dann auch vor und gab ihr einen schüchternen, ungeschickten Kuß, woraufhin sie leise auflachte wie ein junges Mädchen, als sie die Tür hinter ihnen schloß.

Der Freund, der nahe beim Südtor wohnte, wartete schon ungeduldig mit den beladenen Maultieren, und als die Tore bei Sonnenaufgang geöffnet wurden, kamen sie ohne Schwierigkeiten hinaus. Sie führten die Tiere am Zügel und hatten den kleinen Cullen zwischen sich. Cullen hatte den Kopf züchtig niedergeschlagen und war in einen Frauenmantel gehüllt. Er hatte ihn sich über seine Narrenlumpen gezogen, die er nicht ablegen wollte.

Zwei Abende später standen sie auf dem Kamm der Downs, von wo der Weg zum Hof hinunterging. Der Wind, der schon mehrere Tage bald mehr, bald weniger blies, hatte zugenommen und wehte jetzt stark aus Südwesten, und wie ein Hund die Schafe vor sich hertreibt, trieb er Nebelschwaden und niedrige Wolken. Regen schlug ihnen ins Gesicht – sie schmeckten auf den Lippen den leichten Salzgeschmack –, und das Licht begann schon zu schwinden. Aber Justin, der angespannt in die trübe und treibende Ferne blickte, konnte keine Spur von dem Vectis-Feuer entdecken.

Flavius schaute in die gleiche Richtung und sagte: »Ein Dreckwetter da draußen bei den Inseln. Die von der Vectis-Flotte können es heute nacht nicht sehen, wenn in dieser Ecke jemand versucht durchzukommen, glaube ich.«

Sie wandten der See den Rücken zu und trieben die müden Maultiere das letzte Stück des Weges vor sich her. Anthonius kam ihnen am unteren Ende des Weinhanges entgegen, hinter ihm der junge Myron, der sich nur selten von dem ehemaligen Centurio trennte. »Alles in Ordnung?« fragte Anthonius.

»Alles in Ordnung trotz ein paar Aufregungen. Und hier?«

»Wir haben in den letzten Tagen neun Neue dazubekommen, und mehrere Alte aus Regnum und Adurni sind hier. Euer ›Lampenöl‹ ist höchst willkommen, besonders wenn die Hälfte von den Gerüchten wahr ist, die man sich im Wald erzählt.«

Der junge Myron hatte sich der Maultiere angenommen, und als er sie wegführte, sagte Flavius: »Hier ist noch einer für die Bruderschaft. Einer, der Carausius' Hund war und Allectus nicht liebt.«

»Gut. Unsere Legion wächst mit jeder Stunde«, sagte Anthonius und fügte dann hinzu: »Pandarus und ich haben unsere Leute zusammengeholt und sie auf dem Hof einquartiert. Wir haben nicht erst auf deinen Befehl gewartet, weil wir keine Zeit verschwenden wollten.«

Flavius nickte. »Schön. Dann laßt uns jetzt essen. Ich weiß gar nicht mehr, wie Essen aussieht.« Anthonius sah sich um. »Da wartet ein Mann auf euch oben beim Haus – schon seit gestern, und er will keinem sagen, was er will.«

»Was für ein Mann?«

»Ein Jäger. Ein großer, gut aussehender Bursche mit einem großen Speer.«

Justin und Flavius blickten sich im Dämmerlicht an, und der gleiche Gedanke zuckte in beiden auf. Dann sagte Flavius: »Gut, wir wollen hingehen und diesen Jäger sprechen. Anthonius, nimm Cullen mit und gib ihm was zu essen, wir kommen auch bald.«

»Wir heben euch Wildfleisch auf«, versprach Anthonius. »Komm, Cullen, Hund des Carausius.«

Und während Anthonius und der kleine Narr auf den Garten unter der Terrasse zugingen, wo ein von Kyndylan geschossener Hirsch gebraten wurde, machten sich Flavius und Justin auf den Weg zum Haus, um den Fremden mit dem Speer zu suchen.

Eine dunkle Gestalt, die auf der Terrasse vor dem Haus kauerte, löste sich aus dem Schatten, als sie näherkamen, und trat in einen matt erleuchteten Eingang. Das schwache Licht fiel kupfrig auf seine Löwenmähne und berührte die weißen Schwanenfedern am Schaft des großen Speers, auf den er sich lehnte.

»Es ist wirklich Evicatos!« sagte Flavius und sprach damit den Gedanken aus, der sie beide durchzuckt hatte. »Evicatos, bei den Göttern!« Er stürzte los. »Im Namen alles höchst Wunderbaren – was führt dich her?«

Justin war nicht einmal besonders überrascht. Nachdem Cullen gekommen war, war dies fast natürlich und folgerichtig. Alle, die dabeigewesen waren, als das Ganze losging, versammelten sich nun wieder, da das Ende in Sicht war.

»Allectus hat die halbe Besatzung vom Wall abgezogen, und es gehen viele Gerüchte über die Heide«, berichtete Evicatos. »Da ließ ich meine Jagdhunde wieder bei Cuscrid, dem Schmied, und kam mit meinem Speer nach Süden, um beim letzten Kampf dabeizusein, damit nichts von Allectus übrigbleibt und er sich niemals mehr mit den Pikten gegen mein Volk verbünden kann.«

»So ist es also. Aber wie wußtest du, wo du uns finden konntest? Woher wußtest du, daß wir nicht in Gallien sind?«

»Man hört vieles«, wich Evicatos aus, »man hört vieles auf der Heide.«

»Wie du auch die Fährte gefunden hast – wir sind froh, daß du gekommen bist«, sagte Flavius und legte dem Jäger eine Hand auf die Schulter, »du und dein großer Speer. Aber du mußtest sehr lange warten nach einer weiten Fährte, und sie braten einen Hirsch da unten. Nachher können wir uns alles erzählen, aber jetzt – komm und laß uns essen.«

Aber ehe Flavius sich zu den anderen zum Essen setzte, holte er einen neuen Speerschaft aus Esche aus dem Lager. Und nach der Mahlzeit scheuchte er Tuan, den alten Hufschmied, aus dem Bett, ließ ihn sein Schmiedefeuer wieder anfachen und eine eiserne Querstange mit einem Zapfen machen, den man auf den Speerschaft setzen konnte, und außerdem vier Bronzenägel. Später, als alle anderen schon in den Schuppen und Scheunen und Nebenhäusern des Hofes schliefen, nahm er diese Dinge mit ins Atrium. Und hier setzten Justin und Flavius, über das niedrige Feuer gebeugt, den zerbeulten Bronzeadler auf den Speerschaft, fügten die Bronzenägel wieder sicher in die zupackenden Klauen, während der kleine Cullen, der sich geweigert hatte, sie zu verlassen, sich wie ein Hund in die Ecke kuschelte. Seinen silbernen Zweig, dessen Glöckchen nun nicht mehr mit Wolle verstopft waren, hielt er in der Hand.

Justin war vom ersten Augenblick an überzeugt gewesen, daß der Adler wirklich das Feldzeichen war, für das Flavius ihn hielt, aber selbst wenn er das bezweifelt hätte, so wären seine Zweifel in dieser Nacht verflogen, als er vor dem verlöschenden Feuer bei der Arbeit war und der leichte Südwest draußen durch die Nacht zog. Eine seltsame Kraft ging von dem Adler in seiner Hand aus.

Was mußte er erlebt haben – Bitteres und Dunkles und Ruhmreiches – dieser verstümmelte Vogel aus vergoldeter Bronze, der Leben und Ehre einer verlorenen Legion bedeutete! Und nun, dachte Justin, mußte er spüren, daß die alten Tage wiedergekommen waren. Wieder überkam ihn bei der Arbeit das Gefühl der Blutsverwandtschaft mit dem jungen Soldaten, der sich in diesem Hügeltal ein Heim geschaffen hatte, dem jungen Soldaten, der den verlorenen Adler einer verlorenen Legion sicher zu seinem eigenen Volk heimgebracht hatte, so daß der Adler und der Hof zusammengehörten und es recht und billig war, wenn das alte Feldzeichen von hier aus in seinen letzten Kampf ging. Das Gefühl der Blutsverwandtschaft wurde so stark, daß er fast meinte, jener andere Marcus tauche aus Wind und Dunkelheit auf, als sie mit ihrer Arbeit fertig waren und ein Schatten im Eingang erschien.

Aber es war nur Anthonius, der hereinkam und den Regen aus seinem wirren, dunklen Haar schüttelte.

»Oben auf den Kreidefelsen brennt ein Licht – oder ein Feuer«, sagte Anthonius. »Kommt und seht euch das an.«

Die Nacht war klarer geworden, und als sie bei den Schafhürden oberhalb der Ställe ankamen, konnten sie von der Ecke aus ein wie eine rote Blüte aufzüngelndes Feuer auf dem Kamm der Kreidefelsen weit hinten im Südosten erkennen.

»Ja«, sagte Flavius, »es fragt sich nur, ob das ein zufälliges Feuer ist oder ein Signalfeuer.« Er schob sich mit der Hand das Haar von den Augen. »Wir können nichts tun, um das herauszukriegen, denn das Feuer ist mehr als einen Tagesmarsch weit weg.«

Justin, der angespannt nach Osten schaute, erblickte einen zweiten Funken, weit hinter dem ersten, unendlich klein und schwach, aber doch erkennbar. »Es ist ein Signalfeuer«, sagte er. »Da ist noch eins. Es ist eine Kette von Signalfeuern.«

Als sie zurückkamen, war ihr Feuer zu einer roten Glut zusammengesunken, und das Atrium lag fast im Dunkeln, aber der schwache Schein der Glut reichte aus, den Adler auf seinem Speerschaft erkennen zu lassen, als Flavius ihn aufhob und Anthonius zeigte.

Anthonius blickte ihn still und aufmerksam an. Dann fragte er: »Ein Feldzeichen für morgen?«

»Ein Feldzeichen für morgen«, antwortete Flavius mit einem leisen Lächeln.

Anthonius blickte von ihm auf den Adler und wieder auf ihn. »Und eins, glaube ich, das aus dem Gestern stammt – einem längst vergangenen Gestern«, sagte er endlich. »Nein, ich will keine Fragen stellen, und die anderen sollen es auch nicht, obwohl ich glaube – daß manch einer sich seine Gedanken machen wird ... Wir haben ein Feldzeichen, dem wir folgen können, und das ist gut. Das ist immer gut.«

Als er sich zum Gehen umwandte, hob er die Hand zum Gruß wie ein Soldat vor seinem Adler.

In der Morgendämmerung erwachte Justin plötzlich von den rasenden Hufschlägen eines Pferdes, das in vollem Galopp von den Kreidefelsen auf den Hof zusprengte. Justin warf die Decke zurück und sprang auf. Flavius war vor ihm an der Tür, und mehrere andere waren schon auf den Beinen, als sie in den Nieselregen hinausstürzten. Gleich darauf stürmte ein Reiter auf einem schaumbedeckten Pony in den Hof, brachte sein Tier mit einem Ruck zum Stehen und sprang ab.

Das Pony blieb mit hängendem Kopf und bebenden Flanken dort stehen, wo es unter Rutschen zum Halten gekommen war, und Phaedrus von der »Berenice« rief ihnen zu, noch ehe seine Füße ganz auf der Erde waren: »Es ist soweit, Freunde! Es ist endlich soweit!«

Männer kamen von allen Seiten aus dem Halbdunkel und drängten sich um ihn. Phaedrus wandte sich schwer atmend zu Flavius und Justin. »Constantius und seine Legionäre sind da! Sie müssen letzte Nacht im Nebel an der Vectis-Flotte vorbeigekommen sein. Ich habe gesehen, wie sie um Mitternacht am Eingang des Hafens von Regnum unter dem Schutz einer ganzen Reihe von Galeeren an Land gingen!«

Justin dachte an die Leuchtfeuer in der Nacht. Es waren also wirklich Signalfeuer gewesen. Segel vor Tanatis und nun eine Landung im Hafen von Regnum. Was hatte das zu bedeuten? Ein Angriff von zwei Seiten? Sie würden es bald wissen.

Es entstand eine kurze Stille. Die Männer blickten sich fast ein wenig unsicher an. Die Jahre des Wartens waren vorüber. Sie gingen nicht nur vorüber, sondern sie waren zu Ende, vorbei. Und im ersten Augenblick konnten sie es einfach nicht fassen.

Dann brach die Begeisterung aus. Sie umringten Phaedrus und Flavius und schlugen an wie ein Pack Hunde. »Caesar Constantius! Der Caesar ist gekommen! Worauf warten wir noch? Führ uns zu ihm, Flavius Aquila!« Rundschilde wurden zusammengeschlagen, Speere im grauen Dämmerlicht in die Luft geschleudert. Plötzlich wandte Justin sich um, schob sich durch die Menge und ging zum Haus zurück. Halb lachend, halb weinend holte er den flügellosen Adler aus seiner Ecke zwischen Vorratskisten und Gerätschaften hervor und eilte wieder nach draußen, den Adler hoch erhoben. »Seht hier, meine Brüder! M-marschieren wollen wir, und hier ist das Feldzeichen, das wir vorantragen wollen!«

Er stand über ihnen auf den Stufen der Terrasse und hielt den zerbeulten Adler an seinem Schaft hoch. Plötzlich waren Flavius und Anthonius an seiner Seite, und Gesichter schauten zu ihnen auf, ein wildes Meer aus Gesichtern. Männer, die zu lange bei den Adlern gedient hatten, um nicht das Feldzeichen als das zu erkennen, was es war, das Zeichen, das für sie verlorene Ehre und alte Soldatensitte bedeutete. Und Männer schauten zu ihm auf, für die es nichts bedeutete als ein Zeichen, um das man sich sammeln und für das man schreien konnte. Ein verwegener, zerlumpter Haufen aus abtrünnigen Soldaten, Bauern und Jägern, die es mit den Gesetzen nicht allzu genau nahmen, ein heimlicher Dieb, ein Schiffer, ein Gladiator, ein kaiserlicher Narr . . . Das Gebrüll ihrer Stimmen schlug zu Justin hoch wie eine Welle, die sich vor ihm brach und ihn zu verschlingen schien.

Aber Flavius hatte den Arm hochgeworfen und brachte den Aufruhr zum Schweigen. »Ruhig, ruhig! Das Warten ist vorbei, und wir gehen zu Caesar Constantius, aber erst wollen wir essen. Ich will jedenfalls etwas essen, wenn ihr auch nicht wollt! Langsam, langsam, Brüder! Wir marschieren in einer Stunde ab.«

Allmählich legte sich die Aufregung, und einige Männer machten sich auf den Weg zum Vorratslager. Pandarus, der Gladiator, blieb stehen, pflückte sich eine kleine gelbe Rose von dem Busch unter der Terrasse und grinste Flavius und Justin an. »Als ich noch nicht das hölzerne Rapier bekommen hatte und noch ein Schwertkämpfer war, trug ich immer gern eine Rose in der Arena!« sagte er und steckte sie in seine Schulterspange, als er hinter den anderen herzog.

Flavius sah ihnen mit verdächtig schimmernden Augen nach. »Ihr Götter, was für ein Haufen! Eine verlorene Legion wahrhaftig! Eine Legion aus gescheiterten Männern. Es paßt für uns, daß wir hinter einem flügellosen Adler herziehen!« Und sein Lachen klang gebrochen.

Anthonius fragte sehr ruhig: »Würdest du sie für die beste Kohorte der Prätorianischen Garde austauschen, wenn du könntest?«

»Nein. – Nein, bei den Göttern, das würde ich nicht. Aber das ist noch lange kein Grund dafür, daß ich heulen muß wie ein kleines Mädchen.« Er faßte Justin mit einem kräftigen Griff um die Schulter. »Das war großartig, alter Junge. Du hast den Adler im richtigen Augenblick gebracht, und sie werden ihm durch das Feuer der Hölle folgen, wenn es sein muß. – Komm, laß uns erst mal was essen.«

Rückkehr zu den Legionen

Der Nieselregen hatte endlich aufgehört und der Wind nachgelassen. Der Himmel riß auf, als der zerlumpte Haufen von Kriegern die Küstenstraße überquerte und sich dem letzten bewaldeten Hügelrücken zuwandte, der noch zwischen ihnen und der See lag. Oben auf dem Kamm hörten die vom Wind geduckten Eichen und Dornbüsche plötzlich auf, und das Land vor ihnen fiel langsam bis zu den flachen Marschen an der Küste ab. Fern im Westen, wo das salzdurchtränkte Land ein wenig anstieg, zeigte sich der Umriß eines römischen Lagers, klar und eckig in den verschwommenen und fließenden Linien der Marschen, dahinter auf der Flutlinie wie eine Reihe von gestrandeten Seevögeln die dunklen Schatten der Transportgaleeren, wieder dahinter, im Hafen verankert, die Küstenschutzgaleeren. Justin blickte auf die See hinaus, die weiter draußen immer noch sehr bewegt war, und konnte in der Ferne vor der Hafeneinfahrt zwei dunkle Flecke ausmachen. Das mußten die Patrouillenboote sein, die nach der Flotte von Allectus Ausschau hielten.

»Da sind sie«, sagte Flavius. »Da – sind – sie«, und ein aufgeregtes Gemurmel lief durch den zerlumpten Haufen hinter ihm.

Ungefähr hundert Schritt vor dem rechten Tor des Lagers wurden sie von Wachen mit gesenkten Speeren angehalten. »Wer kommt?«

»Freunde, in Caesars Namen«, rief Flavius zurück.

»Zwei von euch können vorkommen.«

»Wartet hier«, sagte Flavius zu den anderen und ging mit Justin zusammen vor.

Bei dem hufeisenförmigen Rasenstück am Wachtposten kam ihnen der Optio entgegen und fragte sie, was sie wollten.

»Wir sind Verstärkung«, erklärte Flavius voll Überzeugung, »und müssen mit Caesar Constantius sprechen.«

Der Optio blickte an ihm vorbei, und die Augen fielen ihm fast aus dem Kopf. »Verstärkung, tatsächlich? Dann ist uns der Sieg sicher.« Er sah Flavius wieder an. »Aber wenn ihr zu Caesar Constantius wollt – seid ihr bei der falschen Truppe. Wir sind der Westflügel.«

»So? Wer hat denn hier das Kommando?

»Asclepiodotus, sein Prätorianischer Präfekt.«

»Dann müssen wir Asclepiodotus sprechen.«

»Wirklich?« fragte der Optio. »Na, ich weiß nicht so recht«, und dann musterte er die beiden wieder und starrte die Männer hinter ihnen ausgiebig an. »Gut, dann nimm deine Räuberbande mit bis zum Tor, meinetwegen. Ich gebe dir einen meiner Männer mit.«

Am Tor trat ihnen der Optio der Torwache entgegen, dem nun seinerseits die Augen fast aus dem Kopf fielen und der nach seinem Centurio schickte, der wiederum nach einem der Tribunen, bis sie zuletzt durchgelassen wurden und unter den Heuschreckenköpfen der Katapultgeschütze, die das Tor deckten, einzogen.

Innerhalb der stark bemannten Einfriedigung – das Lager war offenbar jeden Moment auf einen Angriff gefaßt – herrschte ein so tätiges Leben, daß man seinen Pulsschlag zu spüren meinte. Gruppen von Männern stapelten unter der Aufsicht von Optios Vorräte und Waffen, Waffenschmiede waren bei der Arbeit, Pferde, die noch von der Überfahrt ermüdet waren, wurden von den Galeeren an Land gebracht und beim Tor zur See angepflockt, der Rauch von vielen Kochstellen stieg in die Morgenluft, und überall tauchten die roten Helmbüsche der Centurios auf, die das Ganze überwachten. Aber die Via Principia lag inmitten all des Treibens fast verlassen da, als sie sie entlangmarschierten. Eine breite, gerade Straße aus zertrampeltem Gras, zu beiden Seiten, gestützt von festgezurrten Speeren, standen die Standarten der Kohorten und Hundertschaften, blau und violett, grün und rot, und regten sich leise in dem leichten Wind, der immer noch über die Marschen zog. Und hinter dem Zelt des Kommandeurs, vor dem sie haltmachten, stand mit weit ausgebreiteten Flügeln der Adler der Legion.

Der Tribun sprach mit dem gaffenden Posten am Zelteingang und ging hinein, und sie mußten warten. Justin blickte zu dem großen vergoldeten Adler auf und las Nummer und Namen der Legion. Dreißigste Legion, Ulpia Victrix, eine Legion vom Niederrhein, die zeitweise zum Befehlsbereich von Carausius gehört hatte, und dicht daneben – dies war offenbar eine gemischte Truppe, die aus mehreren Legionen zusammengestellt worden war – eine Standarte, die die Nummer und das Centaurenzeichen einer gallischen Legion trug; sie war dem kleinen Kaiser in seinen frühen Tagen gefolgt. Das schien irgendwie sinnvoll zu sein.

Der Tribun kam nun wieder. »Die beiden Anführer dürfen kommen.«

Flavius warf Anthonius einen raschen Blick zu und sagte unter Lächeln, aber dennoch in tiefem Ernst: »Halt sie um der Götter willen in guter Zucht!« und dann zu Justin: »Dann also auf!«

Sie gingen zusammen an dem Wachtposten vorbei in das bräunlich-dämmerige Innere des Zeltes und blieben vorschriftsmäßig, mit erhobenem Kopf und geschlossenen Hacken, genau im Eingang stehen. Ein großer rot und golden gekleideter Mann saß an einem Feldtisch, in der einen Hand eine Papyrusliste, in der anderen einen halb gegessenen Rettich. Bei ihrem Kommen blickte er auf und sagte in leicht fragendem Ton, der Justin ein wenig an Paulinus erinnerte: »Ihr wollt mich sprechen?«

Die beiden jungen Männer nahmen Haltung an und grüßten, und Flavius, der wie immer der Sprecher war, sagte: »Herr, zuerst wollen wir dir die Nachricht bringen, wenn du sie nicht schon hast, daß Caesar Constantius' Segel vor ein paar Tagen vor Tanatis gesehen wurden und daß letzte Nacht Feuer die Kreideküste entlang brannten.«

»Um die Nachricht von unserer Landung zu verbreiten?« fragte der große Mann mit freundlichem Interesse.

»Ich glaube, ja.«

Der große Mann nickte zustimmend. »Die erste Nachricht hatten wir schon gehört, die zweite noch nicht. Was habt ihr mir noch zu sagen?«

»Wir haben eine Gruppe von« – Flavius besann sich einen kurzen Augenblick – »Bundesgenossen mitgebracht, Herr, die dir in diesem Feldzug dienen wollen.«

»So?« Asclepiodotus musterte sie nachdenklich. Er war ein sehr großer, leicht gebückter Mann mit Ansätzen zum Dickwerden. Man konnte ihn zunächst für etwas träge halten, aber später merkten sie, daß sein behäbiges Aussehen täuschte. »Wie wäre es, wenn wir unsere Verhandlungen damit beginnen würden, daß ihr mir erst mal erzählt, wer und was ihr in Typhons Namen seid – fangen wir mit dir an.«

»Marcellus Flavius Aquila«, sagte Flavius. »Vor eineinhalb Jahren war ich Kohorten-Centurio der achten Kohorte bei der Zweiten Augusteischen Legion, stationiert in Magnis am Wall.«

»Hmm«, sagte der Kommandeur, und seine schwerlidrigen Augen wanderten zu Justin.

»Tiberius Lucius Iustinianus, Arzt bei der gleichen Kohorte zur gleichen Zeit, Herr.«

Asclepiodotus zog die Brauen fragend hoch. »So? Das klingt alles sehr überraschend. Und diese letzten anderthalb Jahre?«

Kurz und bündig legte Flavius, mit der Miene eines Mannes, der einen offiziellen Bericht erstattet, Rechenschaft über die letzten anderthalb Jahre ab, während ihn der Prätorianische Präfekt mit seinem Rettich in der Hand anschaute.

»Dann sind also die geheimen Informationen und die – Verstärkungen –, die uns von Zeit zu Zeit erreichten, euch zu verdanken?«

»Wenigstens manche davon, Herr.«

»Höchst interessant. Und dieser Trupp – wieviel Leute sind das und wo kommen sie her?«

»Etwas mehr als sechzig. Stammesleute hauptsächlich, und zur Verstärkung entlaufene Legionäre.« Plötzlich mußte Flavius grinsen. »Wir haben noch einen Kohorten-Centurio, einen ehemaligen Gladiator und Carausius' Hofnarr, um das Maß voll zu machen ... Oh, es ist eine ungeheuer feine Legion, Herr. Wir können alle kämpfen, und die meisten von uns wissen auch, wofür sie kämpfen.«

»Gut, dann zeigt mir mal eure Legion.«

»Wenn du mit zum Zelteingang kommst, kannst du sie in ihrer ganzen Herrlichkeit sehen.«

Asclepiodotus legte seinen halbgegessenen Rettich wieder auf die Platte mit Brot und Käse zurück, von der er gerade sein etwas verspätetes Frühstück zu sich genommen hatte, als sie gekommen waren, legte die Papyrusrolle ordentlich und genau auf eine andere Schale und stand auf. Sein behäbiger Körper nahm fast die ganze Zeltöffnung ein, aber Justin, der ängstlich über seine Schulter lugte, konnte schräg von hinten die draußen aufgestellte Gruppe erkennen. Anthonius in strammer, aufrechter Haltung wie nur ein Kohorten-Centurio bei der Parade, Pandarus mit seiner gelben Rose mit großtuerischen Gebärden, die nur allzu deutlich verrieten, was er früher gewesen war, der kleine Cullen mit seinem silbernen Zweig in dem Gürtel seines zerlumpten Narrenkleides, den flügellosen Adler stolz erhoben, aber auf einem Bein wie ein Reiher, was die Wirkung des Ganzen ein bißchen herabsetzte; neben ihm Evicatos, auf seinen großen Kriegsspeer gestützt, dessen weiße Schwanenfedern sich in dem leichten Wind plusterten und sträubten. Und hinter ihnen der Rest – die ganze zerlumpte, verwegene, unansehnliche Mannschaft.

Asclepiodotus schaute sie an, schien einen kleinen Augenblick bei dem zerbeulten Adler zu verweilen und ging dann zu der Maultierpacktasche zurück, auf der er gesessen hatte. »Ja, ich verstehe, was du meinst.« Er nahm seinen Rettich wieder in die Hand, betrachtete ihn einen Augenblick, als ob er weiter frühstücken wolle, und schien es sich dann anders zu überlegen. Plötzlich blickte er die beiden jungen Männer, die vor ihm standen, mit einem so durchdringenden Blick an, daß sie das Gefühl hatten, als sähen sie durch die rauhe Scheide hindurch das nackte Schwert. »Nun gebt mir den Beweis, daß ihr wirklich die seid, für die ihr euch ausgebt. Gebt mir den Beweis, daß auch nur ein Körnchen Wahrheit an der Geschichte ist, die ihr mir erzählt habt.«

Flavius sagte ein bißchen ratlos: »Wie sollen wir dir das beweisen? Was sollen wir denn sonst sein?«

»Nach allem, was ich von euch weiß, könntet ihr genausogut ein Haufen von Räubern oder Überläufern sein, die auf Plünderei aus sind. Oder – vielleicht seid ihr sogar ein Trojanisches Pferd.«

Stille senkte sich über das hellbraune Licht des Zeltes, und auch im Lager entstand gerade einer jener merkwürdigen Augenblicke der Stille, die manchmal einen geschäftigen Ort überkommt. Justin hörte das schwache, ungleiche Rollen der See und das spöttische Klingeln der Glöckchen vor dem Zelteingang, als Cullen von einem müden Bein auf das andere wechselte. Es muß doch etwas geben, was wir sagen oder tun können, dachte er. Es muß doch eine Antwort geben! Aber wenn Flavius nichts einfällt, dann wird mir schon gar nichts einfallen.

Dann ertönten draußen Fußtritte, und jemand erschien in der Zeltöffnung. Ein schlanker brauner Mann in der Uniform eines

Senior-Kohorten-Centurio trat ein, grüßte und legte dann dem Kommandeur einige Schreibtafeln vor. »Die Liste ist fertig, Herr. Weißt du eigentlich, daß sich auf dem Forum so ein komischer Haufen von Kriegern aufgestellt hat? An einem Speerschaft haben sie sogar so was befestigt, das aussieht wie die Reste eines römischen Adlers!« Als er dann mit einem raschen Blick die beiden jungen Männer bemerkte, die hinten im Schatten standen, rief er überrascht aus: »Beim Licht der Sonne! Justin!«

Justins Augen waren an dem Centurio haftengeblieben, seit er eingetreten war. Das macht drei, dachte er. Cullen und Evicatos und nun ... Aller guten Dinge sind drei. Aber das ist wie ein Wunder, wirklich wie ein Wunder! »Ja, Herr!« sagte er.

»Kennst du diese beiden, Centurio Licinius?« unterbrach ihn der Kommandeur.

Licinius hatte schon Justins Hand ergriffen. »Diesen hier kenne ich wenigstens, wenn er sich inzwischen auch in einen zottigen Barbaren verwandelt hat. Er hat bei meinem Kohorten-Arzt in Beersheba gelernt. Roma Dea! Gehörst du zu dieser Bande von Halsabschneidern da draußen?«

Justins großer Mund verzog sich zu einem breiten Grinsen, und seine bedauernswert abstehenden Ohren wurden vor Freude rot. »Ich gehöre dazu, und mein V-vetter hier auch.«

»So?« Licinius musterte Flavius und nickte ihm kurz zu, als er grüßte.

»Wenn ihr mit eurer Begrüßung fertig seid«, sagte Asclepiodotus, »dann sag mir eins, Primus Pilus: Würdest du diesen beiden trauen?«

Der magere braune Centurio blickte seinen Kommandeur mit einem leisen Lächeln an. »Dem einen, den ich kenne, würde ich voll und ganz trauen. Wenn er, wie es scheint, für den anderen bürgt, dann würde ich dem auch trauen.«

»Also gut«, sagte Asclepiodotus. »Wir können Späher brauchen, die die Gegend kennen, und wir können auch mehr Reiter brauchen. Hat es jemals eine Zeit gegeben, in der die Legionen nicht mehr Reiter brauchen konnten?« Er nahm Schreibtafel und Stylus und ritzte ein paar Worte in das weiche Wachs. »Bringt eure Räuberbande zu den Pferdegehegen runter, laßt euch die Pferde und die Ausrüstung der beiden Dakischen Reiterschwadronen geben, die gestern abend aus der Garnison von Portus Adurni gekommen sind. Hier ist eure Ermächtigung. Dann haltet euch bereit und wartet auf Befehle.«

»Ja, Herr.« Flavius nahm die Tafeln, wich aber nicht vom Fleck.

»Noch was?«

»Wir bitten um Erlaubnis, daß wir unsern Adler bei den andern in der Via Principia aufstellen dürfen, Herr.«

»Ach ja, der Adler«, sagte Asclepiodotus nachdenklich. »Wie seid ihr zu dem Adler gekommen?«

»Er wurde in einem Versteck unter dem Hausaltar im Hause meiner Familie in Calleva gefunden.«

»So? Ihr wißt doch wohl, was das für ein Adler ist?«

»Es ist das, was von dem Adler einer Legion übriggeblieben ist, Herr.«

Asclepiodotus nahm die Liste auf, die sein Senior-Centurio auf den Tisch gelegt hatte. »Nur ein solcher Adler ging jemals in dieser Provinz verloren.«

»Auch das weiß ich. Einer von meinen Vorfahren ging mit ihm unter. Ich – glaube, der Senat wußte damals, daß der Adler wieder zurückkam.«

Sie blickten sich beide fest an. Dann nickte Asclepiodotus. »Wenn ein verlorener Adler plötzlich wieder auftaucht, ist das eine ernsthafte Sache, so ernsthaft, daß ich besser nichts davon weiß ... Die Erlaubnis ist gegeben, vorausgesetzt, daß das Ding – sagen wir mal: ›verschollen‹ ist, wenn alles vorbei ist.«

»Einverstanden, und vielen Dank, Herr«, sagte Flavius und grüßte.

Sie waren schon im Zelteingang, als der Kommandeur sie noch einmal zurückrief. »Oh, Centurio Aquila, ich habe für heute mittag einen Kriegsrat einberufen. Als Männer, die die Gegend kennen, und als – äh – Anführer einer verbündeten Truppe nehmt ihr beide an der Besprechung teil.«

»Heute mittag, Herr«, sagte Flavius.

Sie fanden den zuständigen Centurio bei den Pferden, zeigten ihm die Ermächtigung des Kommandeurs und übernahmen ordnungsgemäß die schönen kleinen halbarabischen Kavalleriepferde der Drakischen Reiterei. Der O-beinige Hilfssoldat, der ihnen zugeteilt worden war, um sie zu den Depots und Futterspeichern zu bringen, war eine freundliche Seele. Zum Glück hatte er mehr Lust, von sich selber zu sprechen, als Fragen zu stellen. Wie das halbe Lager, so hatte auch er die rauhe Überfahrt noch nicht überwunden.

»Mein Kopf!« sagte der O-beinige Soldat. »Wie eine Waffenschmiede. Beng-beng-beng! Und der Boden schwankt immer noch fast so schlimm wie das Deck von dieser verfluchten Galeere. Ich mußte natürlich das Glück haben, ausgerechnet bei der westlichen Gruppe zu sein, die die lange Überfahrt ganz von der Sequana her machen mußte – wo ich der allerschwächste Seemann im ganzen Reich bin!«

Flavius, der sich mehr für die Truppentransporte interessierte als für die Leiden des O-beinigen Soldaten, fragte ihn: »Caesar Constantius und die östliche Gruppe segelten wohl direkt von Gesoriacum?«

»Ja – Constantius segelte schon vor uns ab, sagen sie, und die Galeeren, die die Erkundung übernehmen und die Transporte decken sollten, kamen erst hinterher. Er selber ist, glaube ich, ebenso lange auf See gewesen wie wir oder sogar länger – aber die Truppentransporte waren nur ein paar Stunden unterwegs, und das interessiert mich . . .«

Alles in allem hatten Justin und Flavius eine ganze Menge über die allgemeine Lage erfahren, als sie mittags in der erhabenen Gesellschaft von einem halben Dutzend Stabstribunen, mehreren Senior-Centurios und dem Legaten der Ulpia Victrix um den runden Feldtisch vor dem Kommandeurszelt warteten.

Asclepiodotus eröffnete die Besprechung im Sitzen, die Hände friedlich vor dem Bauch gefaltet. »Ich denke, ihr wißt alle, daß Constantius' Segel vor ein paar Tagen vor Tanatis gesehen wurden. Ihr wißt wahrscheinlich nicht, denke ich, daß Allectus höchstwahrscheinlich durch eine Feuerkette von unserer Landung erfahren hat. Wir sind uns wohl darüber einig, daß wir deswegen unverzüglich nach Londinium aufbrechen müssen.« Er wandte sich an den Senior-Centurio. »Primus Pilus, wie schnell können wir marschbereit sein?«

»Du mußt uns zwei Tage geben, Herr«, antwortete Licinius. »Wir hatten eine böse Überfahrt, und Männer und Pferde sind noch in ziemlich schlechter Verfassung.«

»Ich habe geahnt, daß du so was sagen würdest«, gab Asclepiodotus traurig zurück. »Ich kann überhaupt nicht verstehen, warum die Leute seekrank werden.« Bei dieser Äußerung zuckte der Legat der Ulpia Victrix, der immer noch etwas grünlich aussah, sichtlich zusammen. »Ich bin nie seekrank.«

»Wir anderen haben nicht deinen starken Willen, Herr«, sagte Licinius, und ein Lächeln flog über seine harten Züge. »Wir brauchen zwei Tage.«

»Jede Stunde Verzögerung erhöht die Gefahr, daß wir noch im Lager angegriffen werden, und kann auch sonst Gefahren bringen. Ich gebe euch einen Tag.«

Nach einem kurzen Schweigen sagte Licinius: »Sehr wohl, Herr.«

Die Beratung ging weiter, wie es so üblich ist, während der kurze mittägliche Schatten des Adlers der Ulpia Victrix langsam über die Gruppe vor dem Zelt des Kommandeurs kroch. Und Justin und Flavius hatten an den Verhandlungen nicht teil, bis die Frage nach der Marschroute zur Sprache kam. »Es gibt zwei Anmarschwege, die für uns in Frage kommen, und wir haben uns bisher noch für keinen davon entschieden, weil das von den näheren Umständen abhängt. Nun wird es Zeit, daß wir uns die Sache überlegen. Aber bevor wir die Route festlegen, sollten wir einen fragen, der das Land gut kennt«, und er winkte mit einem dicken Finger Flavius herbei, der mit Justin schweigend an der Seite stand.

Flavius warf den Kopf mit einem Ruck hoch. »Mich, Herr?«

»Ja, dich. Komm her und gib uns deinen Rat.«

Flavius trat in den Kreis und blieb neben dem Feldtisch stehen. Plötzlich kam trotz seines barbarischen Aussehens wieder der Kohortenführer heraus, plötzlich war er ganz gefaßt und ziemlich bleich, als er sich inmitten der ernsten hohen Offiziere in Bronze und Rot sah. Er konnte zwar mit dieser Bande von Räubern fertig werden, die er heute hergebracht hatte, um Rom zu dienen, aber es war doch etwas ganz anderes, wenn man plötzlich um Rat gefragt wurde, der unter Umständen eine Armee in den Untergang führen konnte.

»Es gibt, wie der Präfekt sagt, zwei Straßen von hier nach Londinium«, erklärte Flavius, nach einem kleinen Augenblick der Überlegung. »Eine geht von Regnum aus ungefähr zwei Meilen östlich von hier, die andere führt durch Venta und Calleva. Ich würde die Straße über Venta und Calleva wählen, wenn sie auch vielleicht ein paar Meilen länger ist.«

Licinius nickte. »Warum?«

»Aus folgendem Grunde, Herr: Die Straße von Regnum läuft nach dem ersten Tagesmarsch über die Kreidefelsen in den Wald von Anderida. Dichtes, wildes Land, ideal für Überfälle aus dem Hinterhalt, besonders für Allectus' Söldner, die ans Kämpfen in Wäldern aus ihrem eigenen Land gewöhnt sind. Und so geht es den ganzen Weg bis zu der Stelle, wo die nördlichen Kreidefelsen einen Tagesmarsch vor Londinium wie ein steiler Wall abfallen. Die Straße über Venta dagegen führt fast sofort in bewaldete Ebenen, und die Hauptgefahr für einen Überfall aus dem Hinterhalt besteht während der ersten vierzig Meilen – dem Teil, der am weitesten von Allectus' Hauptstreitmacht entfernt und daher am wenigsten gefährdet ist.«

»Und nach den ersten vierzig Meilen ...?« fragte Asclepiodotus.

»... kommt Calleva«, erklärte Flavius. »Und wenn man einen halben Tagesmarsch von Calleva weg ist, ist man schon im Tal der Thamesis. Hier gibt es auch an manchen Stellen Wald, aber offenen Wald mit hohen Bäumen, kein niedriges Eichengebüsch – und offenes Ackerland. Und dann seid ihr mitten in der Provinz, in der es schwer ist, sich euch in den Weg zu stellen.«

»Ja, du hast ein gutes Auge für das Gelände«, sagte Asclepiodotus, und dann redete niemand mehr. Einer oder zwei von den Männern, die um den Tisch standen, nickten zustimmend. Dann sprach wieder der Kommandeur. »Danke, Centurio, das ist im Augenblick alles. Wenn wir dich wieder brauchen, schicke ich nach dir.«

Mehr sagte er nicht.

Aber als die westliche Gruppe am nächsten Morgen nach Londinium aufbrach, zog sie auf der Straße über Venta und Calleva.

Da Flavius die Gegend am besten kannte, mußte er mit Asclepiodotus reiten und Justin und Anthonius das Kommando über die zwei Schwadronen zerlumpter Reiterei überlassen, in die die Bande sich verwandelt hatte. Und als Justin sie so anschaute, fand er, daß sie alles in allem zwar etwas zerlumpt und verwegen, aber sonst doch ganz gut aussahen, wie sie so fein aufgesessen und mit richtigen Kavalleriesäbeln ausgerüstet daherzogen. Nur Evicatos hatte sich geweigert, eine andere Waffe zu tragen als seinen geliebten Speer, und der kleine Cullen war ihr Adlerträger. Justins Blick ruhte für einen Augenblick auf dem Narren, der der ganzen Gesellschaft voranritt. Mit einer Hand lenkte er überraschend leicht sein Pferd, während er mit der anderen den flügellosen Adler hochhielt, dessen Schaft Pandarus in einer übermütigen Laune mit einem Kranz aus gelbem Ginster geschmückt hatte, um die goldenen Ehrenkränze und Medaillen der Ulpia Victrix nachzuahmen.

Langsam stieg das Land an, und sie hatten die Marschen hinter sich, als ein Ausruf von Anthonius, der an seiner Seite ritt, Justin über die Schulter auf das verlassene Lager zurückblicken ließ.

Hinter ihnen war Feuer, rotes, hungriges Feuer, das von den an Land gezogenen Galeeren in den Himmel stieg, und schwarzer Rauch, den der Seewind forttrieb.

Es war, als ob der Präfekt Asclepiodotus damit zu seinen Legionen sagen wollte: »Vorwärts nun zum Sieg! Es gibt nur den Sieg, denn in diesem Feldzug wird nicht zum Rückzug geblasen.«

»Carausius! Carausius!«

Auf dem Marsch erreichten sie allerlei Nachrichten, die ihnen durch Späher, durch eingeborene Jäger und durch Deserteure aus dem Lager des Usurpators zugetragen wurden, und manche davon waren nicht gut. Den Transportgaleeren der östlichen Gruppe war es wegen des schlechten Wetters nicht gelungen, Verbindung mit Constantius aufzunehmen. Und da Allectus wußte, daß der junge Caesar es nicht wagen würde, ohne seine Truppen zu landen, konzentrierte er sich zunächst darauf, Asclepiodotus zu erledigen, ehe der Augenblick kam, in dem er sich gegen Constantius zur Wehr setzen mußte. So zog Allectus in großer Eile auf dem alten Handelsweg von Durovernum unterhalb der Steilküste der nördlichen Kreidefelsen nach Westen, weil ihm daran lag, so schnell wie möglich mit allen Soldaten, die er hatte auftreiben können, den Paß in den Downs zu erreichen und den von Rom ausgeschickten Truppen zuvorzukommen. Zwölftausend Mann oder mehr hatte er, meldeten die Späher, hauptsächlich Söldner und Seesoldaten. Nicht mehr als sechs oder sieben Kohorten aus den regulären Legionen. Die Kohorten vom Wall hatten ihn noch nicht erreicht, und selbst wenn sie kamen, war es fraglich, ob er wagen würde, sie einzusetzen, weil unter den Legionen kein gutes Einvernehmen war.

Das war immerhin günstig, überlegte sich Justin, als er zwei Abende später Vor- und Nachteile gegeneinander abwägte, während er saß und auf die Lagerfeuer niederblickte. Die Westgruppe lagerte in dem weiten Dünental, an dessen Ausgang die Straße nach Calleva den alten Handelsweg kreuzte. Justin hatte keinen ernstlichen Zweifel daran, wie die Schlacht morgen ausgehen würde, denn er glaubte an Asclepiodotus und an die Stärke seiner Legionen. Aber trotzdem war die Tatsache nicht aus der Welt zu schaffen, daß sie morgen nur ihre halben Streitkräfte würden einsetzen können, da Constantius noch nicht gelandet war. Dagegen standen alle Truppen, die Allectus aufbringen konnte, und Justin erkannte klar und nüchtern, daß sie keinen leichten Sieg haben würden.

Sie waren im Eilmarsch gekommen. Für die fünfzehn Meilen von Venta hatten sie nur drei Stunden gebraucht, und das war für die Soldaten in voller Ausrüstung in der Juniwärme keine leichte Sache. Aber sie hatten es geschafft, und nun warteten sie an ihren Lagerfeuern, und die Wartezeit dehnte sich öde und lang. Allectus, den sie in dem verzweifelten Wettrennen um den strategisch günstigen Paß geschlagen hatten, hatte ein paar Meilen weiter auch ein Lager aufgeschlagen, um seine müden Soldaten auszuruhen. Vielleicht hoffte er sogar, daß er die Truppen aus Rom aus ihrer günstigen Position herauslocken könne.

Asclepiodotus dachte aber nicht daran, sich herauslocken zu lassen, sondern er hatte die Zeit genutzt, den Paßübergang mit gefällten Dornbüschen abzusichern, und sich damit für den nächsten Tag eine Ausgangsbasis für den Kampf geschaffen. Und nun war das Lager fertig. Die Lagerfeuer glühten rot in der monddurchglänzten Dunkelheit, und die Männer an den Feuern ruhten sich aus. Sie alle hatten ihre Schwerter angeschnallt und verwahrten Schild und Speer griffbereit, gerüstet für morgen. Justin saß mit den Männern der Verlorenen Legion um ein eigenes kleines Feuer oberhalb des großen Lagers. Von hier aus konnte er die geschotterte Straße sehen, die zu dem sechs Meilen entfernten Calleva führte. Im Mondlicht sah sie wie eine silberne Schneckenspur aus. Aber der andere, uralte Handelsweg, der aus dem Tal kam, war durch den steigenden Nebel verborgen – Nebel, der wie der Geist eines vergessenen Sees über dem Tal der Thamesis und über dem großen Lager lag, in dem Allectus mit seinem Heer wartete.

Wie Schatten bewegten sich Gestalten zwischen Justin und den Feuern hin und her. Leise Stimmen tauschten das Losungswort. Ab und zu wurde ein Pferd unruhig und stampfte auf, und einmal hörte er den Schrei eines zornigen Maultiers. Aber die Nacht war sehr still hinter den Geräuschen des Lagers. Es war eine wunderbare Nacht hier oben über dem Nebel. Das Farnkraut am Hang stand silbrig still unter dem dunklen Gebüsch aus Dornsträuchern, die auf beiden Seiten den Abhang hochwucherten;

der Mond hing noch tief an einem schillernden Himmel, der wie mit dem Gold von Schmetterlingsflügeln besprüht war. Irgendwo weit unten im Tal rief eine Füchsin nach ihrem Fuchs, und als ihr Ruf verhallt war, blieb die Stille merkwürdig leer.

Justin dachte: Wenn wir morgen getötet werden, wird die Füchsin immer noch über das Tal nach dem Fuchs rufen. Vielleicht hat sie Junge irgendwo im Dickicht des Waldes. Das Leben geht weiter. Der Gedanke hatte etwas Tröstliches. Flavius war zum Prätorium hinuntergegangen, um sich das neue Losungswort und den Schlachtruf für morgen zu holen, und die anderen von ihrer Bande lagerten ums Feuer und warteten auf seine Rückkehr. Cullen saß neben dem zerbeulten Adler, den er aufrecht in den Rasen gesteckt hatte. Mit einem versunkenen und glücklichen Ausdruck im Gesicht schlug er fast lautlos die silbernen Glöckchen an seinem geliebten silbernen Zweig an. Und neben ihm saß Evicatos, die Hände um ein hochgezogenes Knie geschlungen, das Gesicht nach Nordwest gewandt, als schaue er auf seine eigenen verlorenen Berge – sie waren ein ungleiches Paar, die beiden, die sich aber im fremden Land durch ihr gemeinsames irisches Blut zueinander gezogen fühlten. Kyndylan und einer der Legionäre knobelten. Pandarus, mit der verwelkten Rosenknospe von gestern in der Schulterspange, hatte einen Stein gefunden, an dem er seinen Dolch wetzte, wobei er leise und finster vor sich hinlächelte. »Das Brot und die Zwiebeln, die du am Morgen ißt, schmecken dir besser als das üppigste Festmahl, das ein Mann ißt, der weiß, daß das nicht sein letztes Mahl ist. Und die Sonne, die durch die Gitterstäbe über deinem Kopf scheint, leuchtet heller für dich als für alle Menschen, die wissen, daß sie sie auch morgen noch aufgehen sehen«, hatte Pandarus einmal gesagt. Justin wußte, daß er morgen getötet werden konnte, und dieses Wissen verlieh ihm plötzlich eine ihm bisher unbekannte Klarheit. Noch nie hatte er die Welt im Mondlicht, den leisen Duft des Jelängerjelieber und den Ruf der Füchsin nach dem Fuchs so erlebt wie heute – dennoch schien ihm der Preis zu hoch für diese Erkenntnis. – Ich bin wohl schon immer ein Feigling gewesen – vielleicht ist das auch der wahre Grund dafür, daß ich nie Soldat werden wollte.

Jemand kam von einem Gang zu den Vorposten zurück und pfiff leise ein Lied vor sich hin. Als er bei ihnen stehenblieb, blickte Justin auf und sah den Umriß eines Helmbusches vor dem Mond. Beim Klang von Licinius' Stimme war er sofort auf den

Füßen. »Es ist schön hier oben über dem Lager, darf ich ein bißchen bei euch bleiben?«

»Gern, Herr. Setz dich hierhin.« Justin wies auf die Reitdecke aus Schafsleder, auf der er gesessen hatte, und mit einem Wort des Dankes ließ der Primus Pilus sich nieder und sagte zu denen von der Bande, die in Erinnerung an ihre Soldatenzeit aufgestanden waren oder eben aufstehen wollten: »Nein, laßt euch nicht stören. Ich komme nur als selbstgeladener Gast und nicht als Vorgesetzter.«

Nach einer kleinen Weile sagte Justin: »Es sieht alles so friedlich aus. Und morgen um diese Zeit wird es wieder so friedlich sein.«

»Ja, und wahrscheinlich ist inzwischen das Schicksal der britannischen Provinz besiegelt.«

Justin nickte. »Ich bin froh, daß die Parthica und die Ulpia Victrix hier sind.«

»Warum?«

»Weil sie früher einmal unter C-carausius gedient haben. Es ist recht und billig, daß seine eigenen Legionen ihn rächen.«

Licinius blickte ihn unter seinem Helmrand schräg von der Seite an. »Wenn du morgen in den Kampf gehst, tust du das dann für Rom oder für Carausius?«

»Ich – weiß nicht.« Justin blickte nachdenklich. »Ich glaube, ich kämpfe für die römische Provinz Britannien. Aber ich fühle in meinem Herzen, daß noch manch einer von den Männern, die unter ihm kämpften, an den kleinen Kaiser denken wird.«

»Für Britannien also und für einen gewissen seeräuberischen kleinen Kaiser – und nicht für Rom«, sagte Licinius. »Ja, ja, Roms Größe versinkt im Gestern.«

Justin riß einen Farnwedel neben sich aus und fing an, die feinen Blätter eins nach dem anderen vom Stengel zu pflücken. »So etwas Ähnliches sagte Carausius einmal zu Flavius und mir. Wenn er Britannien stark genug machen könne, sagte er, so stark, daß es allein bestehen könne, wenn Rom fallen würde, dann könne vielleicht einiges vor der Dunkelheit bewahrt bleiben. Wenn er das nicht könne, würden die Feuer überall verlöschen. ›Wenn ich es schaffe, kein Messer in den Rücken zu bekommen, ehe das Werk getan ist, werde ich Britannien stark genug machen, allein zu bestehen‹, sagte er damals. Aber er hat es doch nicht geschafft, und darum kämpfen wir nun wieder auf der Seite Roms.«

Sie schwiegen eine Weile, und dann kam Licinius wieder auf die Beine. »Ich verstehe. Ich glaube, wir haben über Dinge gesprochen, wir beide, die schon fast Verrat sind. Und nun muß ich mich wieder auf den Weg machen.«

Als er gegangen war, saß Justin eine Weile da und starrte ins Feuer. Das kurze Gespräch mit seinem alten Kommandeur hatte seine Erinnerung an Carausius wieder lebendig werden lassen, an den gefürchteten kleinen Kaiser, der nicht vergessen hatte, den Brief zu schreiben, den Flavius in der Innentasche seiner zerfetzten Tunika bei sich trug.

Als er wieder aufblickte, sah er Flavius durch das Farnkraut auf sich zukommen. »Hast du das Losungswort?«

»Losungswort und Schlachtruf sind gleich«, sagte Flavius. Er ließ seinen Blick über die Schar im Feuerschein wandern, und seine Augen strahlten hell unter der wilden Mähne seines feuerroten Haares. »Brüder, das Losungswort für heute nacht und der Schlachtruf für morgen ist ›Carausius‹!«

Das erste Licht des nächsten Morgens schimmerte fahl wie Wasser über den Wäldern, als Justin mit Flavius und den anderen durch Farnkraut und wilden Fingerhut, die ihren Pferden bis zu den Bäuchen reichten, auf ihren verabredeten Platz bei der Kavallerie der Hilfstruppen am rechten Flügel zuritten. Der schwere Tau des Sommermorgens lag grau auf dem Farn und flog in glänzendem Sprühregen auf, wenn sie vorbeiritten, und obwohl die Sonne noch nicht da war, fing die ganze Luft plötzlich an zu schimmern. Eine Lerche stieg in den Morgen und ließ ihre trillernden Töne wie Tropfen auf die sich sammelnden Legionen niederrieseln, und auf den unansehnlichen Haufen, der seine Pferde eben hinter einer Schwadron gallischer Kavallerie einordnete.

Und dann mußten sie wieder warten – warten.

Plötzlich hob Flavius den Kopf. »Horcht! Habt ihr nichts gehört?«

Justin horchte mit rasend pochendem Herzen. Nur das Zaumzeug eines Ponys klirrte, als es sich bewegte. Fern in der Schlachtlinie wurde ein Befehl gerufen, und dann war es wieder still. Aber dann kam von weit unten aus dem Nebel, der immer noch in den Niederungen hing, ein dumpfes Geräusch wie ein ferner Donner, den man spürt, noch ehe man ihn wirklich hören kann. Schon hatte ein Tal wieder alles verschluckt. Wie ein Wind über ein Kornfeld streicht, so lief die Spannung durch die aufgestellten Kohorten, und noch während sie dem verhallenden Donnerklang nachhorchten, kam er wieder, deutlicher und näher: das Geräusch einer anrückenden Streitmacht mit vielen Pferden.

»Nicht mehr lange«, sagte Flavius.

Justin nickte und fuhr sich mit der Zunge über die trockenen Lippen.

Näher und näher rollte das Donnergrollen von Hufschlägen und marschierenden Füßen, und dann erschallte weit vorn, wo die Hilfstruppen die erste Verteidigungslinie bildeten, ein Trompetensignal, auf das ein anderes aus noch weiterer Ferne antwortete, so wie im Morgengrauen ein Hahn den anderen mit seinem Ruf herausfordert.

Die Anfangsphasen dieser Schlacht wirkten auf Justin, der wie Jupiter von oben auf das Ganze schaute, völlig unwirklich. Ihm war, als bewegten sich große Blöcke von Menschen nach einem vorgeschriebenen Plan, als werde hier ein großes und tödliches Brettspiel gespielt und nicht der Kampf um eine Provinz gefochten. Ein Spiel, das von der kleinen Spielzeugfigur auf dem Hügel drüben gelenkt wurde, dem Mann, von dem er wußte, daß es der Präfekt Asclepiodotus inmitten seines Stabes war. Er sah weit in der Ferne die wankende und schwankende Linie, wo die vordersten Reihen beider Armeen aufeinanderstießen. Er sah davor die dichten, graugepanzerten Blöcke der Kohorten, jede mit ihrer Standarte, den Adler der Ulpia Victrix an der Spitze. Er sah die Vortrupps, die ihre Aufgabe erfüllt hatten und nun langsam und stetig durch die Lücke zurückgingen, die zwischen den Kohorten für sie freigelassen war und sich sogleich wieder hinter ihnen schloß wie eine Tür. Und nun bliesen die Trompeten zum Angriff, und in einem stetigen, wohlgeplanten Vormarsch, der viel unheimlicher wirkte als ein wilder Ansturm, rollte das ganze Heer auf jenes andere Heer zu, das sich ihm als dunkle Masse über den alten Handelsweg und von weither über den Farn auf den Hügeln zu beiden Seiten entgegenwälzte.

Wieder ertönten Trompetensignale, stiegen in den Morgenhimmel, Kavallerietrompeten jetzt, und das lange Warten war vorüber. »Auf, ihr Krieger, jetzt sind wir dran!« rief Flavius. Und die Pferde, denen die Trompeten noch in den Ohren tönten, fielen sofort in einen leichten Galopp, und sie jagten vorwärts, um die Flanken der Kohorten zu decken, die nun an die Stelle des Tales kamen, wo es breiter wurde und keine Dornbüsche mehr auf beiden Seiten zur Deckung hatte. Die Sonne stand jetzt schon ziemlich hoch. Weit vor ihnen glänzte sie auf Speerspitzen und Schildrändern, auf Streitäxten und grauen Eisenhelmen und schlug Funken von Licht aus den Bronzebeschlägen der Pferdegeschirre. Justin sah die Banner der Sachsen mit dem schwarzen Keiler, sah die ausschwärmenden Schwadronen der Kavallerie. In der Mitte des feindlichen Heeres drängten sich die Standarten enger, und hier glänzte zwischen den festeren Reihen der Seesoldaten und Legionäre ein Schimmer von Gold und kaiserlichem Purpur auf, denn hier ritt Allectus selber inmitten seiner wilden barbarischen Horde. In dem alles verschlingenden Tumult erkannte Justin immer noch, daß sich zwei Heere aufeinander zuwälzten, und in seinen Ohren dröhnte etwas, das er noch nie im Leben gehört hatte: das prasselnde, zermalmende Höllengetöse einer Schlacht.

Und nun wurde diese Schlacht, die scheinbar so begonnen hatte wie ein Brettspiel, für Justin ein blitzendes und schreckliches Gewirr, innerhalb dessen er sich jetzt auf seine eigene Aufgabe konzentrieren mußte, während alles andere für ihn bedeutungslos wurde. Für ihn war die große Schlacht um die Provinz Britannien, die an diesem schönen Sommertag entschieden wurde, ein grimmiges, blauäugiges Gesicht und wirbelndes gelbes Haar, ein korallenbesetzter Schildbuckel und eine niederfahrende Lanzenspitze und die hochgeworfene wehende Mähne eines Pferdes. Für ihn war sie Hufedonnern und ein wildes Jagen von Pferden durch den Farn und der rote Fleck auf seinem eigenen Schwert, der immer größer wurde. Und für ihn war sie Flavius, immer eine Pferdelänge voraus, und der flügellose Adler im dichten Kampfgewühl und der Name des kleinen Kaisers, der als Schlachtruf über dem Getümmel gellte: »Carausius! Carausius!«

Und dann löste sich das Schlachtgetümmel irgendwie auf, zog sich über das Land auseinander und war nicht mehr nur eine einzige Schlacht, sondern eine Reihe von Einzelgefechten. Und plötzlich hatte Justin das Empfinden, daß ein hitziges und tobendes Fieber aus seinem Kopf gewichen war und er Luft zum Atmen hatte, und er sah, daß die Sonne sich in einem Himmel voll bauschiger Sommerwolken gegen Abend senkte. Und sie waren weit nach Norden an den äußeren Rand des Geschehens gekommen, während weiter südlich die Legionäre den geschlagenen Feind zusammentrieben wie Schäferhunde ihre Schafe.

Er schüttelte den Kopf wie ein auftauchender Schwimmer und

sah sich nach der Verlorenen Legion um. Sie war kleiner geworden als heute morgen, und manche von denen, die noch mitritten, waren verwundet. Der kleine Cullen, der den Adler immer noch hochhielt, von dem der Kranz aus gelbem Ginster längst abgerissen war, hatte eine klaffende Wunde über einem Auge, und Kyndylan lenkte sein Pferd mit einer Hand, und der andere Arm hing schlaff herunter.

Als sie sich umwandten und auf die Gegend zuritten, in der die Schlacht geschlagen worden war, kamen sie auf einen langen bewaldeten Höhenzug und sahen die Straße nach Londinium unter sich.

Und längs der Straße nach Londinium und über das ganze Land unter ihnen ergoß sich wie Hochwasser auf einem Fluß eine wilde Flut von Flüchtlingen, von Reservesoldaten und Pferdehaltern, wie es schien, von Söldnern, die vom Schlachtfeld flohen, ein aufgelöster Haufen von Barbaren zu Fuß und zu Pferd, die um ihr Leben rannten.

Justin wurde plötzlich übel. Es schien in der Welt nur wenige Dinge zu geben, die trostloser waren als ein geschlagenes und zuchtlos gewordenes Heer; und nur wenige Meilen weiter führte die Straße nach Londinium durch Calleva!

Flavius brach das Schweigen, das sie alle mit einem grauenvollen Zugriff gepackt hatte. »Calleva! Die ganze Stadt wird durch Feuer und Schwert umkommen, wenn diese Horde in sie einbricht!« Er überblickte rasch die Männer, die um ihn waren. »Wir müssen Calleva retten! Wir müssen mit ihnen reiten und hoffen, daß wir durchs Tor kommen. Auf Befehle können wir nicht warten. Anthonius, reite zu Asclepiodotus, sage ihm, was kommen wird, und beschwöre ihn im Namen aller Götter, ein paar Schwadronen Kavallerie auszuschicken!«

Anthonius warf eine Hand hoch und hatte sein Pferd schon herumgerissen, ehe Flavius ganz ausgesprochen hatte.

»Cullen, verbirg den Adler! Kommt nun, und vergeßt nicht, daß wir Flüchtlinge sind wie alle andern, bis wir in den Toren sind«, schrie Flavius. »Folgt mir – und bleibt zusammen!«

Justin war wie immer an seiner Seite, Cullen mit dem Adler unter seinem zerlumpten Mantel, aus dem der Speerschaft hinten herausstach, Evicatos und der ehemalige Gladiator, und alle anderen dicht hinter ihnen, wie ein Zug von Wildgänsen. So brachen sie als fliehende Reiter aus der Deckung der Wälder aus und lenkten ihr Pferde bergab, jagten durch Farn und Fingerhut wie verzweifelt Fliehende und stürmten in vollem Galopp mitten hinein in die fliehenden Barbaren.

Der Adler im Feuer

Die Flut der Flüchtenden nahm sie auf und spülte sie mit fort. Eine Flut, die verzweifelt war – und teuflisch. Justin fühlte, wie die Verzweiflung und Bosheit ihn von allen Seiten umgab, als er seine Hacken wieder und wieder gegen die Flanken seines Pferdes preßte und sich vorbeugte, um dem Tier bei dem verzweifelten Versuch zu helfen, sich einen Weg zu bahnen und die Tore vor dem Strom zu erreichen, der sich todverheißend auf Calleva zuwälzte. Die Tore – wenn sie nur rechtzeitig die Tore geschlossen hatten, dann war die Stadt vielleicht gerettet, denn dieses Wolfspack würde sich kaum Zeit lassen, die Tore einzubrechen, da Asclepiodotus und seine Legionen ihnen wer weiß wie dicht auf den Fersen waren. Wenn sie nur die Tore rechtzeitig geschlossen hatten!

Aber als sie die letzte Steigung vor Calleva erreicht hatten und die Stadt auf dem sanften Höhenzug vor ihnen lag, blieb Justin fast das Herz stehen, denn er sah, daß die Tore offenstanden und die Barbaren in die Stadt strömten. Die ganze Gegend war inzwischen voller Flüchtlinge, voll verzweifelter Schattengestalten zwischen den Bäumen, die fort und fort flohen. Und aus dem Hauptstrom der Flüchtenden löste sich ein dicker, dunkler Strom, der auf das offene Tor von Calleva zufloß. Es gab also genug Männer, denen die Aussicht auf Plündern verlockender war als ein Entkommen.

Kopf an Kopf, die Verlorene Legion unmittelbar hinter sich, stürmten Justin und Flavius unter gellendem Geschrei durch das Tor. Die Leichen von einem halben Dutzend Legionären und Städtern lagen im Eingang des Tores, das sie offenbar zu spät hatten schließen wollen. Allectus hatte den Rest der Wache abgezogen.

Die breite Hauptstraße, die vom Tor nach Norden führte, war schon voll von Plünderern, einzelne Häuser brannten, und herrenlose Pferde liefen, von dem Lärm und Brandgeruch erschreckt, verstört zwischen dem johlenden Mob herum. Aber ein ganzer Teil der Meute hatte an dem gewaltigen Postgasthaus haltgemacht, das unmittelbar hinter dem Tor lag und durch seine Größe und sein Aussehen reiche Beute versprach.

»Hier herunter!« rief Flavius. »Wir müssen sie überholen –«, und er lenkte sein Pferd nach rechts in eine enge Gasse neben dem Gasthaus. Justin und die anderen folgten ihm, ebenso ein kleiner Trupp Sachsen, aber mit denen wurden sie rasch und gründlich fertig und jagten weiter. Die engen Gassen waren verlassen. Die meisten Menschen hatten anscheinend in der Basilika Schutz gesucht. Im Garten des Tempels der Sul Minerva zügelte Flavius sein Pferd aus vollem Lauf und sprang ab, und die anderen folgten ihm. »Laßt die Pferde hier. Wenn das Feuer sich ausbreitet, sind sie hier vielleicht sicher«, keuchte er. »Kyndylan, komm du mit mir – und du – und du.« Rasch wählte er ungefähr ein Dutzend Leute aus, die Calleva gut kannten. »Justin, nimm du den Rest und halt diese Teufel so lange zurück wie möglich. Es sieht so aus, als ob schon fast die ganze Stadt auf dem Forum ist – aber wir müssen sicher gehen. Gebt uns so viel Zeit, wie ihr könnt . . .«

Sie strebten wieder der Mitte der Stadt zu, von wo der Brandgeruch und die Rufe und Schreie der Sachsen immer stärker herüberkamen. Justin erinnerte sich später daran, obwohl es ihm im Augenblick kaum zum Bewußtsein kam, wie Pandarus im Vorübergehen eine rote Rose von einem Busch neben den Tempelstufen pflückte und sie sich im Rennen in die Schulterspange seines Mantels steckte. Pandarus und seine Rose für die Arena!

Die Gasse führte sie in eine breitere, von der sie nach links abschwenkten und dann nochmal nach links, während der unheilvolle Lärm ihnen immer stärker in den Ohren klang. Dann waren sie wieder auf der Hauptstraße. Justin sah für einen flüchtigen Augenblick die glänzenden weißen Säulen des Forums am Ende der Straße, die dann gleich wieder hinter ihm lagen, als er seinen kleinen Trupp den Kämpfen zuführte, die weiter unten tobten.

»Freunde! Freunde!« schrie Justin, als sie sich in die dünnen Reihen der Verteidiger stürzten. »Carausius! Carausius!«

Nur wenige Städter hatten Schwerter. Die meisten waren nur mit dem bewaffnet, was eben greifbar gewesen war, mit Dolchen und Messern und den schweren Werkzeugen ihres Handwerks. Justin erblickte den purpurnen Streifen der Tunika eines Magistratsbeamten, den gelben Kilt eines Bauern und zwischen beiden einen rothaarigen Riesen, der eine Metzgeraxt schwang. Es war eine sehr tapfere Verteidigung, aber sie konnte nicht von langer Dauer sein. Die Verteidiger waren schon die halbe Straße zurückgetrieben worden. Als ihre Reihen plötzlich von Justin und seinen Kameraden mit ihren langen Kavallerieschwertern verstärkt wurden, wurde ihr Rückzug einen Augenblick aufgehalten. Aber es wären schon mehrere Kohorten nötig gewesen, um diese Meute zu bändigen, die nun, vom Wein aus den Kellern des Gasthofs »Zum Silbernen Kranz« berauscht, jede Gefahr vergessen hatte und von einer wilden Zerstörungswut besessen war. Die Straße war voller Rauch von brennenden Häusern, aus denen Sachsen mit gellendem Geschrei gestürzt kamen und sich wie wilde Tiere auf die Verteidiger warfen.

Und jeden Augenblick konnten noch mehr Sachsen aus den Nebenstraßen kommen und zwischen den Verteidigern und dem Forum sein, und niemand war da, sie daran zu hindern.

Wie lange sie die Flut der Barbaren aufhielten und trotz ihres verzweifelten Widerstandes langsam zurückwichen und sich von Haus zu Haus, von Straßenecke zu Straßenecke durchkämpften, wußte Justin nicht. Plötzlich waren sie auf dem offenen Platz, der das Forum umgab, und es war kein Gedanke mehr daran, daß sie die Barbaren aufhalten konnten, es ging nur noch darum, irgendwie zum Eingang des Forums zu kommen, bevor sie gänzlich abgeschnitten waren.

Und dann war plötzlich Flavius da und mit ihm ein paar andere, und Flavius brüllte ihm ins Ohr: »Zum Haupteingang – die andern sind verbarrikadiert.«

Der Eingangsbogen war über ihnen, stolz und prächtig mit seinem Marmor und seinen Bronzestatuen. Flavius rief den Städtern zu, die bei ihnen waren: »Zurück! Zurück zur Basilika! Wir halten das Tor für euch – haltet ihr die Tür für uns offen, wenn wir kommen!«

Und Schulter an Schulter stellte sich die Verlorene Legion in dem gewölbten Tor auf und hielt die brüllende Horde von Barbaren zurück, bis die Städter die Basilika erreicht hatten.

Justin hörte, wie die Tritte der Fliehenden sich immer weiter in der sonnenwarmen Leere des Forums verloren. Der kleine Cullen war neben ihm, den zerbeulten Adler hoch über das Gewühl erhoben, Pandarus war da mit der roten Rose in seiner Schulterspange und Flavius, der längst schon seinen Schild verloren hatte und tief zustieß mit seinem Schwert – eine felsenharte Gemeinschaft von Kämpfern gegen die Flut von rasenden blonden Teufeln, die gegen sie anbrandete.

Es war ein kurzer, aber verzweifelter Kampf. Mehrere von Justins Leuten waren zu Boden geschlagen, und andere waren gekommen und hatten sogleich die Lücken ausgefüllt, ehe der Ruf ertönte: »Alles in Ordnung hinten!«

Und Flavius schrie: »Durchbrechen! Zurück zur Basilika – los!«, und sie kehrten um und rannten um ihr Leben.

Justin rannte mit den anderen, rannte und stolperte mit rasend pochendem Herzen über die scheinbar endlosen, sonnenhellen Pflastersteine, rannte auf den Schutz der großen Osttür zu, die nicht näherkommen wollte. Sie hatten einen kleinen Vorsprung, denn die Sachsen hatten sich durch ihren ungestümen Angriff und ihre Disziplinlosigkeit im Torbogen völlig ineinander verkeilt. Sie schrien, tobten und trampelten sich in der Verwirrung gegenseitig nieder, und Justin und seine verzweifelt kämpfenden Freunde waren schon halb über das Forum, ehe Allectus' Wölfe hinter ihnen wie eine angestaute Flut losbrachen. Nun waren sie im Schatten der Basilika, aber die Barbaren waren ihnen dicht auf den Fersen. Die große Tür stand offen, und zu beiden Seiten deckten Männer die Flanken und zogen sie herein. Und auf den Eingangsstufen wirbelten die letzten der Verlorenen Legion herum und bildeten Schild an Schild eine Schutzwehr für die anderen.

Justin, Schulter an Schulter mit Flavius, hatte die bestürzende Vision von einer Welle von Barbaren, die auf sie zubrandete, von einem Gewirr beflügelter Köpfe, vom Abendlicht auf Speeren und Sachsenklingen und erhobenen Streitäxten. Die Vorläufer der Welle waren über ihm, und er schlug über dem Rand seines Schildes zu und sah einen Mann die Stufen hinunterstürzen. In dem Augenblick fühlte er mit den Hacken die oberste Stufe und wich weiter nach oben aus.

»Wir schaffen es!« rief Flavius.

Die Türen waren bis auf das letzte Viertel geschlossen und ließen nur noch den Durchgang für sie frei, als die beiden ihre Schwerter senkten und nach rückwärts sprangen. Und im nächsten Augenblick stemmten sich viele Schultern von innen mit aller Wucht gegen die Tür, und der geschnitzte Flügel flog krachend zu, und die schweren Riegel wurden vorgeschoben.

Draußen auf dem Forum erhob sich ein Geschrei der Wut und der Enttäuschung, und die lauten Schläge gegen das Tor hallten dumpf in den hohen, weiten Räumen über den Köpfen der Menge wider, die sich hierher geflüchtet hatte. Ein großer Mann mit einem alten Soldatenschwert in der Hand, der sich mit ihnen zusammen durch die Straßen gekämpft hatte, wandte Flavius, der sich einen Augenblick keuchend an die Tür lehnte, sein hageres Gesicht zu. »Im Namen aller Götter, wer bist du?« und fügte dann hinzu: »Roma Dea! Es ist der junge Aquila!«

Flavius stieß sich von der Tür ab. »Ja, Herr. Wir erzählen dir später, wer wir sind. Jetzt haben wir nicht viel Zeit zu verlieren. Bald wird Hilfe hier sein, aber bis dahin müssen wir die Basilika halten.«

Er hatte ganz selbstverständlich das Kommando übernommen; und sogar in diesem Augenblick der Bedrängnis durchzuckte Justin der Gedanke, der ihn fast belustigte, daß Flavius ganz bestimmt eines Tages, falls sie nicht alle in der nächsten Stunde sterben mußten, seine Legion bekommen würde.

Flavius kannte die Basilika und ihre schwachen Stellen so gut wie alle anderen, die mit ihm drinnen waren. Darum postierte er Männer vor den Haupteingang und die kleinen Seitentüren, um sie zu sichern, und schickte andere Männer in die städtischen Amtsräume und Schatzkammern, die an der langen Wand gegenüber dem Eingang lagen. Die Frauen und Kinder schickte er von den gefährdeten Stellen fort. »Zurück von hier, geht weiter nach hinten. Wir müssen mehr Platz zum Kämpfen haben.« Er stellte Wachen auf der Galerie über dem Seitenschiff der großen Halle auf, die die hohen Fenster bewachen mußten, denn die Sachsen würden vielleicht versuchen, über das Dach des Säulenganges hereinzukommen.

Niemals würde Justin dieses Bild vergessen! Es waren wohl ungefähr achtzehnhundert Menschen oder mehr in der Basilika zusammengedrängt, Freie und Sklaven. Frauen und Kinder, Alte und Kranke kauerten sich um die Säulen, kauerten auf dem Boden des Tribunals auf beiden Seiten, wo in Friedenszeiten der Magistrat saß und Recht sprach und sogar auf den Stufen des Beratungszimmers, während die Männer mit ihren hastig zusammengerafften Waffen vor den verriegelten Türen standen, hinter denen die sächsischen Söldner heulten wie die Wölfe. Er sah im Schatten zusammengekauerte Gestalten und verzerrte weiße Gesichter, sah hier eine Mutter, die ihr verängstigtes Kind tröstete, dort einen alten Kaufmann, der einen Beutel Juwelen umklammerte, den er beim Fliehen ergriffen hatte. Manche hatten ihre Lieblingstiere mitgebracht, manche rührende kleine Familienstücke. Ein kleines dunkeläugiges Mädchen hatte einen Käfig mit einem Singvogel, mit dem sie die ganze Zeit leise sprach. Der Vogel hüpfte sorglos auf und ab und flötete ab und zu ein paar Töne, die sich gegen das Gejohle und die immer wieder einsetzenden Schläge auf die geschnitzten Türbalken durchsetzten.

Aber Justin hatte wenig Muße, sich umzuschauen. Er war Flavius' Stellvertreter, aber er war außerdem Arzt; und jetzt brauchten die Verwundeten – von denen es viele gab – ihn dringlicher als Flavius. Und er legte Schwert und Schild ab, um zu tun, was er konnte. Das war nicht viel; sie hatten kein Wasser und kein Verbandzeug, und er brauchte Hilfe. Als er seine Augen rasch über die große Halle wandern ließ, sah er einen Mann im Dunkeln kauern, den er als den ersten Arzt der Stadt erkannte. Er rief ihm zu: »Balbus, komm und hilf mir, Mann!« Als die zusammengekauerte Gestalt sich nicht regte, dachte Justin, der Mann sei vielleicht taub, und stand von dem Verwundeten, neben dem er gerade kniete, auf und ging schnell zu ihm hinüber.

Aber als er sich vorbeugte und dem Mann eine Hand auf die Schulter legte, zuckte der zurück und blickte mit einem Gesicht auf, das von Schweiß überzogen war und die Farbe von Schmalz hatte, und begann sich hin- und herzuwiegen. Justin ließ seine Hand fallen und wandte sich mit einem Gefühl des Ekels und des Mitleids ab. Hier war keine Hilfe zu erwarten.

Aber im gleichen Augenblick liefen ihm zwei Frauen in den Weg, und er sah, daß die erste Tante Honoria war, die andere gleich hinter ihr die füllige Volumnia.

»Sag uns, was zu tun ist, dann tun wir es«, sagte Tante Honoria, und sie schien ihm sehr schön zu sein.

»Reißt eure Tuniken in Streifen«, sagte er. »Ich brauche Verbandzeug. Hier sind Männer, die am Leben bleiben können, wenn sie aufhören zu bluten, und die sterben müssen, w-wenn wir ihnen nicht helfen. Außerdem müssen wir die Verwundeten sammeln. Ich kann nicht sehen, was zu tun ist, wenn sie über die ganze Halle verstreut sind.«

Andere Helfer fanden sich ein, bevor er ganz ausgesprochen hatte, eine dicke Frau aus einer Weinschenke, ein Sklave aus den Färbereien, dem noch Spuren alter Farben in den Kleidern und auf der Haut saßen, ein Mädchen wie eine weiße Blume, die so aussah, als hätte sie noch nie Blut gesehen, und viele andere mehr.

Sie trugen die Verwundeten vor dem nördlichen Tribunal zusammen, und nun fehlte es ihnen wenigstens nicht mehr an Verbandzeug, vom gröbsten handgewebten Stoff bis zum feinsten blütenfarbigen Sommerleinen, denn die Frauen hatten ihre äußeren Tuniken abgestreift und sie für die Verwundeten in Streifen gerissen und machten sich nun daran, ihm in ihren langen Hemden zu helfen. Er sah, daß die meisten von ihnen mit einer Schwertwunde oder einem verletzten Kopf umzugehen wußten, und so konnte er sich um die schwerer Verwundeten kümmern. Den Göttern Dank, daß er seine Instrumententasche hatte!

Mit der Hilfe des blonden Mädchens hatte er gerade eine Speerspitze aus der Schulter eines der Brüder von der Otterfurt geholt, als das Hämmern gegen die Haupttür, das ein bißchen nachgelassen hatte, nachdem die Barbaren die Wechselstuben und die Weinschenken im Forum entdeckt hatten, mit zehnfacher Gewalt wieder einsetzte. Draußen erhob sich ein neues Gejohle, grausam in seiner Wildheit und seinem ungezügelten Siegestaumel, und plötzlich zuckten in dem rauchtrüben Himmel über den Fenstern des Mittelschiffs Flammen auf. Die große Tür bebte und zitterte unter dem neuen Angriff – nicht mehr unter dem planlosen Donner von Streitäxten und leichten Stangen aus den umliegenden Läden, sondern unter einem weit bedrohlicheren Ansturm. Die sächsischen Teufel mußten in das nahe Holzlager geraten sein und sich dort etwas geholt haben, das sie als Ramme benutzten.

Im Augenblick konnte er für die Verwundeten nichts tun, was nicht genausogut Tante Honoria und die anderen Frauen tun konnten. Justin sagte zu dem blassen Mädchen: »Bleib auf alle Fälle hier bei ihm, und wenn er wieder anfängt zu bluten, drücke hier zu, wo ich es dir gezeigt habe«, und er ergriff Schwert und Schild und lief auf seinen Platz bei den Männern am Haupteingang. Flavius rief ihm durch den krachenden Donner der Ramme zu, er solle auf die Galerie gehen und sehen, was los sei. Er sprang immer zwei Stufen zugleich die Treppe hinter dem Tribunal hoch und merkte kaum, wie steil sie war, ehe er gleich darauf hoch über dem Schiff der Basilika auftauchte. Das Licht begann schwefelgelb hinter den Rauchwolken zu schwinden, und als er durch das wunderbare Gitterwerk des nächsten unverglasten Fensters hinausschaute, sah das ganze Forum wie eine feurige Hölle aus. Die Sachsen, die sämtliche Weinkeller von Calleva geplündert hatten, waren nun vollkommen betrunken und lechzten nicht nur nach Beute, sondern nach Blut, wie es in ihrer wilden, raubtierhaften Natur lag. Sie hatten Holzstücke aus den brennenden Häusern gezogen und rannten damit hin und her, um das Feuer auszubreiten, und ihre brennenden Scheite flogen wie Pferdeschwänze aus rauchigen Flammen hinter ihnen her. Sie warfen brennende Stücke gegen die Basilika und kümmerten sich nicht darum, ob sie einen aus ihren eigenen Reihen damit versengten. Das Forum war voll von geplündertem Gut und von Wein, der aus zerbrochenen Krügen und geplatzten Schläuchen rann, und die Läden sanken in rote Trümmer. Und unten, halb durch das Dach der Eingangshalle verdeckt, schob sich eine Gruppe von Männern wieder und wieder auf den Haupteingang zu. Sie hatten einen dicken Holzstamm gefunden, der beinah so groß war wie ein Baum, und benutzten ihn zum Rammen.

Wieder stürzten die Barbaren vor, wieder krachte der Balken gegen die Tür. Lange konnte die Tür einem solchen Angriff nicht standhalten, aber nun mußte auch ganz bestimmt bald Hilfe kommen – Hilfe, die die Straße heraufgetrommelt kam und vielleicht schon an den Stadttoren war . . .

»Es kann nicht mehr lange dauern«, sagte Justin ebenso zu sich selbst wie zu Pandarus, der am Ende der Galerie Wache hielt.

»Nein, so oder so kann es nicht mehr lange dauern«, sagte Pandarus, und als Justin sich rasch zu ihm umschaute, sah er, daß der alte Gladiator glücklich war – so glücklich, wie er nicht mehr gewesen war, seit er sein hölzernes Rapier gewonnen hatte.

Justin selber war kein bißchen glücklich. Dieses hier war ganz etwas anderes als ihr Kampfzug durch das offene Dünenland. Irgendwie ließen der glänzende Marmor und die wunderbar gearbeiteten Bronzen, die ihn umgaben, und die ganze Atmosphäre des Ortes, in dem sonst Würde und Ordnung und gutes Benehmen herrschten, alles, was jetzt geschah, als etwas Schreckliches und Groteskes erscheinen, und das alte Grausen, das ihn immer überkam, wenn er an einem Ort war, von dem er nicht nach seinem eigenen Willen entkommen konnte, packte ihn wieder mit Macht. Er warf Pandarus ein rasches Scherzwort zu – er wußte nicht einmal was –, drehte sich um und stürzte wieder die Treppe hinunter.

Es war weder nötig noch möglich, Flavius zu sagen, was er gesehen hatte. Die Haupttür gab nach, als er in die Halle kam; und während das Holz splitternd zerbarst und die Klingen sausend aufeinanderfuhren und ein wildes Geschrei ausbrach, als

Angreifer und Verteidiger in der aufgebrochenen, rauchenden Bresche aufeinanderprallten, hörte er Rufe, daß die Sachsen von hinten in den großen Ratssaal einbrächen.

Und nur von dem einen Gedanken besessen, daß Flavius das Kommando an dem einen Gefahrenpunkt hatte und daß darum sein Platz an dem anderen war, strebte er mit aller Macht auf die neue Gefahr zu, und eine Handvoll Leute von der Verlorenen Legion war ihm auf den Fersen.

Die Außentür des Ratssaales war in Flammen aufgegangen, und rote Rauchschwaden zogen über die Köpfe der Kämpfenden. Und noch während er den Städtern zu Hilfe eilte, wurde ihm klar, daß die Basilika nun in Brand war. Dann kam ein Riese mit hellem Haar, das wie das Licht der Fackeln leuchtete, auf ihn zu, die Axt mit dem langen Griff zu einem mächtigen Schlag erhoben. Irgendwie wich er dem Schlag aus und duckte sich tief; der junge Myron folgte ihm, und Evicatos war an seiner Seite, und sein großer Speer tauchte tief ein.

Es war ein verzweifelter und blutiger Kampf, der hier zwischen den Trümmern der starken Ratssaalmöbel ausgefochten wurde. Und während des Kampfes wurden die Rauchschwaden über ihren Köpfen immer dicker, und der rote Schein auf den beflügelten Helmen und den zum Schlage erhobenen Schwertern nahm zu. Viele von den Verteidigern erlagen dem ersten Ansturm, während für jeden gefallenen Sachsen zwei neue durch die offene Tür oder von oben durch die ausgeschlagenen Fenster zu kommen schienen. Und Justin, der verzweifelt um jeden Fußbreit Boden kämpfte, begann einzusehen, daß sie die Barbaren nicht mehr lange von der Haupthalle, in der die Frauen und Kinder und die Verwundeten lagen, würden zurückhalten können. Da hörte er plötzlich mitten in dem Tumult die feinen, süßen und spöttischen Töne von Glocken, und Cullen, der Narr, tauchte unter seinem Ellenbogen durch in das Gedränge der trampelnden Füße. Und auf einmal war in den geballten Rauchschwaden über ihnen der flügellose Adler, und im Licht des brennenden Calleva leuchtete er wie rotes Gold.

Die Götter allein wußten, warum Cullen ihnen den Adler brachte, aber sie fühlten sich angefeuert und neu belebt wie von Wein, und das ging nicht nur der Verlorenen Legion so, sondern auch den Städtern, die vorher nicht diesem zerbeulten Feldzeichen gefolgt waren; und sie festigten ihre Reihen wieder, als ob eine Kohorte aus den Legionen ihnen zu Hilfe gekommen wäre.

Aber dann bemerkte Justin, daß Cullen Brust an Brust mit einem gelbhaarigen Barbaren um den Adler kämpfte! Und als er zur Seite sprang, um dem kleinen Mann beizustehen, war Cullen völlig im Gedränge verschwunden, der Sachse stieß ein lautes Wutgeheul aus, und der Schaft aus weißem Eschenholz schwankte in der Luft, der Querbalken war noch heil, aber von dem Adler – keine Spur.

Justin sagte sich in aller Nüchternheit, daß die altersschwachen Klauen wahrscheinlich unter dem Druck nachgegeben hätten. Und im gleichen Augenblick, als seine eigenen Leute zornig aufbrüllten, ertönten über dem Aufruhr Glöckchen, und eine kleine Gestalt löste sich aus dem Gewühl, sprang auf einen umgestürzten Tisch, dann weiter hoch – und Cullen war auf dem großen Querbalken über ihnen und hatte den Adler in der Hand! Er kroch auf den Knien den Balken entlang, klammerte sich fest und hielt den Adler hoch. Das rote Licht der Flammen umgab ihn, und der Adler brannte in seiner Hand wie ein Vogel aus Feuer. Das zornige Gebrüll von Justins Leuten wandelte sich in ungestüme Triumphrufe, und die Verteidiger schlossen noch einmal ihre gelichteten Reihen und drangen wieder vor.

Im nächsten Augenblick wurde ein Speer geschleudert und traf den kleinen Narren in die Schulter. Er schwankte und schien sich zusammenzurollen wie ein kleiner bunter Vogel, der von einem Stein getroffen wird und zu einem bunten Federball zusammenschrumpft; aber wie durch ein Wunder konnte er sich gerade so lange auf seinem Balken halten, daß er den Adler fest auf die obere Kante setzen konnte. Dann fiel er mitten hinein in das Kampfgewühl.

Justin stürzte sich mit einer ihm bisher ungeahnten Kampfeslust zu einem neuen, verzweifelten Versuch vor und riß die anderen mit. »Cullen! Rettet Cullen!« Aber es war Evicatos, der zuerst bei Cullen war. Die Schwanenfedern seines großen Kriegsspeers wurden nun blutrot, als er sich mitten unter die Feinde drängte und über dem kleinen zusammengekrümmten Körper stehenblieb, während die anderen sich hinter ihm durchkämpften.

Und in diesem Augenblick hörten sie durch den Lärm des Kampfes aus der Ferne ganz deutlich und verheißungsvoll die Rufe römischer Trompeten! Die Barbaren hörten sie auch und wichen zurück, und mit einem Seufzer der Erleichterung stürmte Justin weiter vor, an Evicatos vorbei, immer weiter.

Als alles vorbei war, stand Evicatos immer noch breitbeinig über dem Körper des kleinen Narren und unter dem Adler auf dem Balken: eine große und furchterregende Gestalt, rot von Wunden vom Kopf bis zu den Hacken, wie ein Held aus einer der wilden Sagen seines eigenen Volkes.

Er richtete sich auf und schleuderte seinen geliebten Speer mit letzter Kraft dem fliehenden Feind nach. Aber er konnte nicht mehr sicher zielen, und der große Speer traf nicht mehr ins Ziel, sondern fuhr krachend gegen die Steinsäule hinter der schwelenden Tür und zerbarst in Stücke aus Eisen und Holz und blutgetränkten Federn, die auf das Pflaster fielen.

»Es ist gut«, sagte Evicatos. Er warf den Kopf hoch und verkündete triumphierend: »Wir gehen zusammen zu unserm Volk zurück, er und ich!«

Und dann sank er vornüber auf die Erschlagenen nieder.

Der kleine Cullen hatte nur die Speerwunde in der Schulter und einen Schnitt über dem Auge, und er kam schon wieder zu sich, als sie ihn unter Evicatos' Körper herauszogen.

Justin hob ihn auf – er war so klein, daß er ihn ganz leicht tragen konnte – und ging auf die Tür nach drinnen zu. Er hörte noch, wie jemand nach dem Adler fragte, aber er schüttelte den Kopf. »Laßt ihn, wo er ist. Er hat seine Schuldigkeit getan und muß wieder vergessen werden.« Dann trug er Cullen in die Halle.

Das Schiff der Basilika war voller Rauch, und die Deckenbalken brannten hell. Auch hier war der Kampf vorüber, und Flavius, dem das Blut aus einer Wunde in der Wange troff, versuchte, seine Leute zurückzurufen, wie ein Jäger seine Jagdhunde ruft. »Überlaßt sie der Kavallerie! Laßt ab, Jungens, wir haben unsere Arbeit getan!«

Justin trug den kleinen Narren zum nördlichen Tribunal hinüber und legte ihn neben die anderen Verwundeten. Da trat Tante Honoria neben ihn, und hinter ihr kniete noch immer das Mädchen, das wie eine weiße Blume war, neben dem Bauern von der Otterfurt und hatte seinen Kopf in ihrem Schoß.

Die Frauen und Kinder wurden auf das zerstörte Forum hinausgebracht, und die Basilika leerte sich schnell. Aber das Knistern des Feuers wurde immer stärker. Der große Mann, der Flavius erkannt hatte, ließ eine Eimerkette vom Brunnen draußen nach drinnen bilden, damit sie die Flammen von den Aktenräumen und der Schatzkammer abhalten konnten, während die

Götter der Stadt nach draußen getragen wurden. Viel mehr konnte man nicht tun, denn das Feuer war schon zu mächtig. Justin, der den Verband von Cullens Schulter löste, sagte zu dem Arzt, der sich nun, nachdem der Kampf vorüber war, aufgerafft hatte und Justin zu Hilfe gekommen war: »Es wird ein bißchen warm hier. Zeit, daß wir die Verwundeten rauskriegen.«

Viele helfende Hände griffen zu, und die Arbeit war bald getan. Justin, der gewartet hatte, bis der letzte Mann draußen war, wollte gerade gehen, als etwas von der Galerie, von der die Wachen inzwischen abgezogen waren, über ihm herunterfiel. Es landete neben ihm, und als er niederblickte, sah er, daß es die rote Rose war, die Pandarus vor ungefähr einer Stunde im Garten des Tempels gepflückt hatte. Unwillkürlich bückte er sich und hob sie auf – und das Rot blieb an seinen Fingern haften.

Im nächsten Augenblick stürzte er die Treppe hinauf und rief den Gladiator beim Namen.

Er meinte ein Stöhnen zu hören, und dann war er schon auf der engen Galerie. Die Fenster im Westen hinter dem Schiff waren von einem Glanz erfüllt, der aus Feuer und dem Licht der untergehenden Sonne gemischt war und den Rauch in wogenden roten Nebel verwandelte. Das Gitterwerk des Fensters war zerbrochen, und darunter lag ein toter Sachse, das kurze Schwert noch in der Hand, das Haar über den blutbefleckten Boden gebreitet. Und neben ihm stützte sich Pandarus, der als letzter zurückgeblieben sein mußte, auf einen Arm, und sein Leben verströmte aus einem roten Loch unter seinen Rippen.

Er hob den Kopf, lächelte mühsam, als Justin bei ihm ankam, und hauchte: »Habet! Nun heißt es doch für mich: Daumen nach unten.«

Justin sah mit einem Blick, daß die Wunde tödlich war und der alte Gladiator nicht mehr lange zu leben hatte. Er konnte nichts mehr für Pandarus tun, nichts, als diese letzten Augenblicke bei ihm zu bleiben. So hockte er sich neben ihm nieder und stützte ihn mit einem Knie. »Nicht Daumen nach unten! Das gilt nur für den Besiegten«, sagte er mit Nachdruck und fügte dann hinzu, als sein Blick auf den toten Sachsen fiel: »Das war ein guter Schlag.«

Die Flammen schlugen immer dichter um sie zusammen, und die Hitze nahm jeden Augenblick zu. Rauchschwaden wogten gegen Justins Gesicht und drohten ihn zu ersticken; und als er über die Schulter blickte, sah er, daß der Fußboden der Galerie Feuer gefangen hatte und die Flammen ihm entgegenzüngelten. Unter den Fenstern knisterte das Feuer im Dach des Säulenganges, dort gab es kein Entkommen, wenn die Treppen Feuer fingen . . . Sein Herz pochte rasend, und er schwitzte nicht nur von der Hitze. Hier war der Ort, von dem es kein Entrinnen gab. Nicht, solange Pandarus lebte.

Er beugte sich dicht über den sterbenden Gladiator und versuchte, ihn mit seinem Körper vor der Hitze und der glühenden Asche zu schützen, die nun vom Dach auf sie niederrieselte, und den Rauch mit einer Ecke seines Mantels abzuwehren. Über dem höllischen Getöse der Flammen meinte er etwas anderes zu hören: das Klappern von Pferdehufen.

Pandarus wandte seinen Kopf ein wenig. »Es wird dunkel. Was ist das für ein großer Lärm?«

»Das sind die Menschen, die dir zujubeln!« sagte Justin. »All die Menschen, die gekommen sind, um deinen größten Sieg zu sehen!«

Ein Schatten von Lachen huschte über Pandarus' Gesicht, der Schatten eines alten Stolzes. Er erhob seine Hand zu der Geste, mit der ein Gladiator die Beifallsrufe der Menge entgegennimmt, und als er die Geste halb getan hatte, sank er gegen Justins Knie zurück und hatte seinen größten und letzten Kampf ausgefochten.

Justin legte ihn nieder, und als er merkte, daß er die rote Rose noch immer in der Hand hielt, legte er sie dem toten Gladiator auf die Brust, denn er hatte das Gefühl, daß Pandarus es verdient habe, seine Rose für die Arena mitzunehmen.

Als Justin auf die Beine kam, schwenkten die ersten Reiter von Asclepiodotus' Kavallerie in das zerstörte Forum ein.

Ihm war, als ob ihn jemand riefe. Er rief zurück, schwankte auf die Treppe zu und merkte, wie alles um ihn verschwamm. Die engen Treppen standen in Flammen, als er hinunterstolperte und sein Gesicht mit einem Arm schützte. Kleine, losgelöste Flammenspitzen saßen auf dem Rauch, der durch den Zug nach oben gesogen wurde. Die Hitze strömte die Treppe hoch und hüllte ihn ein, sie drang ihm in die Lungen, als er weitertaumelte und unten an der Treppe Flavius in die Arme lief, der mit einem nassen Lappen vor dem Mund auf der Suche nach ihm war.

Er hörte einen Seufzer der Erleichterung und wußte nicht, ob er von Flavius oder von ihm kam. »Wer ist noch da oben?« fragte Flavius mit rauher Kehle.

»Nur Pandarus, und er ist tot.« Justin tat einen tiefen, bebenden Atemzug, und irgendwie gelangten sie nach unten, wo sie gebückt weitergingen, um die frischere Luft am Boden einzuatmen. »Ist der Adler – noch auf dem Balken – im Ratssaal?«

»Er ist noch da«, sagte Flavius halb erstickt.

Die ganze Basilika war vom Rauch verdunkelt, das hintere Ende war von einer tosenden Flammenwand verhüllt, und ein schwelender Balken kam krachend kaum eine Speerlänge vor ihnen herunter und sprühte rotglühende Teile nach allen Seiten. »Wir müssen hier raus! Nichts mehr zu retten«, krächzte Flavius ihm ins Ohr.

Die Seitentür dicht bei der Treppe war durch die rauchenden Trümmer von dem Laden des Girlandenmachers versperrt, und so stolperten sie rasch auf den Haupteingang zu. Bis dahin schien es ein weiter Weg zu sein, ein weiter Weg durch einen Tunnel aus Feuer . . .

Und dann waren plötzlich Anthonius und Kyndylan und die anderen da – und sie waren draußen und hatten Luft zum Atmen, richtige Luft, nicht mehr schwarzen Rauch und rote Flammen. Justin sog seine arme Lunge voll, taumelte vorwärts und ließ sich auf einem zerplatzten Ballen nieder, der ihm in den Weg kam. Wie durch einen Schleier sah er Pferde und Männer und eine ganze Menge Menschen, sah die rauchgeschwärzten Trümmer des Forums und vernahm undeutlich Gefechtslärm aus der brennenden Stadt und das Klappern von den Hufen der Pferde, die den sächsischen Wölfen nachsetzten, bis sich die Hufschläge in der Ferne verloren. Er hörte jemanden rufen, daß Allectus, der Verräter, gefangen sei, aber das war ihm gleichgültig. Er bemerkte überrascht, daß die Sonne immer noch im Untergehen war – und daß irgendwo der kleine Vogel in seinem Käfig sehr süß und hell sang, als singe er ihnen sein Lied vor. Aber das ganze Bild drehte sich verschwommen um ihn herum wie ein großes Rad.

Myrons Gesicht, spitz wie das einer Ratte, tauchte undeutlich über ihm auf, und Flavius faßte ihn mit einem Arm um die Schulter und hielt ihm eine zerbrochene Schale an den Mund. In der Schale war Wasser, das er bis auf den letzten Tropfen hinunterstürzte. Gleich darauf mußte er alles, was er im Magen hatte, wieder ausspucken. Es war zwar kaum etwas anderes als Wasser, denn er hatte seit dem Morgen nichts mehr gegessen, aber nun begann die Welt sich wieder zu festigen.

Er riß sich zusammen und stand auf. »Meine Verwundeten – ich muß mich um meine V-verwundeten kümmern«, murmelte er.

Siegeskränze

Etwas über einen Monat später, an einem heißen Julitag, wartete ganz Londinium auf die Ankunft von Caesar Constantius. Die Stadt hatte sich für einen gewaltigen Triumphzug geschmückt, und alle Menschen trugen ihre besten und fröhlichsten Kleider. Die ganze breite gepflasterte Straße vom Fluß bis zum Forum und von dort quer durch die Stadt war von Legionssoldaten abgesperrt. Es waren Männer aus der Zweiten Augusteischen Legion und aus den übrigen britannischen Legionen, die alle gekommen waren, um Rom ihren Gehorsam wieder zu bekunden. Ein dünner Streifen aus Bronze und Rotbraun zog sich an beiden Seiten die Straße entlang, um die festlich gestimmten Menschen zurückzuhalten. Nur an einer Stelle war diese Farbkette unterbrochen, wo etwa auf halbem Wege zwischen dem Flußtor und dem Forum auf einem besonderen Ehrenplatz Flavius und Justin und Anthonius mit der tapferen, unansehnlichen Handvoll Männer Dienst tat, die von der Verlorenen Legion übrig waren.

Die drei trugen noch immer die groben einheimischen Kleider, die sie so lange getragen hatten. Flavius' Augenbrauen, die abgesengt worden waren, fingen gerade wieder an nachzuwachsen, und Justin hatte vorn fast sein ganzes Haar eingebüßt, und auf seinem Unterarm zeigte sich noch das kaum verheilte glänzende Rosa neuer Haut. Der kleine verwegene Haufen um sie war noch vom Brand von Calleva gezeichnet und sah ebenso zerlumpt und wenig vertrauenerweckend aus wie sie selber. Aber auf ihre Weise waren sie heute die stolzeste Einheit in ganz Londinium.

Justin konnte, auf seinen Speer gestützt, die lange Holzbrücke hinter dem Flußtor sehen, über die die Straße von Rutupiae und der sächsischen Küste hereinführte, und er sah den Fluß, der im Sonnenlicht schimmerte und schillerte, und den Bug einer römischen Galeere, der mit grünen Girlanden umwunden war. Aber heute war ganz Londinium bekränzt. Wie leicht hätte Londinium aussehen können wie Calleva – Calleva, wie Justin es zuletzt gesehen hatte, rauchgeschwärzt und trostlos im Sommerregen.

Asclepiodotus hatte eine Kompanie Pioniere zum Aufräumen der Stadt dagelassen und den Rest seiner Truppen im Eilmarsch nach Londinium gebracht. Aber sächsische Soldaten, die aus der Schlacht geflüchtet waren, hatten einen guten Vorsprung vor ihnen, und Banden von Söldnern kamen aus den Wäldern und den Festungen an der Küste herbeigeschwärmt, und die Legionen hätten die reichste und größte Stadt der Provinz trotz aller Gewaltmärsche beinahe nicht mehr vor Feuer und Schwert retten können. Doch Constantius' Transportgaleeren, die vom Sturm um Tanatis herumgetrieben und in die Mündung der Thamesis geraten waren, hatten Londinium auf dem Flußweg genau in dem Augenblick erreicht, als die erste Woge der Barbaren gegen die Wälle der Stadt brandete. Und das war das Ende von Allectus' Wölfen.

Ja, Rom hatte Carausius gründlich gerächt. Justin dachte an die Hinrichtungen, die auf dem zerstörten Forum von Calleva stattgefunden hatten. Allectus' Hinrichtung an der Spitze, und auch Serapion war dabeigewesen. Justin war von Natur nicht rachsüchtig, aber um Serapion tat es ihm nicht leid. Doch als er daran zurückdachte, schienen diese Hinrichtungen nichts Wirkliches zu haben – nichts von der Wirklichkeit des Geschehens vorher. Er erinnerte sich daran, wie die Hitze, als er von seiner Arbeit aufgeblickt hatte, wie aus einem Ofen in sein Gesicht geschlagen war, erinnerte sich, wie das Dach der Basilika zusammengesunken war wie ein loderndes Bild. Dann die plötzliche Stille – während der die ganze Welt zu warten und den Atem anzuhalten schien, bis mit einem mächtigen, tosenden Krachen das Dach eingefallen und die Basilika wie eine schwarze Schale voll Feuer gewesen war – so wie ein Becher voll ist mit Wein. Und Justin erinnerte sich, wie Flavius plötzlich versengt und schwarz von Kopf bis Fuß neben ihm gestanden und ihm durch den Tumult zugerufen hatte: »Sieh mal! Ein guter Scheiterhaufen für einen verlorenen Adler!« Das war es, was wirklich gewesen war. Er erinnerte sich an das große Haus in der Nähe, das vor dem schlimmsten Feuer verschont geblieben war und in das sie die Verwundeten getragen hatten. Er erinnerte sich an Tante Honoria, der die Schminke auf ihrem grauen Gesicht zusammengelaufen war und die mit ihrer juwelenscharfen Stimme, als er ihr erzählt hatte, daß ihr Haus weg war, gesagt hatte: »Nun gut, ich habe schon immer Lust gehabt, in Aquae Sulis zu wohnen, nun werde ich mir diese Freude gönnen.« Er erinnerte sich an Männer, die in jener Nacht unter seinen Händen gestorben waren, und an Männer, die überlebt hatten. Er erinnerte sich daran, wie sie Allectus durch die Stadt in das Durchgangslager gebracht hatten, wo er sicher bewacht werden konnte; und es war gewesen, als ob die verlöschenden Feuerbrände von Calleva wieder aufflammten, als er vorüberging, als ob sie den Mann erkannt hätten, der sie entfacht hatte, und ihn nun wie zum Hohn grüßten. Der kaiserliche Purpur war zerrissen gewesen, und das alte bezaubernde Lächeln in dem weißen, starr blickenden Gesicht war zu einem festen, harten Ausdruck von Zorn, verletztem Stolz und Verzweiflung geworden.

Justin dachte an die umgestürzten und zerbrochenen Rosenschalen im Säulengang des großen Hauses und an eine rote Rosenknospe auf dem Pflaster, die er flüchtig im schwankenden Licht einer Laterne gesehen und die ihm mit einem Schlage schmerzlich ins Bewußtsein gerufen hatte, daß Pandarus tot war, Pandarus und Evicatos, und der kleine dicke Paulinus vor einem Jahr, und so viele andere; aber um dieser drei willen wurde er plötzlich blind vor Tränen.

Eine Wespe summte an seinem Ohr vorbei. Als er mit dem Kopf zurückzuckte, wurde er wieder in die Gegenwart versetzt. Da war die bekränzte Straße, die auf Caesar Constantius wartete. Er mußte noch einmal nach Gesoriacum zurück, weil seine Transportgaleeren ihn verfehlt hatten, und kam nun selber, um in die abgefallene Provinz einzuziehen, die nun wieder zum Römischen Imperium gehörte.

Justin verlagerte sein Gewicht von einem Fuß auf den anderen und fühlte dabei die dünne Papyrusrolle, die er in die Innentasche seiner zerrissenen Tunika gesteckt hatte. Sein erster Brief von zu Hause seit fast zwei Jahren. Der erste Brief von seinem Vater, der ihm das Gefühl gab, keine Enttäuschung zu sein. »Es war mir eine große Erleichterung, von Dir zu hören«, schrieb sein Vater. »In Deinem letzten Brief versichertest Du mir, daß Du nichts getan hättest, dessen man sich schämen müßte, und das ist mir zu meiner Freude durch einen Bericht bestätigt worden, den ich von einem meiner alten Freunde, Deinem ehemaligen Vorgesetzten Fulvius Licinius, bekam. Trotzdem kannst Du mir glauben, daß ich nie im Leben in Gefahr war, mich Deiner zu schämen. Es gab eine Zeit, da war ich enttäuscht, weil Du die Familientradition nicht fortsetzen konntest, aber ich bin immer überzeugt gewesen, daß ich mich nie und unter keinen Umständen Deiner hätte schämen müssen ...« Und unten schrieb er: »Wenn wir uns jetzt wiedersehen, werden wir uns, glaube ich, viel besser verstehen als früher.«

Und als Justin sich die steifen und förmlichen Sätze durch den

Kopf gehen ließ, wurde ihm klar, daß er keine Enttäuschung mehr für seinen Vater war, und ihn erfüllte eine warme Freude, der ein kleines Lächeln über sie beide beigemischt war, ein Lächeln hauptsächlich über sich selbst, zu dem er vor zwei Jahren nicht fähig gewesen wäre.

Nun entstand weit in der Ferne hinter dem Fluß eine Unruhe, man hörte ein Geräusch, rhythmisch wie Pulsschlag, der von Augenblick zu Augenblick lauter und stärker wurde, das widerhallende Tramp-tramp einer marschierenden Legion. Eine Welle der Erwartung lief durch die Menge auf den Straßen, wo Landleute in karierten Hosen und Städter in römischer Kleidung sich fröhlich gestimmt um die besten Plätze drängelten. Nun bewegte sich etwas auf der Brücke – weiß und hell und vielfarbig –, und die Soldaten, die die Straße absperrten, verhakten ihre Arme fester zu einer starken Sperre. Die Spitze des nahenden Zuges war an der gigantischen Hadriansstatue auf dieser Seite der Brücke vorbeimarschiert und zog nun unter dem Bogen des bekränzten Flußtores durch. Die Menge brach in ein lautes Beifallsgeschrei aus, als die ersten Reihen, an der Spitze die leitenden Magistratsbeamten, die den einziehenden Truppen eine Meile vor die Stadt entgegengeritten waren, in die breite gepflasterte Straße einschwenkten.

Da kamen sie, die Magistratsbeamten, in der Reihenfolge ihrer Würdigkeit, in ihren rot umsäumten Togen, und das Tramp-tramp-tramp von den Füßen der Soldaten schwoll zu einem rhythmischen Lärm an, den selbst das Gebrüll der Menge nicht ersticken konnte. Die Menschen warfen grüne Zweige auf die Straße und drängten nach vorn. Justin stemmte sich gegen den Druck von hinten, der ihn fast mitten auf die Straße schob. Er hatte die Arme auf der einen Seite mit Flavius, auf der anderen mit Anthonius verschränkt. Ein aufgeregter Städter boxte ihn kräftig zwischen die Schultern, während ein anderer ihm Segenssprüche über den Retter Britanniens ins linke Ohr brüllte. Der Magistrat war nun vorüber, dahinter kamen in einer Reihe vier Trompeter, und die Sonne glitzerte auf den mächtigen, wie Widderhörner gedrehten römischen Trompeten. Und dann kam auf einem großen schwarzen Hengst, umgeben von seinem Stab und seinen höchsten Offizieren, Caesar Constantius selbst.

Justin blickte an der schwarzen, geschwungenen Mähne entlang und war fast erschrocken, als er das Gesicht unter dem adlergeschmückten kaiserlichen Helm sah, das beinah so bleich war wie das von Allectus, und dann fiel ihm ein, daß die Soldaten diesem Mann wegen seiner Gesichtsfarbe den Beinamen Chlorus, der Grüne, gegeben hatten. Dann war auch Caesar Constantius vorbei, und sie hörten, wie die Welle von freudigen Hochrufen vor ihm her auf das Forum zulief. Justin sah auch Asclepiodotus, der wie immer ein bißchen verschlafen wirkte, und er sah den schmalen braunen Licinius. Und hinter ihnen zog der große, silberbeflügelte Adler der Siebenten Claudianischen Legion vorbei, fest wie ein Felsen unter dem Gewicht seiner vergoldeten Ehrenzeichen, in Stolz und ohne Wanken von dem Adlerträger im Löwenfell hoch zwischen seiner Eskorte zu Fuß aufgerichtet. Und die ausgebreiteten Flügel vor dem Sommerhimmel riefen in Justin eine lebhafte Erinnerung wach an den verstümmelten Rest eines einst stolzen Feldzeichens, unter dem Evicatos gestorben war, an den zerbeulten Adler, der nun für immer verloren unter den schwarzen Trümmern von Callevas Basilika lag. Aber dann verschlang der donnernde Marschschritt der vorbeiziehenden Legionen diese Erinnerung.

Der Sommertag verging mit langen Feierlichkeiten. Londinium wollte seine Dankbarkeit und Freude durch ein großes Bankett beweisen, aber Caesar Constantius hatte schon im voraus gesagt, daß ihm diesmal nicht der Sinn nach einem Bankett stünde. »Wir haben im Norden mehr als genug zu tun, und mit vollen Bäuchen marschieren wir nicht schnell genug«, lautete seine Botschaft. »Feiert uns, wenn wir zurückkommen.« Und so zog er sich, nachdem die Magistratsbeamten ihre Reden in der Basilika gehalten hatten und der Opferstier vor dem Altar des Jupiter getötet worden war, am Ende des Tages mit seinem Stab und den höchsten Offizieren auf die Festung in der nordwestlichen Ecke der Stadtwälle zurück.

Vor den Stadtwällen war unterhalb der Festung ein großes Feldlager für die Legionen aufgeschlagen worden. In dem stillen, sommerlichen Zwielicht leuchteten nach und nach die Lagerfeuer auf, und die Soldaten vergnügten sich mit dem Extrawein, der ihnen zur Feier des Tages ausgegeben worden war. Um ein solches Feuer lagerte sich auch weiter unten bei den Pferdegehegen die Handvoll Männer, die von der Verlorenen Legion übrig war, alle außer Justin und Flavius. Die beiden waren von ihren Kameraden fortgerufen worden und standen nun im lampenerhellten Prätorium der Festung vor einem sehr müden Mann, der den kaiserlichen Purpur trug.

Ceasar Constantius hatte seinen vergoldeten Brustpanzer und den großen, adlergeschmückten Helm, der einen roten Ring auf seiner Stirn hinterlassen hatte, beiseite gelegt. Er saß halb abgewendet auf der gepolsterten Bank und sprach mit Licinius, der beinah hinter ihm saß, aber er blickte sich um, als die beiden vor ihm Haltung annahmen, und erwiderte ihren Gruß mit einer raschen Handbewegung. Das Gesicht, das er ihnen dabei zuwandte, war zwar sehr weiß, hatte aber nicht den Ausdruck eines Geschöpfes, das im Dunkeln gezüchtet war, wodurch Allectus' Züge so entstellt worden waren. »Sind das die beiden, Centurio Licinius?«

»Das sind die beiden, Herr«, sagte Licinius vom Fenster her.

»Ich grüße euch. Welcher von euch ist der Centurio Aquila?«

Flavius trat mit dem vorschriftsmäßigen Schritt vor. »Heil dir, Caesar.«

Constantius wandte seinen Blick Justin zu. »Und du bist Tiberius Iustinianus vom ärztlichen Korps der Armee?«

»Es ist, wie Caesar sagt.«

»Ich habe nach euch schicken lassen, weil ich allerlei über eine Bande von irregulären Soldaten gehört habe und gern ihre Anführer kennenlernen und ihnen für Nachrichten und – Verstärkungen danken wollte, die mich in den letzten anderthalb Jahren aus dieser Provinz erreicht haben.«

»Vielen Dank, Herr«, sagten Flavius und Justin in einem Atem. Und Flavius fügte rasch hinzu: »Aber es war ein ehemaliger Sekretär von Carausius, der das Werk begann und – der dafür starb. Wir haben seine Arbeit fortgeführt, mehr nicht.«

Constantius senkte ernst seinen Kopf, aber Justin hatte das Gefühl, daß hinter dem Ernst ein Hauch von Belustigung verborgen war. »Habt keine Angst, daß ich euch den Ruhm zuschreibe, der einem andern gebührt ... Immerhin habt ihr die Arbeit fortgeführt, und mit gutem Erfolg, und darum schuldet euch das Römische Reich Dank. Später werdet ihr mir einmal ausführlich Rechenschaft über diese letzten Jahre ablegen, denn ich glaube, daß ihr mir viel Wichtiges zu erzählen habt. Aber das hat Zeit.« Er stützte den Kopf auf seine verschränkten Arme und musterte erst den einen, dann den anderen mit einem langen, forschenden Blick, unter dem Justin das unbehagliche Gefühl hatte, daß seine äußeren Hüllen abgepellt wurden wie die Häute einer Zwiebel, so daß dieser Mann mit dem weißen, scharf geschnittenen Gesicht ihm bis ins Innerste schauen und seinen Wert erkennen konnte.

»Ja«, sagte Caesar Constantius schließlich, als hätte er gesehen, was er wollte, und seine Entscheidung gefällt. Dann stand er, eine Hand auf den Tisch neben sich gestützt, auf. »Ihr habt einen langen Urlaub verdient, und ich bin überzeugt, daß ihr ihn nötig habt. Aber im Norden flackert das Feuer wieder auf, der Wall ist in Gefahr. Zweifellos wißt ihr das alles. Das war unvermeidlich, da die Hälfte der Truppen vom Wall abgezogen war, um Allectus' Schlachten zu schlagen. In zwei Tagen marschieren wir nach Norden, um die Feuer zu ersticken, und – wir brauchen Männer.«

Er stand da und blickte ruhig vom einen zum anderen, als erwarte er eine Antwort auf eine Frage. Und Justin sah plötzlich, daß auf dem Schreibtisch neben seiner Hand zwei versiegelte Täfelchen lagen, auf denen ihre eigenen Namen standen.

Es war sehr still in dem lampenerhellten Raum hoch über der Festung. Sie hörten den Ruf eines Wachtpostens auf dem Wall und die leise an- und abschwellenden Geräusche der Stadt, die wie ein Meer unter ihnen lag, weit, weit unter ihnen. Dann sah auch Flavius rasch auf die Täfelchen und blickte wieder auf zum Caesar und sagte: »Unser Marschbefehl, Caesar?«

»Nicht unbedingt. Ich befehle nicht in diesem Fall. Ich überlasse euch die Entscheidung. Ihr habt das Recht, euch zu weigern.«

»Was geschieht, wenn wir uns wirklich weigern?« fragte Flavius nach einem Augenblick. »Wenn wir sagen, daß wir Kaiser Carausius mit ganzem Herzen dienten und daß man nur einmal mit ganzem Herzen dienen kann?«

Caesar Constantius nahm eines der Täfelchen auf. »Dann öffne ich dieses hier und schmelze das Wachs an der Lampe und lösche aus, was auf der Tafel steht. Das ist alles. Und ihr seid frei und scheidet mit allen Ehren von den Adlern. Aber ich hoffe, daß ihr das nicht sagen werdet. Ich hoffe es um dieser Provinz Britannien willen und ein wenig auch um meinetwillen.«

Ein kleines Lächeln deutete sich in seinen Augen an, als er sprach, und als Justin ihn anschaute, wußte er, daß hier ein Mann war, der Treue verdiente.

Flavius trat noch einen Schritt vor und nahm die Tafel mit seinem Namen auf. »Ich bin bereit, in zwei Tagen nach Norden zu marschieren«, sagte er.

Aber Justin schwieg noch immer. Er brauchte oft ein wenig länger als Flavius, um sich zu entscheiden, und hier mußte er bestimmt, ganz bestimmt sicher sein. Und dann war er sicher. »Ich auch«, sagte er, trat den Schritt nach vorn und nahm die kleine Tafel auf, die über sein Geschick entschied.

»Das ist gut«, sagte Constantius. Er blickte vom einen zum anderen. »Ich habe gehört, daß ihr beiden verwandt seid, aber ich glaube, ihr seid auch Freunde, und das ist etwas viel Größeres. Mein Primus Pilus hier hat mir das erzählt. Darum hoffe ich, ihr werdet nicht unzufrieden sein, wenn ihr wieder zusammen eingesetzt werdet.«

Justin wandte schnell seinen Kopf, um Flavius anzusehen, und Flavius sah Justin an. Er merkte plötzlich, wie sehr Flavius sich verändert hatte – er selber wahrscheinlich auch –, seit sie sich als halbe Kinder unter dem großen Leuchtturm von Rutupiae begegnet waren. Von dieser Begegnung an hatten sie ihren Weg Schulter an Schulter zurückgelegt, und das Band zwischen ihnen war immer stärker geworden.

»Caesar ist sehr gütig«, sagte Flavius.

»Ich finde, Rom ist euch wenigstens das schuldig«, sagte Constantius, während wieder ein leises Lächeln in seinen Augen aufzuckte. Er nahm einige Papiere vom Tisch. »Ich denke, das ist alles, was wir heute abend zu besprechen haben.«

»Noch eine Frage, Caesar«, sagte Flavius bittend.

Constantius ließ seine Hand mit den Papieren wieder sinken. »Ja, Centurio?«

»Caesar, wir haben noch vier Legionssoldaten und einen Kohorten-Centurio bei uns. Sie sind genausogut Caesars Gefolgsleute wie die, die nach Gallien entkommen konnten.«

»Schickt sie morgen früh zu meinem Stabs-Centurio.« Das verhaltene Lächeln leuchtete nun im Gesicht des Caesars auf und ließ die bleiche Schärfe seiner Züge so hell werden, daß er plötzlich viel jünger und viel weniger müde wirkte. »Und inzwischen dürft ihr ihnen schon sagen, daß sie sich bereit machen sollen, in zwei Tagen nach Norden zu marschieren ... Gut! Das ist also geklärt. Geht jetzt und holt euch eure Ausrüstung und seht zu, daß ihr eure Bande von Halsabschneidern auflöst. Wir werden alle in den nächsten Stunden viel zu tun haben. Ich grüße euch und wünsche euch gute Nacht.«

Draußen gingen Justin und Flavius in stillschweigender Übereinstimmung vom obersten Absatz der freien Treppe auf den hohen Wallumgang. Sie hatten die Tafeln mit ihren neuen Posten noch ungeöffnet in der Hand und zögerten ein wenig auf dem Wall, als brauchten sie eine Atempause, um von einer Welt in eine andere zu gelangen. Justin dachte: Eigentlich müßten wir zu unseren Leuten zurück. Aber wir sind keine Kampfgruppe mehr, wenigstens morgen nicht mehr. Sie sind freie Männer, die nun ihren eigenen Weg gehen können.

Außer der Wache, die ihre Runde machte, waren sie allein auf dem Wall. Es wurde dunkel, und die Stadt unten war mit Lichtern überzogen – dem matten, bernsteinfarbigen Licht aus den Fenstern und den goldenen Lichtflecken der Lampen und Laternen in den bekränzten Straßen. Lichter über Lichter, Lichter bis hin zu dem nebligen Fluß. »Londinium feiert«, sagte Flavius. »Heute nacht gibt es bestimmt kein dunkles Fenster in der ganzen Stadt.«

Justin nickte, denn er mochte nicht sprechen, weil seine Gedanken in die Zeit zurückwanderten, als alles angefangen hatte: zu dem Gespräch mit Licinius vor mehr als drei Jahren, zu den Kringeln aus Sand in den Ecken der Schreibstube mit den Lehmwänden und den Schreien der Schakale. In jener Nacht hatte alles angefangen. Heute war die Nacht, in der alles vorüber war.

Vorüber wie Carausius' kurze Herrschaft über den Norden, die durch Allectus' mörderische Hand zunichte gemacht war. Britannien war noch einmal wieder ein Teil des Römischen Reiches, war sicher, solange Rom stark genug war, für seine Sicherheit zu sorgen – und länger nicht ... Ja, es war besser für Britannien, sich unter Roms Herrschaft zu beugen, als unter den Händen von Allectus und seinesgleichen in Trümmer zu fallen. Und in dieser Nacht, in der Londinium festliche Lichter angezündet hatte, in der die Legionen im Lager vor den Wällen lagen und der Mann mit dem schmalen weißen Eroberergesicht an seinem Schreibtisch im lampenerhellten Prätorium saß, war kaum zu befürchten, daß eine Zeit kommen könnte, in der Rom nicht mehr mächtig sein würde. Und sie selber – sie hatten ihrem eigenen kleinen Kaiser die Treue gehalten; und ihre vertraute Welt, die sie verlassen hatten, als sie vor fast zwei Jahren vom Wall im Norden nach Süden gezogen waren, wartete auf sie, um sie wieder aufzunehmen. Das Leben war doch gut.

Justin wollte sich gerade von der Mauer abstoßen, gegen die er sich gelehnt hatte, als eine Gestalt, die in den Schatten verborgen gehockt hatte, sich regte und unter leisen Glockentönen in das Licht des Eingangs zu einem Wachtturm trat.

»Cullen!« rief Flavius. »Was machst du denn hier?«

»Ich folge meinen Herren, wie ein guter Hund es tun muß«, sagte Cullen, »für alle Fälle.«

»Für welche Fälle?«

»Grad eben für alle Fälle«, sagte Cullen und faßte an den kleinen Dolch neben dem silbernen Zweig in seinem Gürtel. »Was tun wir nun?«

»Diejenigen von uns, die Legionssoldaten waren, marschieren übermorgen früh nach Norden«, sagte Flavius. »Die andern ... die Verlorene Legion gibt es nicht mehr – es ist aus – jeder ist frei, seinen eigenen Weg zu gehen.«

»Gut. Ich gehe den Weg meiner Herren. Ich bin der Hund meiner Herren«, erklärte Cullen zufrieden.

»Aber du bist jetzt frei«, gab Flavius zurück.

Cullen schüttelte heftig den Kopf.

»Curoi sagte, daß ich der Hund dieser Herren sein solle, wenn er sterben müsse.«

Nach einer kleinen Stille sagte Flavius hilflos: »Cullen, wir sind keine Kaiser oder Hochkönige von Erin, die einen Hofnarren gebrauchen können.«

»Ich kann noch viel mehr sein als ein Narr. Ich kann eure Rüstung blankputzen, ich kann euch bei Tisch bedienen, kann Botschaften ausrichten und Geheimnisse bewahren.«

»Würdest du nicht lieber frei sein?«

»Frei? Ich wurde als Sklave geboren und war der Sohn eines Sklaven. Heißt nicht ›frei‹ für mich, daß ich herrenlos bin – und vielleicht hungrig?«

Sie konnten von seinem Gesicht nicht mehr erkennen als einen bleichen Schatten im herausfallenden Licht des Eingangs, aber in seiner Stimme lag etwas, das sie nicht überhören konnten.

Justin sprach zum erstenmal über den Kopf des kleinen Mannes zu Flavius. »Wir sind niemals herrenlos und hungrig gewesen, du und ich.«

»Jedenfalls nicht herrenlos«, sagte Flavius, und Justin wußte, daß sie beide einen Augenblick an den Mann dachten, den sie im Prätorium zurückgelassen hatten. Darin lag keine Untreue Carausius gegenüber, denn sie wußten alle beide, daß ein Mann einem neuen Herrn seine Dienste anbieten kann, ohne dem ersten die Treue zu brechen, daß man sie aber nur einmal zum ersten Male vergeben kann.

Plötzlich warf Flavius seinen Kopf hoch und lachte. »Ein

Glück, daß wir auf den gleichen Posten kommen, sonst müßten wir unsern Hund in zwei Teile schneiden!«

»Gehe ich mit meinen Herren?« fragte Cullen. »Das ist gut!«

»Das ist gut«, sagte Justin.

Flavius faßte seinen Vetter herzhaft um die Schulter. »Komm nun, alter Freund. Wir müssen Anthonius und den anderen sagen, wie der Wind bläst, und dann wollen wir noch ein bißchen schlafen, solange wir Zeit dazu haben. Wir schaffen unsere Arbeit trotzdem noch, bevor wir nach Norden marschieren.«

Sie kehrten auf dem Wall um, trappten die Treppe hinunter und strebten auf das Tor zwischen der Festung und dem großen Feldlager zu, das heute nacht offenstand. Der kleine Cullen folgte ihnen stolzen Schrittes, sein Hundeschwanz wackelte bei jedem Schritt, und er schlug triumphierend die Glocken seines silbernen Zweigs an, als er davonging.

Römische Ortsnamen

Anderida – Pevensey
Aquae Sulis – Bath
Calleva – Silchester
Clausentium – Bitterne
Dubris – Dover
Durovernum – Canterbury
Eburacum – York
Gesoriacum – Boulogne
Laighin – Leinster
Limanis – Lymne
Londinium – London
Magnis – Station am Wall
Manopea – eine Insel vor der Mündung der Schelde
Portus Adurni – Portchester
Regnum – Chichester
Rhenus – Rhein
Rutupiae – Richborough
Scaldis – Schelde
Sequana – Seine
Tanatis – Thanet
Thamesis – Themse
Vectis – Isle of Wight
Venta – Winchester

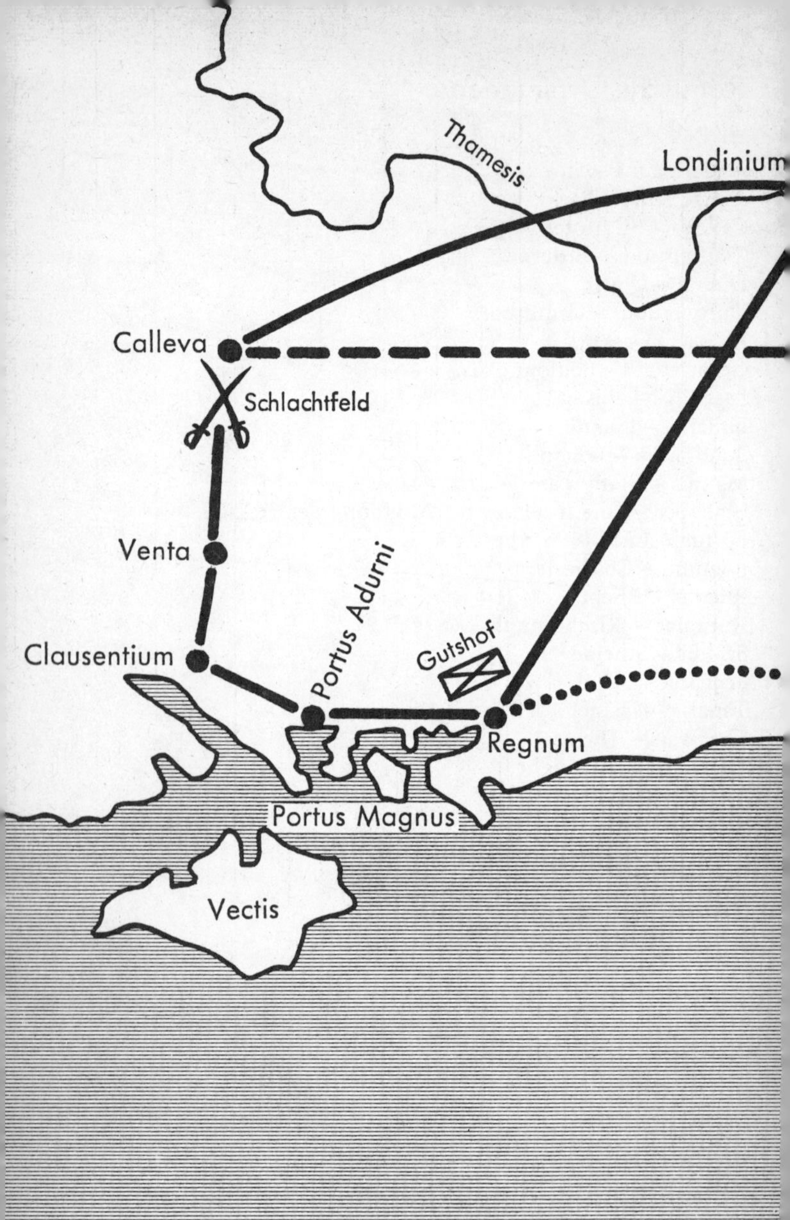
Thamesis
Londinium
Calleva
Schlachtfeld
Venta
Portus Adurni
Clausentium
Gutshof
Regnum
Portus Magnus
Vectis

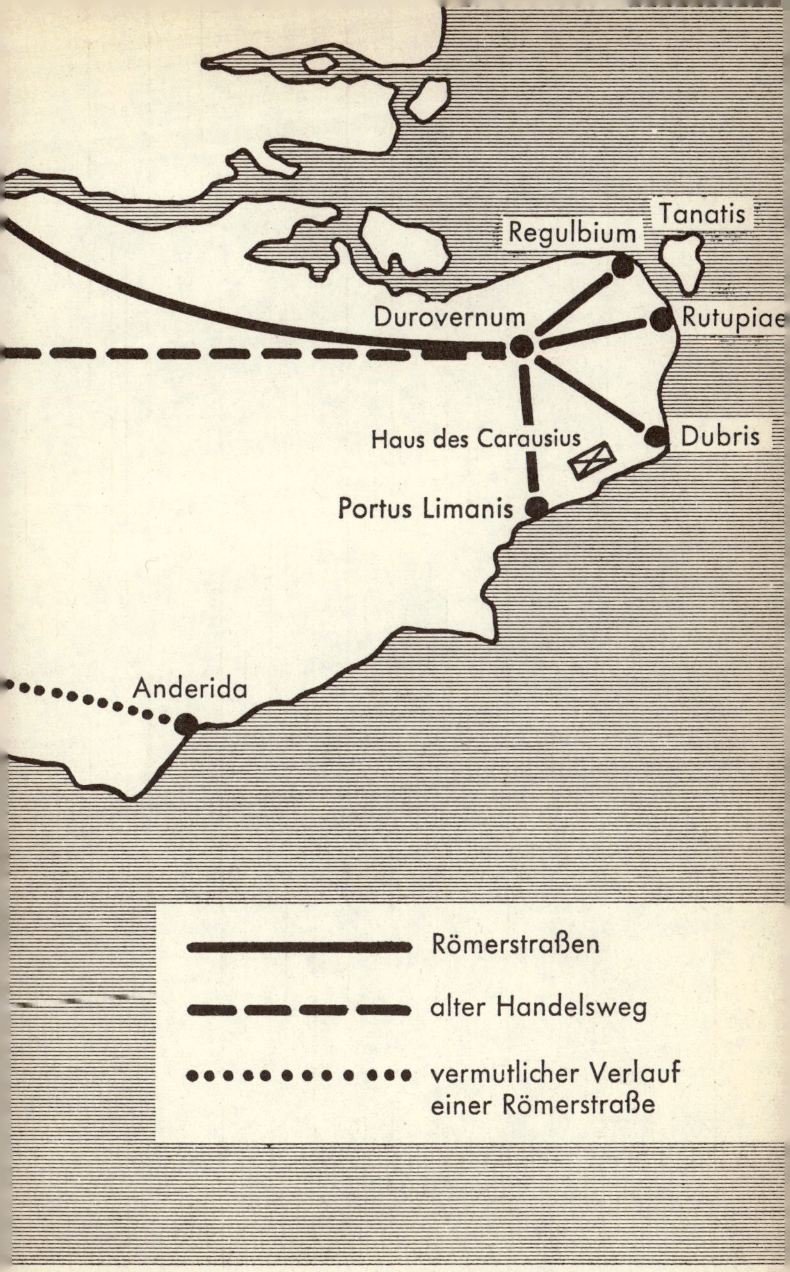
Tanatis
Regulbium
Durovernum
Rutupiae
Haus des Carausius
Dubris
Portus Limanis
Anderida
Römerstraßen
alter Handelsweg
vermutlicher Verlauf
einer Römerstraße

Rosemary Sutcliff

Bonnie Dundee

aus dem Englischen übersetzt
von Karlhans Frank

Wer ist Bonnie Dundee? Richtig hieß er John Graham of Claverhouse, war zuerst Soldat, zuletzt Freiheitskämpfer, jedenfalls aber einer der großen und in Schottland geliebten Helden. Er wollte im 17. Jahrhundert die Unabhängigkeit seiner Heimat von den Engländern. Er blieb seinem abgesetzten König James treu. Und schließlich führte er die Hochländer in einer berühmten Schlacht bei Killicrankie gegen die Engländer. Hier siegten die Schotten, hier fiel Bonnie Dundee. Und dieser Sieg hielt die Herrschaft der Engländer über Schottland nicht auf.

Wer war Bonnie Dundee? Bereits zu seinen Lebzeiten bildeten sich Legenden um ihn. Seine Freunde sangen sein Lob, seine Feinde schmähten ihn mit Lügen über seine Grausamkeit, seine Untreue . . .

Wer war Bonnie Dundee? Hugh Herriot kannte ihn. Er erzählt seinen Enkeln die Wahrheit über John Graham of Claverhouse. Wer diesen Roman gelesen hat, der weiß: So war Bonnie Dundee.

Union Verlag, Stuttgart

Erzählte Geschichte bei dtv junior

Erzählte Geschichte. Die Bücher mit dem blauen Band. Erzählungen, in denen Geschichte lebendig wird.

dtv junior 70122

dtv junior 70108

dtv junior 7361

dtv junior 70151

dtv junior 70149